金木犀と彼女の時間

彩坂美月

高校最後[illegible]は屋上でクラスメイトの拓未に告白された直後、人生３度目のタイムリープに巻き込まれた。この状態になった菜月は同じ１時間を５回繰り返し、最後の出来事が確定事項となるのだ。その１回目、菜月が告白されるより前に拓未は転落死してしまう。同じことが繰り返されるはずだったのに、いったい何が起きたのか？　菜月は残り４回のタイムリープのなかで、拓未が死なない方法を探して奔走するが……。他人に心を開けない女子高生がクラスメイトを救うために校舎を駆けめぐる、鮮やかな学園タイムリープ・ミステリ登場。

金木犀と彼女の時間

彩坂美月

創元推理文庫

OSMANTHUS AND
A GIRL WHO LEAPT THROUGH TIME

by

Mitsuki Ayasaka

2017

目次

金木犀と彼女の時間

プロローグ

その出来事が起こったのは、私が一階の廊下で沙織《さおり》と喋《しゃべ》っていたときだ。

いつもならこの季節は、開け放した校舎の窓から蜜柑《みかん》を甘く煮詰めたような花の香りが漂ってくる。私の好きな、金木犀《きんもくせい》の香りだ。

けれど、いま鼻腔《びこう》に流れ込んでくるのはクレープの甘い匂いや、焼きそばのソースの匂いなどだった。窓の外に目を向けると、校庭の色付いたイチョウやイロハモミジが、華やかな装飾や模擬店の派手な色彩に埋もれているのが見える。

秋の夕空の下、東條《とうじょう》高校は普段と違う文化祭の熱気を纏《まと》っていた。

沙織が『ホラーカフェ』なるポスターが貼られた多目的教室の前で、配布用に置いてあった宣伝ビラの束を回収していた。

ビラに書かれた《トリック・オア・トリートと訊かれ「ハッピー東條祭！」と答えたらケーキセットが二割引き》という文言と、魔女なのかメイドなのか今一つ判断しかねる、黒を基調としたワンピース姿の友人を見比べる。

快活な印象の沙織がハロウィンをイメージした衣装を着ているのは新鮮で、同性の目から見ても愛らしかった。

しかしそれよりも目を引いたのは、彼女の傍《かたわ》らにある得体の知れないオブジェだ。大きく開いた幼虫の口らしきものの中にメニューが展示してある。

カフェで食欲が減退する宣伝物ってどうなんだろう、と思いつつ「そのモスラみたいなの、何……？」と訊くと、沙織はちょっと不満げに唇《くちびる》を突き出した。

「モスラじゃないよ、グラボイズ。パニック映画『トレマーズ』シリーズに登場する巨大地底生物だよ。知らないの？」

そんな名称が即座にわかる女子高校生がいたら、むしろ怖い。

『うたごえ喫茶』や『絵本展示会』といった企画を行う教室の並びに、手作り感あふれる怪物のオブジェは少しばかり、いや、実のところかなり異彩を放っていた。立ち話をする私たちの近くで、ぎょっとした顔で足を止める生徒や、携帯で写真を撮っている人もいる。

エプロン姿の女子が慌ただしく玄関の方へ走っていく。『ほめ屋』と書かれた揃《そろ》いの法被《はっぴ》を着ている男子や、着ぐるみを被《かぶ》った生徒など、校舎は陽気なざわめきに満ちていた。ビンゴゲームをやっている教室で当たりが出たらしく、歓声とミニベルの賑《にぎ》やかな音が廊下に響く。

「菜月《なつき》はどこまわってきたの？」

そう尋ねられ、私は一瞬考えてから軽い口調で答えた。

「講堂。ライブとか見てきたところ」

「ああ、総合フェスね。今年はどこが優勝するのかな。ねえ、うちのお店にも寄っていかない？　あと少しで終わりだし、サービスしたげるからさあ」

茶目っけたっぷりに片目をつぶってみせる沙織に、苦笑する。

「ごめん、ちょっと約束があるから」

そう云って私が再び歩き出しかけた、そのときだった。

開け放たれた窓の外で二本の棒のような物体が躍るのが見えた。

空間を切り裂くそれが人間の足だということに思い至るのと、校庭でドーンというものすごい音と振動が起きたのがほぼ同時だった。

ふいに、舐《な》めかけの飴玉《あめだま》のような物が窓から飛び込んできて、廊下の隅に転がった。驚きに身を硬くした直後、それが何なのかを理解する。

――歯だ。

全身の毛が逆立つのを感じた。

いくつものけたたましい悲鳴が上がる。あちこちでただならぬ声が飛び交っている。誰か屋上から落ちたぞ。早く、早く救急車を呼べ。

嘘、という言葉が真っ先に浮かんだ。うそ……冗談でしょう？

意図せず、喉《のど》の奥からぐうっと吐き気が込み上げる。泣き出す生徒や、慌てて走り出す教師。校庭に人だかりができている。

間近でバサバサッと鳥の羽ばたきのような音がして、反射的にそちらを見た。沙織の持っていたビラの束が床にこぼれ落ちたのだということに、一瞬遅れて気が付く。その場にくずおれた沙織が顔を覆い、かぶりを振った。

私は、呆然と立ちすくんだ。膝《ひざ》から下が小刻みに震えている。視線を外したいのに、どうしても目の前の光景から顔を背《そむ》けることができなかった。まさか、まさかそんな。

自分の見たものが信じられなかった。

ほんの一瞬見えた、落下する人影——それは、まさにこれから私が会う約束をしている人物に違いなかった。

だけど、こんなことが起きるはずがなかった。ありえなかった。だって十月五日の今日、こんな悲劇が起こらないことを、私はもう知っている。

「なんで……?」

弱々しい呟《つぶや》きが、口から漏《も》れた。疑問符が激しく頭の中を駆け巡る。なぜ、どうして。訳がわからない。

「どうして、こんな——」

思わずこぼれた問いかけは、周囲の騒乱にかき消された。

どこかで誰かが手を離したのか、赤い風船がゆらゆらと澄んだ秋空に吸い込まれていった。

第一章　繰り返しの時間

私――上原《うえはら》菜月が初めてそれを経験したのは、七歳のときだ。

できることなら全部忘れてしまいたい。でも、あの日の出来事は、今でも鮮明に思い出せる。

父はゴルフに出かけていて、私は母に連れられ、駅前のデパートにやってきた。いつもはたいてい両親と揃って出かけていたのだけれど、あの日はそうじゃなかった。

当時、両親の間には、子供の目にもどこかぎこちない空気が漂っていた。

原因はおそらく、父方の祖母が我が家にやってきたことだろう。

祖父に先立たれて以来ずっと一人暮らしをしていた祖母の物忘れが、めっきり多くなったのだそうだ。ある日、祖母が鍋を火にかけたことを失念し、あやうく小火《ぼや》を出しかける騒ぎがあった。

かねてから心配していた父は、祖母を引き取るという選択をしたらしい。

引き取るってなんだか犬とか猫に使うみたいな云い方だな、お祖母《ばあ》ちゃんは人間なのに、とおかしな気分で私はそれを聞いていた。

「長男なんだから、仕方ないだろう」

父はどことなく後ろめたそうに、当時よくそう口にしていた。

「母さんは最近足も少し悪くなってきたみたいだし、年寄りを一人で生活させて、もし何かあったら取り返しがつかないじゃないか」

まぎれもない正論だった。私の母は決して愚かでも、情のない人間でもなかった。

——たぶん、母が引っかかりを感じたのは、父が祖母を引き取ることを既定事項として語ったことだ。妻である自分にきちんと相談を持ちかけてくれなかった、という事実が母を傷つけ、夫婦間にしこりを残してしまったのだと思う。

後になって思うけれど、私が単純に「お祖母ちゃんがうちに来る」とむしろ喜んでその変化を受け入れたのと異なり、突然の姑《しゅうとめ》との同居が母にとって負担でないはずはなかった。祖母の身体の自由が利《き》かなくなってきた上、物忘れといった症状まで見られるとなれば、なおさらだ。

些細《ささい》なことの一つ一つに神経を尖らせて悶々《もんもん》とする母と、それに気付きながら不器用に見ぬふりをする父との間に、ざらついた何かが蓄積されていくような、とにかく、私の身に思いがけない異変が起こったのはそんな時期だった。

日曜日の午後で、蒸し暑かったのを覚えている。

祖母の世話をヘルパーさんにお願いし、お中元を選ぶためデパートにやってきた母に、「噴水が見たい」と私は駄々をこねた。

デパートには吹き抜けの噴水広場があり、中央に立つ飾り時計が正時《しょうじ》を刻むたび、自動的に噴水ショーが始まる仕掛けになっている。

飾り時計は、ちょうど午後二時を指していた。

ショー自体は約三分ほどで終わる短いものだけれど、スピーカーから流れる音楽に合わせて噴水が高くなったり低くなったり、ライトを浴びて複雑に曲線を描く眺めが私のお気に入りだった。私たちの近くでは高校生と思《おぼ》しき男女が手をつなぎ、時折はにかむように顔を見合わせながら噴水を鑑賞していた。赤ちゃんを膝に乗せてあやしながら休憩する女性や、欠伸《あくび》をして眠そうに水の動きを眺めている中年男性もいた。平和な休日の午後だった。

「ほら行くわよ、菜月。『魔法少女☆ルナ』のステッキが欲しいんでしょ?」

噴水を眺めた後、母に好きなアニメのキャラクターグッズを買ってもらい、ファミリーレストランでさくらんぼのシロップ漬けがのったクリームソーダを飲んだ。すぐ後ろの席で男の子がジュースをこぼし、両親に叱られてわあっと泣き声を上げていた。

はしゃぐ私の手を引いて、母は催事場に移動した。好きなものを買ってあげたんだから買い物の間はいい子でいてね、というわけだ。

私は呑気《のんき》にアニメのテーマソングを口ずさみ、玩具《おもちゃ》の入った紙袋を振り回しながら、催事場の隅のベンチに座って母の買い物が終わるのを待っていた。母は離れた場所で、店員に何か尋ねながら品物を選んでいる。

優しそうなおばあさんが「あらあら。お嬢ちゃん、一人で待ってて偉いわねえ」とにこにこしながら声をかけてくれた。

やがて退屈した私がベンチから立ち上がり、母の元へ歩き出そうとしたとき、目の前を若い男が走り抜けた。ふいをつかれて動きを止める。

「危ないから、人のいる所で走っちゃ駄目」といつも両親から注意されていた。だから、大人がデパートの中でこんなふうに走るなんて、と驚いたのだ。

男はスピードを緩《ゆる》めず、前を歩いていたさっきのおばあさんに近付くと、腕に下げているハンドバッグをいきなり乱暴に引っ張った。

驚きとも怯《おび》えともつかない声がおばあさんの口から漏れる。ハンドバッグが腕に引っかかったのか、或いは反射的に握りしめてしまったのか、バッグごと強く引かれておばあさんは体勢を崩した。

焦った様子で、男がバッグを奪い取るべく力任せにおばあさんを突き飛ばす。危ない、と思った瞬間、おばあさんが転倒した。

倒れたときに床に頭を打ちつけたらしく、おばあさんの後頭部から血が流れ出す。周囲から叫び声が上がった。

「菜月！」と私の名前を呼びながら、血相を変えた母が駆けてくる。

私は怯えながら、微《かす》かにまぶたをけいれんさせて呻《うめ》き声を発するおばあさんを見下ろした。枯れ木のような身体から、そんなにもと思ってしまうほど大量の血があふれ、床を染めていく。

どうしよう、どうしよう、おばあさんが死んじゃう。

息がうまく吸えず、声が出せない。頬がひどく熱くて、いつのまにか泣いていた。怖くてどうしていいかわからなかった。母の方を見て、助けを乞《こ》うように叫ぶ。

「ママ！」

——次の瞬間だった。


ざあざあと、血液の流れる音を連想させる水音がした。

近くで、聞き覚えのある音楽が鳴っている。ディズニーアニメ『ピノキオ』の〈星に願いを〉だ。


ハッとして周囲を見回す。

私はデパートの噴水広場で、母と並んでベンチに座り、噴水ショーを眺めていた。

飾り時計の針が、午後二時を指している。

噴水が赤や緑の照明を受けながら、生き物のように滑《なめ》らかな動きを見せる。はにかんだ様子で顔を見合わせる恋人同士。赤ちゃんをあやす母親。欠伸をする眠そうな中年の男の人。

……それは、さっきと全く同じ光景だった。

隣に座る母の顔を見上げる。母はくつろいだ表情でリズミカルな水の動きを眺めていたが、私の視線に気付き、不思議そうな目を向けてきた。

「どうしたの？」

その途端、私の両目から涙がこぼれ落ちた。心臓が激しく脈打ち、頭がひどく混乱していた。何がなんだかわからない。

母は困惑しながらも、とりあえず私を落ち着かせようと、赤ん坊みたいに泣きじゃくる私を連れてファミリーレストランに入った。注文したのは、やはりさくらんぼのシロップ漬けがのったクリームソーダだった。しゅわしゅわと小さな泡を立てるその緑色の飲み物さえ、私の目には不気味に映った。

急にどうしたの、という母の心配そうな問いかけに、今しがたの出来事を必死で話した。つい先程、目の前でおばあさんが引ったくりに遭い、怪我《けが》をしたこと。

口にするとさらに恐怖心が強くなってきて、何度も言葉を詰まらせてしまった。

「すごく血が出たんだよ。あ、あのおばあさん、死んじゃったかもしれない……！」

涙声で訴えると、側《そば》を通る店員が何事かというように私たち親子に視線を向けてくる。

「大丈夫よ。ほら落ち着いて、菜月」

そんな要領を得ない私の話に、母は辛抱強く耳を傾けてくれた。

初めこそ不安そうな顔つきで私の額に手を当てたり、気分が悪くないかとしつこく尋ねてきたものの、私の身体に目立った異状が見当たらないのを確認して安堵したようだ。ハンカチで私の目元を拭《ぬぐ》いながら、笑って云う。

「きっと、怖い夢を見たのよ」

「夢？　でも……」

私、寝てなんかいない。そう云おうとすると、母が安心させるように微笑《ほほえ》みを向けてくる。

「頭がぼうっとしちゃったのね。今日はちょっと日差しが強かったからかしら。そういうのを、白昼夢っていうの」

「はくちゅうむ……？」

首をかしげ、聞いたことのないその単語を繰り返した。そうよ、と母が深く頷《うなず》く。

「何もないのに、本当にあったことみたいに思っちゃうの。確かママも子供の頃にそんなことがあったわ。階段に馬がいるって云って、お祖母ちゃんを困らせたんですって」

母の冗談めかした口ぶりにつられて、私は笑った。

「階段に馬なんているわけない！」

「そうよねえ。だから、菜月も変な夢を見ちゃっただけ。でしょ？」

確信に満ちた母の声を聞いているうちに、少しずつ気持ちが落ち着いてきた。

そっか、あれはきっと夢だったんだ。現実なわけない。だってあれが本当にあったことだったら、私が今ここでこうしているなんてありえない。あんなひどい、怖いことが目の前で起こるなんて、そんなことあるはずが——。

ふいに大きな音がして、思考が中断された。

振り返ると、すぐ後ろの席で男の子が派手にグラスを倒してジュースをこぼし、両親に叱られている。わあっという男の子のけたたましい泣き声が店内に響く。

思わず目を瞠《みは》り、固まった。

「菜月？」

母の私を呼ぶ声が、ひどく遠い場所から聞こえた気がした。

同じだ。たったいま目の前で起きた出来事は、私が白昼夢とやらの中で見たのと、そっくり同じ。

店内は冷房が効いているのに、首すじをゆっくりと汗が伝っていく。

そのときだった。

店の外の廊下からざわめきが聞こえてきた。従業員が慌てて店の外へ出ていく。下のフロアで何かあったようだ。ややあって、「引ったくりだって！」「やだ、怖い」といった不安そうな話し声が耳に入ってきた。

まさか、と心の中で呟く。嘘、何かの間違いに決まってる。じっとしていられず、私は思いきって椅子から飛び降りた。

駆け出す私の背中に、どこ行くのよ菜月、と動転した母の声が投げかけられる。

エスカレーターを転げ落ちるように駆け下り、息を切らしながら、催事場のフロアへ向かった。人混みの間を縫って走る。目的の場所には、不自然な人だかりができていた。

恐る恐る近付き、人の間からわずかに見えたその光景に、悲鳴を上げそうになった。

視界に飛び込んできたのは血溜まりと、ぴくりとも動かない両足だった。倒れている人の顔は見えないけれど、裾《すそ》がめくれ上がった小豆《あずき》色のスカートに見覚えがある。

足が、床に貼りついたみたいに動けなくなった。

そのとき、飾り時計のメロディが高らかに鳴り響き、午後三時を告げた。

〈星に願いを〉の澄んだ音色が聞こえる。

水の噴き上がる涼しげな音。お尻に硬いベンチの感触を感じた。息を呑んで、周囲を見回す。

私は、噴水広場で母と並んで噴水ショーを見ていた。

手をつなぐ恋人同士。赤ちゃんを膝に乗せて休憩する女性。眠たそうな中年の男の人。これは、もう、既に見たはずの光景だ。

動揺しながら、飾り時計に視線を向ける。……午後二時だった。

なんで——どうして？

眩暈《めまい》を起こしたように、視界が揺れる。ずるずるとベンチから滑り落ちそうになった。私、まさか頭がおかしくなっちゃったの？

ショーが終わり、凍りついている私に、母が声をかけてきた。

「ほら行くわよ、菜月。『魔法少女☆ルナ』のステッキが欲しいんでしょ？」

半ば放心状態で、母に手を引かれるまま歩き出した。

私の記憶にある通り、母は玩具売り場でひときわ目立つ場所に置かれたアニメキャラの描いてある箱をレジに持っていった。

「なあに？　変な子ねえ」

おそらく真っ青な顔をしているだろう私に、会計をしながら母が不思議そうに声をかけてくる。

「ルナの変身スティックが欲しかったんじゃないの？　嬉しくないの？」

どうしていいかわからなかった。一体、私の身に何が起こっているのだろう？　怯える私を母はレストランに連れていった。

本日三度目に運ばれてきたクリームソーダは、私の目にはもはやおぞましいものにしか映らなかった。積極的に口に運ぶ気にはなれず、緑の液体に浮かぶバニラアイスをぐずぐずとストローで崩していると、母がアイスコーヒーを飲み終え席を立つ素振りをした。

「さ、行きましょうか」

私はとっさに身構えた。得体の知れない恐ろしさが胸の内側に広がっていく。

また、これから同じ出来事が起きるのだろうか。

汗ばんだ手のひらを握りしめた。そうやって力を込めていないと、どうにかなってしまいそうだった。

「ね、ねえ、ママ……」

おずおずと話しかけると、会計をしながら母が首をかしげた。

「なあに、おトイレ？」

どう話せばいいかわからず、口ごもる。黙って首を横に振った私の手を取ると、母はせわしない足取りで催事場へと向かった。

少し離れたベンチに私を座らせ、「いい子で待っててね」と告げて、目当てのギフト商品が展示されたコーナーへ歩いていく。私は落ち着かない思いで周囲を見回した。店員と話している母に幾度も視線を向け、その姿を確認する。うつむいた拍子に、こめかみから汗がひとすじ流れ落ちた。いま自分に何が起きているのか、誰かに教えて欲しかった。

じっと膝頭を見つめていると、ふいに近くから「あらあら」とおっとりした声が聞こえた。

顔を上げる。

目の前に立っている、予想通りの人物の姿に動けなくなる。

突き飛ばされて怪我をした、あの小柄なおばあさんだ。

頭から血を流して倒れていたはずのおばあさんは、目が合うと愛想よく微笑んだ。しわだらけの顔が、笑うともっとしわくちゃになった。たるんだ頬の辺りに楕円形《だえんけい》の大きな染みがある。

亡霊を見たかのように固まっている私に、おばあさんが穏やかな声で話しかけてきた。

「お嬢ちゃん、一人で待ってて偉いわねえ」

おばあさんが私の前を通り過ぎ、ゆっくりとした歩調で歩いていく。

——同じだ。さっきと全く同じ状況。

おばあさんの後ろ姿を見つめながら、唇が小刻みに震え出す。

私は、これから何が起きるのかを知っていた。

立ち上がり、離れていくおばあさんの背中に声をかけようとしたそのときだった。目の前を、男がものすごいスピードで走り過ぎた。

思わずあっと声が漏れる。走っていく男の先にあるのは、さっきのおばあさんの姿——。

「だめぇ！」

私は叫んだ。止めなければ、と反射的に男の後を追おうとする。

しかし慌てたせいで直後に足がもつれ、前のめりに転がった。両膝と額を床に強く打ちつけ、目の前で火花が散る。

衝撃ですぐに起き上がれなかった。遠くで、母の叫び声が聞こえる。涙でにじむ視界の中で、男はおばあさんと揉み合っていた。

だめ、と心の中で叫ぶ。お願い、やめて。

男が乱暴におばあさんを突き飛ばす。おばあさんが頭を床に打ち付ける嫌な音がした。倒れているおばあさんをそのままに、逃げていく男の後ろ姿。

客の間から悲鳴が上がった。おばあさんの太腿までめくれ上がったスカートと、床に広がり続ける血溜まりを絶望的な思いで見つめながら、私は声を上げて泣き出した。倒れた私の元へ、母が慌てて駆けてくる。菜月、菜月、大丈夫!?

打った額が疼《うず》くように熱い。母の腕がものすごい力で私を引き寄せたと思ったそのとき、飾り時計の音が場違いなほど優雅にフロアに鳴り響いた。

――飾り時計が、午後二時を指していた。

〈星に願いを〉の旋律が聞こえる。意思を持っているかのように高く低く、噴き上がる水がライトを反射してきらめく。

気が付くと、私はまたさっきの噴水広場でショーを見ていた。

痛いほどに脈打つ鼓動を感じながら、恐る恐るおでこに触れてみる。……派手にぶつけたはずの額も、両膝も、なんともない。

隣に座っていた母が、私に声をかけてくる。

「ほら行くわよ、菜月。『魔法少女☆ルナ』のステッキが欲しいんでしょ？」

私は、呆然と母を凝視《ぎようし》した。

学校の課外授業で科学展に行ったとき、入口に展示されたロボットが、入場者が通るたび「ヨウコソ！　楽シンデイッテネ」と陽気な声で繰り返すのが滑稽《こつけい》で、友達とふざけて何度もロボットの前を行き来したのを思い出す。あのときのロボットみたいだと思った。目の前の母も、周りのざわめきも全て、まるでプログラムされた同じ台詞《せりふ》を話す作り物のようだ。

間違いない。これからまた、私の目の前で同じ出来事が起こる。脳裏に、血を流して倒れるおばあさんの姿がよぎる。

とっさに両足を踏ん張り、立ち止まった。突然の抵抗に、手を引いて歩いていた母が振り返る。

「どうしたのよ？　菜月の好きな玩具を買いに行くんでしょう？」

「い、行かない」

私は首を横に振った。自分でも納得できないことを、説明してわかってもらえる術《すべ》がなかった。一体どうすればいいの？

途方に暮れる私の頭に、ある考えが浮かんだ。

——そうだ、あのおばあさんを捜さなくちゃ。

走り出そうとしたとき、私の行動に焦ったらしい母に素早く腕を掴まれた。

「駄目よ、菜月。勝手に一人でどこかに行っちゃ駄目。ちゃんとママと手をつないで。いつもそう云ってるでしょう？」

母が機嫌を取るように優しげな口調で諭《さと》す。

「大人しくしてたら、約束した玩具を買ってあげるから。ね？」

「いらない」と私は焦《じ》れて母の手を振りほどこうとした。それどころではないのだということを伝えたかった。なおも、母の手から逃れようともがく。

「やだ！」

私がふてくされて駄々をこねていると思ったのか、母が険しい表情になった。こちらを見下ろし、厳しい声で云う。

「いい子にしないなら、ママ、帰るわよ」

有無を云わせぬ母の態度は、云うことを聞かなければ本当にこのまま私を引っ張って家に連れ帰ると告げていた。

泣きそうな思いで、やむなく頷く。

母にしっかりと手をつながれて買い物をしながら、もどかしい気持ちで周囲を見回した。頼れる大人に助けてもらいたかった。だけど私自身ですら信じがたいこんなひどい話を、誰が真に受けるだろう？

それでも、カウンターで暇そうにしている男性店員に訴えるような視線を向けてみたが、彼は売り場の片隅でうっすらと埃《ほこり》を被った商品を見ているみたいに無関心な目で、私を一瞥《いちべつ》しただけだった。

母が玩具を買うのを眺めながら、私は自分の腕に爪を立ててみた。虫刺されの跡に、うっすらと赤く線が残る。微かにむず痒《がゆ》いようなその感覚も、履き慣れないお出かけ用の靴でほんの少しつま先に覚える違和感も、全てが生々しかった。これが現実でないとしたら、一体なんだというのだろう。

心許《こころもと》ない気分で、デパートの磨かれた床を見下ろした。今にも足元の床が抜けて自分だけが別の場所にすとんと落っこちてしまうような、いや、もう既に落ちてしまっているような、そんなおぼつかない感じがする。

何も喋らなくなった私に、叱られて反省しているとでも受け取ったのか、母は特に不審を抱く様子もなかった。

催事場へ行くと、母は「いい子で待っててね」と私に云い聞かせ、ギフト商品のコーナーに歩き出した。私はベンチの前でうろうろしながら、落ち着きなく辺りを見回した。不安が喉元まで込み上げる。

私が止めなければ、あのひどい出来事はおそらくまた起こる。おばあさんは怪我をして血を流す。きっと死んでしまう。

口の中が乾いた。

怖い。自分の身に起こっているのは明らかに異常な事態なのに、私以外の誰も、それを知らない。

思わず母の元へ歩き出そうとしたとき、笑みを含んだ声がかけられた。

「あらあら」

ビクッと身がこわばった。

――もう何度目かの、聞き覚えのある声に振り返る。

予想通り、小柄なおばあさんが目尻を下げ、おっとりと私に微笑みかけた。

「お嬢ちゃん、一人で待ってて偉いわねえ」

ああ、と絶望的な思いが胸に広がる。動悸《どうき》が速くなった。やっぱりだ、やっぱりあの出来事が起こってしまう。

歩き去ろうとするおばあさんの手を、とっさに摑んだ。

「行っちゃだめ」

大きな声で云うと、おばあさんが驚いたような顔をした。戸惑った笑みを浮かべ、私の顔をのぞきこむようにして尋ねる。

「どうしたの？　お嬢ちゃん」

「だめ、そっちに行っちゃだめだよ」

おばあさんの手を握りしめて、懸命に云い募った。私のただならぬ剣幕に、おばあさんはどうしていいのかわからないというように、いよいよ困り果てた顔になる。すると、私の声を聞きつけた母が慌てた様子で駆けてきた。

「菜月、あなた、なに騒いでるの！」

叱りつける口調で云いながら、おばあさんにすがりつく私の手を母が力ずくでもぎ離す。母はすぐさま申し訳なさそうな表情を作り、「どうもすみません」と詫びた。

怪訝そうにしていたおばあさんは、いいえぇ、とにこやかに会釈して、再び歩き出す。

「だめ！　行かないで」

おばあさんの後を追おうとすると、母が私の両腕を摑んで乱暴に自分の方へと身体を向けさせた。厳しい顔つきになって、私を見る。

「急にどうしたのよ？　いい子で待っててって、ママさっき云ったでしょう？」

「だって……！」

もどかしさに身をよじった。けれど母の手はしっかりと私の腕を押さえたまま、離してはくれない。

違うの、と云いたかった。私は駄々をこねているのでも、ふざけているわけでもない。これから目の前で大変なことが起こってしまうのに。私はそれを知っているのに。

興奮のあまり、視界がにじんだ。もがく私を母が必死で諭そうとしている間に、おばあさんは離れていってしまう。

と、若い男が私たちの前を走り過ぎた。反射的に口から悲鳴が漏れる。

おばあさんに追いついた男が力任せにハンドバッグを引っ張り、その小さな身体を突き飛ばす。瞬時に頭が真っ白になった。

「だめーっ！」

おばあさんが仰向けに倒れ、頭を強打する。間近で母が短く息を吸い込む音がした。男は振り返ることなく駆けていく。私は、膝からその場にくずおれた。おばあさんの血が、真っ黒な影みたいに床に広がり始める。引ったくりだ、救急車を呼べ、といった怒鳴り声や甲高い悲鳴が周囲にあふれた。それらから逃れるように耳を塞いで、かぶりを振る。

誰か助けて、と心の中で叫んだ。手も足も、自分のものじゃないみたいに力が入らなかった。震えながら念仏のように繰り返す。違う、止められなかった私のせいじゃない、私のせいじゃない、私のせいじゃ――。

そのとき、デパートの飾り時計が、高らかに三時の時を告げた。


柔らかな旋律が聞こえる。私は、疲れきって顔を上げた。

――噴水広場の涼しげな水音と、流れ続ける音楽。

ベンチに腰掛ける私の前で、ライトを受けてめまぐるしく色を変えながら噴水が美しく曲線を描く。近くに座っている高校生の男女が何か言葉を交わし、恥ずかしそうに微笑み合った。膝に抱いた赤ちゃんに、女性が優しく笑いかける。ふわあ、と中年男性が眠たげに欠伸をする。音楽に合わせて、水がひときわ高く噴き上がった。広場の客たちがのんびりとショーを眺めている、ごく平和な日常の風景。

私はかすれた息を吐き出すと、膝の上でこわばったようになっている自身の拳を握り締めた。

手のひらに、先程握ったおばあさんのかさついた手の感触が残っているような気さえした。

眩暈がしそうだ。私はまたここに戻ってきた、戻ってきてしまった！

ショーが終わり、これまでを忠実にトレースしているかのように同じ動きで、隣に座った母が私を見る。背すじに寒気が走った。

「ほら行くわよ、菜月」

母を見つめ返し、私は大きく唾を呑み込んだ。

「『魔法少女☆ルナ』のステッキが欲しいんで――菜月？」

勢いよく立ち上がった私に、母の声が驚いたように裏返る。ふいをつかれた様子の母に背を向け、私は噴水広場を後にして走り出した。

「待ちなさい、どこに行くの！」

焦ったような母の声が背中を追いかけてきたが、私は足を止めなかった。

息を切らしながら、必死で考える。得体の知れないこの状況をどうすればいいのか、正直なところ全然わからない。ただ、目の前で再び起きるであろう惨事をなんとかしなければ、という思いだけがあった。おばあさんの頭からおびただしい血が流れる生々しい光景を思い出し、ぶるっと身震いをする。あのおばあさんを、助けなきゃ。

焦る気持ちで、休日の賑わう店内を見回す。

そうだ、あの事件が起こってしまうより先に、おばあさんか引ったくりの男を見つけよう。とにかくどちらかが催事場へ行くのを止めることさえできれば、あんな不幸は起こらないに違いない。

私は賑やかなデパートを走り回った。たまに両親に連れられてくるだけのこの場所は、途方もなく広く感じられる。その中にいる二人の人物を捜して、泣きそうな思いであてもなく各フロアをさ迷った。婦人服売り場でしきりに辺りを見回していると、不自然な私の行動を目に留めたらしく、店員の一人が話しかけてきた。

「どうしたの？　お父さんかお母さんは一緒かな？」

優しい笑顔を向けられ、一瞬気持ちが挫《くじ》けそうになる。迷子のように泣きわめいて誰かに救いを求められたらどんなにいいだろう。だけどそんなことができないのを、私は既に知っていた。にじんだ涙を慌てて拭い、「大丈夫です！」と答えて逃げるようにその場を離れる。

しばらく捜し回ったけれど、おばあさんも、あの男も見当たらない。どこにいるんだろう？

吹き抜けのフロアから、噴水広場の飾り時計を見た。午後二時四十分。容赦なく時間だけが過ぎていく。二人とも、間違いなくこの建物のどこかにいるのに。

私はべそをかきながらフロアを見回した。

そのとき、エスカレーターで上の階に移動しようとしている若い男の姿が視界に飛び込んできた。黒いTシャツを着た、日に焼けた男の横顔に、間違いなく見覚えがあった。鼓動が大きく跳ね上がる。

あの男だ。今まさに、催事場へ向かうところだ！

足がすくんだのは、わずかな時間だった。私は男の後を追ってエスカレーターを駆け上がった。呼吸を乱しながら、必死に手を伸ばして男のTシャツの裾を掴む。

指に湿った布の感触があって、相手の生温かい体温を感じる。鼻腔に飛び込んできた微かな汗の匂いに一瞬、未知の野生動物に遭遇してしまったような感覚に襲われた。

急にTシャツの裾を掴まれた男が、驚いた顔で振り返る。

その不健康に荒れた肌と細く吊り上がった目を見たとき、本能的に身体がすくんだ。そうだ、この人がおばあさんを容赦なく突き飛ばして、怪我をさせたんだ。

目の奥に焼きついた残酷な光景に恐怖心がよみがえった。喉の奥が塞がったように声が出てこない。Tシャツを握り締める指から、力が抜けた。今さらのように思い当たる。もしかしたら、私はとんでもなく危険なことをしようとしているんじゃないか。

けれど、このまま行かせてはいけないという思いが強く私を動かした。私は思いきって声を発した。

「やめて」

息を切らした子供に訳のわからないことを云われ、男が困惑した表情を浮かべている。私は息を吸い込み、男に向かって叫んだ。

「おばあさんのバッグを、盗ったりしないで!」

その言葉を聞いた瞬間、男がぎょっとしたように目を見開いた。明らかに動揺した表情で私を凝視する。

私の叫び声に、近くの買い物客が何事かとこちらに視線を向けた。

警備員の男性が不審げに店員と言葉を交わし、私たちの方へ歩いてくる。

それを見た男は狼狽《ろうばい》した様子で視線を泳がせた。慌ててその場を離れようとしたのか、Tシャツの裾を摑んだままの私の手を乱暴に振り払う。突然振りほどかれ、私はその勢いで体勢を崩した。

足が、エスカレーターの段を踏み外す。えっと思ったときには、身体が宙に浮いていた。そのまま背中から落下する。

甲高い悲鳴が私のものなのか、誰かの口から発せられたものなのかわからなかった。

視界の端に、血相を変えて叫ぶ買い物客が映る。その中に、口をOの形に開けて信じられないものを見る目で凍りつく母の姿を見た気がした。

首に強い衝撃を感じたと同時に、目の前が一気に暗くなった。

──そこで私の意識は、暴力的に断ち切られた。


澄んだメロディが聞こえ、反射的に体が跳ねた。

「……っ！」

──気が付くと、私はベンチに座って、水音を立てる噴水を眺めていた。

状況に思考が付いていかず、放心したようになる。

それから慌てて、首の後ろに手をやった。……なんともない。手足を振り動かし、全身を確認してみる。私の身体には、擦《かす》り傷一つ残ってはいなかった。

安堵よりも、恐怖に近い感覚で鳥肌が立った。また、ここに、戻ってきた——。風邪をひいたときみたいにぞくぞくと寒気がする。望むなら願いは叶うという歌が延々と繰り返される広場の光景は、私にはグロテスク以外の何物でもなくなっている。泣くことすらできず、自分の両肩を抱き締めた。

「ほら行くわよ、菜月。『魔法少女☆ルナ』のステッキが欲しいんでしょ？」

隣に座っていた母が、これまでと一言一句違《たが》わぬ台詞を口にし、私の手を引く。真っ黒な絶望が頭を支配した。どうすればいい？　何をしたら、私はこの恐ろしい状況から逃れることができるの？

男にエスカレーターから突き落とされた瞬間の感覚がよみがえった。一対一で対峙《たいじ》するなんて無鉄砲なことがどうしてできたのか不思議に思えるくらい、私は全身で彼に怯えていた。では、今度はおばあさんを捜せばいいのだろうか？　けれど見つけられたとして、大の大人が、はたして見ず知らずの子供の云うことなどを素直に聞き入れてくれるものだろうか。自分が無力だと痛いほど感じた。だけどこの状況で頼れる人は誰もいない。私には、為《な》す術《すべ》がなかった。

母と入ったファミリーレストランで、どの席に着くか、案内される前から私にはもうわかっていた。母の話など全く耳に入ってこない。

追い詰められた思いで、ストローを嚙む。こうしている間にも刻一刻と時間が進んでいく。また、あれが起こってしまう。

うつむいた私に、いきなり母が尋ねてきた。

「……菜月。もしかして、パパとママが喧嘩してると思って心配してるの？」

思いがけないことを云われ、私は顔を上げた。え、と間の抜けた声が漏れる。テーブル越しに、母が心配そうな眼差《まなざ》しを私に向けていた。

「なんだか今日はずっと元気がないみたい。何か、気になることでもあるの？」

私は言葉に詰まり、それから弱々しくかぶりを振った。

「――ううん」

「そう？　ならいいけど……」

そう云いながら、母はなおも気にかかる様子でさりげなく私の表情を窺っている。後ろの席で、男の子がグラスを倒す音がした。両親に注意されて大袈裟《おおげさ》に泣き声を上げている。私はテーブルの下で、こわばった拳を握り締めた。

この後、母は私を連れて催事場に行く。そこでまたおぞましい出来事が起きる。

それを知っているのは、私だけ。

ごくりと唾を呑んだ。アイスコーヒーを飲み終えた母が、「そろそろ行きましょう」と云って席を立つ。催事場に近付くにつれて、次第に緊張が高まってきた。母が、「いい子で待っててね」と告げて私から離れていく。

もうすぐだ。もうすぐ、私の目の前であの出来事が起こる。

ぎこちなくベンチに腰掛け、母を待っている素振りをしながら、注意深く辺りを見回した。

乾ききった唇を舐める。夏なのに、さっきからどうしてこんなに指先が冷たいんだろう。

そのとき、私の頭上から穏やかな声が降ってきた。

「あらあら。お嬢ちゃん」

私はぎくっとして顔を上げた。

おばあさんが微笑ましそうに目を細め、ベンチに座った私に話しかけてくる。

「一人で待ってて、偉いわねえ」

慌てて周囲に目をやった。次の瞬間、身を硬くする。

視界の片隅に、少し離れた場所から気配を殺すようにしてこちらを窺う人物の姿があった。

間違いない。あの男だ！

にこやかに笑い、おばあさんが私の前から歩き去ろうとする。それを確認した男が、すかさず後を追うように動いた。

私のこめかみを汗が伝った。今だ、今しかない。

バネ仕掛けの人形のように勢いよく立ち上がると、思いきり息を吸い込んだ。渾身の力で叫ぶ。

「泥棒！」

私の声がフロアに響き渡った。周りの人が何事かというようにこちらを見る。男を指差し、
私はさらに声を張り上げた。

「あの人、泥棒だよ！」

私の大声に驚いたように男の足が止まった。何が起きているのかわからないというふうに、唖然《あぜん》とした顔で男が立ち尽くす。周りの注目を集めたことに勢いを得て、声が上ずりそうになりながら、私は必死で訴えた。

「おばあさんが転んで怪我して、血がいっぱい出るの、おばあさん、血が出て死んじゃう！」

周囲から大量の視線を向けられ、男が顔を引きつらせる。そのまま踵《きびす》を返すと、慌てた様子でその場から離れていく。

男の後ろ姿を見つめ、今になって足が震えているのを自覚した。鼓動が信じられないほど速く打っている。おばあさんを助けた、今度こそ助けられた。

——私は、不幸な事件を止めることができたのだ。

そのとき、私の耳に、午後三時を告げる飾り時計の音色が飛び込んできた。

死刑宣告をされたかのごとく肩が跳ねる。また、あれが始まっちゃう。身を硬くし、そのときに備えるように目をつぶった。

けれど、いつまで待っても周りのざわめきは消えない。恐る恐る、再び目を開けてみる。

「え……？」

……私は、そのままの姿勢で催事場に突っ立っていた。

状況が把握できず、ぽかんと口を開ける。慌ててフロアの壁時計を見た。

時計の針が、午後三時一分を指している。

思わず目を見開いた。数秒遅れて、胸の奥から、安堵と喜びの混じり合った感情が突き上げてくる。

――起こらなかった、あの不可解な現象は起こらなかったのだ！　何がなんだかわからないけれど、どうやら私は、あの得体の知れない時間の反復から逃れることができたらしい。

口元がほころんだ。全身の力が抜け、その場にへたり込みそうになる。深く息を吐き出した、その瞬間だった。

右頰で何かがはじけるような衝撃を感じると同時に、派手な音がした。

弾みで身体がよろけ、次いで痺《しび》れるような熱と痛みが頰に広がる。

とっさに何が起こったのかわからず、叩かれたのだ、という事実にようやく思い至る。

呆然と目を向けると、母が顔を真っ赤にして私を見ていた。これまで見たことがないほど、激しく怒っている。

「菜月、あなた――なんて失礼なこと云うの！」

母の口から、興奮した声が発せられた。どうもすみません、と慌てて母が頭を下げるのにつられておばあさんに目を向けた私は、直後に凍りついた。

おばあさんの表情には、先程私に向けた優しげな笑みはもはや微塵《みじん》もなかった。青ざめ、顔をこわばらせたおばあさんが私を睨む。唇の端が、憤《いきどお》りのためかひくひくと小刻みに震えていた。

「なんて……なんて恐ろしい嘘をつく子なの。悪ふざけにも、ほどがあるわ。……最近の親はどういう躾《しつけ》をしているのかしら！」

顔を歪めて吐き捨てるように云い放ち、おばあさんが去っていく。ざわつく周囲が、なんの騒ぎかというように遠巻きに私たちを眺めていた。好奇の目や、あからさまに眉をひそめている客もいる。近付いてきた警備員の男性に、母が早口に詫びているのが目に映った。打たれた頬が熱を持ってひりつくのを感じながら、私はその場に立ちすくんだ。頭の中が真っ白になる。

結局、母はお中元を買わずに、ものすごい剣幕で私の手を引っ張ってデパートを出た。私はショックのあまり、状況が呑み込めなかった。帰宅すると、母は「どうしてあんな悪ふざけをしたの？」と厳しい面持《おもも》ちで私を問い詰めた。

「ふざけて他人様《ひとさま》に迷惑をかけちゃ駄目って、いつも云ってるでしょう？　知らない人を泥棒とか、死ぬとか、どうしてあんなひどい嘘をついたの」

「嘘じゃないもん」

私は泣きそうな思いで、懸命に母に訴えた。

しどろもどろになりながら、私の身に起きたことをありのままに話す。男が引ったくりをしようとしておばあさんを突き飛ばし、大怪我をさせたこと。その出来事が、どういう訳か私の目の前で何度も繰り返し起こったこと。

母はその突拍子もない話をしばし面食らった様子で聞いていたが、やがて、私の真意をどう受け止めていいのか計りかねるような顔をした。

しばらく黙り込んだ後、母がどこか哀れっぽく聞こえる声を発する。

「……菜月。どうしてそんな、おかしな作り話をするの？」

母が眉根を寄せ、非難するようにじっと私を見つめてくる。

「ママを困らせようと思って、わざとやってるの？　ママ、菜月がどうしたいのか、わからない」

「ちが――」

驚いて否定しようとした私に、母は疲れた様子で首を振り、「――もういいから、お部屋で大人しくしてなさい」と硬い声で云った。

私は打ちひしがれた気分で自室に戻った。さっき母に叩かれた頰が、まだ熱を持っている気がした。気味の悪いものを見るような目で私を睨むおばあさんの顔が思い浮かび、身体に力がこもってしまう。大人にあんな目を向けられたのは、初めてだった。

……私は、必死にあのおばあさんを助けようとしたのに。

疲れきってベッドの上でぼんやり膝を抱えていると、やがて父が帰宅する気配がした。

起き上がってぺたぺたと廊下を歩き、リビングのドアを開けようとしたとき、両親の話し声が聞こえてきた。

「あんなに欲しがってた玩具を買ってあげたのに、ちっとも嬉しそうじゃないの。ずっと思いつめた顔で黙ってて」

私はノブを回しかけて手を止めた。どうやら、母がデパートでの騒ぎについて父に報告している最中のようだった。中に入るのがためらわれて、気まずい思いで立ちすくむ。神経質にまくしたてる母に、父が苦笑混じりに答えた。

「……構って欲しくて作り話をするなんて、その年頃の子供ならよくあるさ。そんな大袈裟に考えることないんじゃないか」

「本当にそう思う？」

父のおっとりした態度を歯がゆく感じたのか、母の声が苛立《いらだ》ちを含む。

「菜月ね、お義母《かあ》さんくらいの年配のご婦人に向かって、〝死ぬ〟だか〝死ね〟だか、とにかくそういう物騒な言葉を叫んだのよ」

父が一瞬、ぎくりとする気配が伝わってきた。

「……もしかしたら、お義母さんと一緒に暮らすのが、あの子にとって精神的なストレスになってるんじゃないかしら」

深くため息をついた母の言葉に、父が黙り込む。

「気を遣って私たちには何も云わないけど、本当は嫌なんじゃないかしら。それが原因で、あんな問題行動を起こしたのかも。――やっぱり、お義母さんを引き取る前にきちんと家族で話し合うべきだったわ」

母の口調が、段々と父を責める色を帯びる。

私はドアの前から後ずさった。それ以上、聞いていられなかった。廊下を引き返しながら、足がふらつく。

――母は、私の云ったことを、全く信じていない。

それどころか、私が母を困らせたくて、注目されたくてわざと嘘をついたと思っているのだ。

視界がにじみそうになり、ぎゅっと唇を引き結ぶ。

違う、違うのに。私は嘘なんかついてない。母を困らせようとして悪ふざけをしたわけでもない。まして祖母を嫌いだなんて、一緒に暮らしたくないなんて、私は一言も云っていないのに。

そんなことを考えていると、いつのまにか、祖母の部屋の前に立っていた。座椅子に腰掛けて何か作業をしていた祖母が、和室の戸口に立ち尽くす私に気が付いて顔を上げる。

夏なのに、祖母はなぜかアクリルの毛糸を手にしていた。私は「何してるの？」と祖母に尋ねた。

「ああ、これね。鍋磨きを編んでるのよ。毛糸で磨くと、洗剤をつけなくてもピカピカになるからねえ」

得意げに答えた祖母が、私の顔を見つめて不思議そうに首を傾ける。

「菜月ちゃん、どうしたの？」

穏やかな声で尋ねられた瞬間、いきなり私の両目から涙がこぼれ落ちた。こらえていたものが、一気にはじけ飛んでしまったみたいだった。勢いよく祖母にしがみついた。祖母が驚いた顔になり、どうしたの、どうしたの、と繰り返す。

しゃくり上げながら、先程の話を、祖母に向かってもう一度した。その拙《つたな》い話を聞く間、祖母はずっと優しい手つきで私の背中をさすっていてくれた。

「ママが、私のことを嘘つきだと思ってるの。私が、わ、悪い子だって」

顔が熱くて息が苦しいのに、嗚咽《おえつ》を止められなかった。今日起こった出来事に自分がひどく怯え、傷ついているのをあらためて自覚する。怖かった。あんな恐ろしい思いは、もう二度としたくない。

私はすがるような思いで祖母を見た。ためらいながら、震える声で尋ねる。

「お祖母ちゃんは、信じてくれる……？」

口にした途端、不気味なものを見るようなあのおばあさんの顔が頭の中に浮かんだ。もし祖母にまであんな目を向けられたら、嘘つきだと叱られたら、自分がどうなってしまうかわからなかった。見つめ返す祖母に、次第に息が苦しくなってくる。ああ、訊かなければよかった。そんな後悔を覚え始めたとき、祖母がにっこりと笑った。

「当たり前でしょう？」

驚いて祖母の顔を凝視した。目を見開いたままの私に、本当だよ、というように祖母が何度も頷く。

「よくわからないけど、菜月ちゃんは怖い思いをしたのに、一生懸命その人を助けようとしたんでしょう？　だったら、悪い子だなんてとんでもない。お祖母ちゃん、菜月ちゃんはすごく立派なことをしたと思うわ」

それでもまだ動けずにいると、祖母が私の手を取った。

「菜月ちゃんはえらい、えらい」

云いながら、温かな手で、ぎゅ、ぎゅ、と優しく私の両手を握ってくれる。

とっさに、言葉が出てこなかった。大袈裟ではなく、祖母が私の言葉を否定しなかったことで、救われたような思いがした。祖母の笑顔につられて、ぎこちなく笑みを浮かべかける。そのときだった。

「いい加減にしなさい、菜月」

険しい声が背後から飛んできた。

振り返ると、夕食に呼びに来たらしい母が、こわばった表情で戸口に立っている。ぎくりと身を硬くした私から、母が祖母へと視線を移した。

「お義母さんも、変なこと云わないでください。嘘をついたら甘やかしてもらえるなんて菜月が勘違いしたら、どうするんですか」

「菜月ちゃんは、嘘をつく子じゃないよ」

おっとりとした口調で、祖母が私を擁護する。

「この子はなんにも悪くないのに、叱ったりしちゃいけないよ」

その瞬間、母の目にたちまち涙が浮かんだ。唇を震わせ、祖母を睨みつける。

「そんな、無責任なことを云って——娘が非常識なことをして、他人様に迷惑をかけたんですよ。親として、云って聞かせるのが当然でしょう？　なんなんですか、私ばかり、悪者ですか」

私は怯えながら二人を見た。どうしていいかわからず、ただ、こんな状況を引き起こしたのが自分だということだけは痛いほど理解していた。

やりとりが聞こえたのだろう、父が廊下から現れた。すがる思いで見つめる私の前で、ため息をつき、疲れた表情で祖母に云い放つ。

「――母さん、いい加減にしてくれよな」

家族の間に埋めようのない何かが生じたのだとすれば、それは間違いなくこの日だったのだと思う。

母と祖母の関係は前にもましてぎくしゃくしたものになり、揉め事に関わりたがらない父は仕事を理由にそれを無視し続けた。

今にして思えば母は、私が祖母になつくのに意固地になっていたのかもしれない。

そして私もまた、この日の出来事を境に、自分の中で何かが決定的に変わったのを感じていた。

私は、自分の身に起きたあの不可解な現象が怖かった。

またいつあんなことが起こるかもしれない、もしかしたら次は戻ってこられないかもしれないなどと考えて、眠れなくなる夜もあった。そんなときは何度もしつこく時計を見て、変わりなく時間が過ぎていることを確認した。

同じくらい怖かったのは、あのとき向けられた冷たい眼差しだった。

顔を歪めて私に手を上げた母。必死で助けたはずのおばあさんは、私のことを虚言癖のある悪質な子供とでも思ってか、忌まわしいものでも見るような目つきで睨みつけた。

正直に云えば、私はそれまで、親というのは自分のことをわかってくれるものと無条件に信じている能天気な子供だった。学校で教師が口にする通り、〝精一杯努力すれば報われる〟ものであり、人は〝お互いにわかり合える〟ものだと信じていた。

だから、血のつながった両親にさえ自分の言葉を全く信じてもらえなかったことは、私の中の何かを打ち壊した。

――おそらく、あのとき私が感じたのは、他人と理解し合えないことに対する恐怖だったのだと思う。

得体の知れない繰り返しの時間の中で、私は本当の意味でたった一人だった。そんな私の不安や怯えを理解してくれる人は、恐ろしいことに、この世に誰も存在しないのだ。一度そう考え出すと、自分以外の人間に対して気安く心を預けることなど、もうできなかった。そうするにはあまりにも全てが心許なくて、怖かった。

私と両親の関係は、外からは、表面上はなんら変わりのないものに見えたかも知れない。けれどあの日以来、私たち親子の間には、常に薄いプレパラートのカバーガラスが挟まっているかのような距離感があった。私が孤独を打ち明けられたのは唯一、祖母にだけだった。

「ママは、私に問題があるから、嘘をついて周りを困らせたりするんだって云ったの」

母の言葉を思い出し、どうしようもなく悲しい気持ちになりながら祖母に云った。それを祖母が来たせいだと云われたことは、話せなかった。

「パパもママも私の云うことを信じてくれない。――どうせ、嘘つきの悪い子供だと思ってる」

自分で口にしながら、胸が塞がるような気持ちになる。ああ、そうだ。両親は私を、問題のある子供だと見なしている。

するとと祖母は、珍しく真顔で私をたしなめた。

「どうせ、なんて云っちゃ駄目」

私の顔をのぞきこむようにして、云い聞かせるような口調で続ける。

「どうせって云ったら、そこでおしまい。なんでもつまらなくなっちゃうからねえ」

祖母が微笑んで私の手を握った。しわだらけの柔らかな手でそうされると、不思議と心が落ち着いた。「どうせ、なんて云ったらつまらない」しばしば聞かされたその言葉は、祖母の口癖だったのだろう。私はそのたび、「うん」と素直に頷いた。

このとき、ささくれ立った空気の中で、私は祖母の老いが緩やかに進行しているのにまだ気が付いていなかった。

兆候はあった。なかなか寝付けないと云う祖母が、夜中にたびたび起きてお手洗いに行ったりするので、その物音で目が覚めてしまうと母が愚痴をこぼしていた。祖母はやや足が悪く、持ち手のところと先端がゴムでできた茶色い杖をついていたので、歩くたびにドン、とこもった音がするのだ。その時期、祖母は夜眠れないと口にする半面、昼間はどこかぼうっとしていたり、うとうとしていることが多かった。

あるとき私は、祖母の不在時に裁《た》ちバサミを借りようと部屋に入った。微かに嫌なにおいが鼻をついた。異臭はどうやら、洋服簞笥《だんす》から漂っているようだった。恐る恐る、簞笥の引き出しを開けてみた。折り畳まれた衣類を探り、そこにある物を見つけると同時に、凍りつく。

引き出しの奥に、汚れた下着が何枚も押し込まれてあった。祖母がしまい込んだのに違いなかった。

……大好きな祖母の心身に、加齢による変化は確実に訪れていた。

両親はそんな祖母に対し、積極的に関わろうという姿勢を持たなかった。父と母の名誉のために云えば、彼らが祖母を虐待したというような事実はない。けれど、祖母と両親の間に、家族としてのコミュニケーションがほとんど存在しなかったのは確かだ。

私が小学四年生になった春、風邪をこじらせて肺炎を起こした祖母は、入院先で亡くなった。

葬儀の最中、大人たちは慌ただしく立ち働き、両親は時折思い出したように声を詰まらせた。

火葬炉で祖母の遺骨を前にし、「お身内の方、二人ずつ大きい骨から収めてください」と促された。木の箸《はし》を渡された私はおずおずと祖母の骨を拾い、骨壺に入れようとした。火葬されたばかりの骨は熱を帯びていたけれど、しわの寄った祖母のあの柔らかな手では、もうなかった。

手の部分と思われる骨を摑んだ時、焼かれて脆《もろ》くなった白い骨が、形を失って箸の間から崩れ落ちた。その瞬間、こらえきれずに目から涙があふれ出た。

頰が濡れるのを感じながら、もし、という考えが頭をよぎる。

もしあんなことが起きなければ、私が騒ぎを起こして心配をかけたりしなければ、祖母はもっと元気で長生きできたんじゃないだろうか。あんなふうに父と母と喧嘩なんかしなくてよかったんじゃないのか。祖母は、私は何も悪くないと云ってくれた。だけど、本当にそうだったんだろうか。私がいけなかったんじゃないのか。

考えるほど、胸が痛くて仕方なかった。ぎゅ、ぎゅ、と握り締めてくれる優しい手のひらは、もうどこにもない。

――私は、たった一人の理解者を失ったのだ。

祖母を亡くしてからは、いっそう人と関わることが怖くなった。

私の体験した出来事は明らかに特殊だった。誰かに話したところで、到底信じて受け入れてもらえるとは思えなかった。どんなに近しい相手でも、もしそれを口にしたら、知られてしまったら、また冷たい目で見られて拒絶されるのではないか。そんな恐れは、いつも私につきまとった。

いつしか、私はスキンシップというものが苦手な子供になっていた。他人から身体に触れられるのも、自分から触れるのも苦手だった。

触れ合うという行為は、互いを受け入れ合うということだ。私には、それができなかった。他人の体温を身近に感じると、緊張に身構えてしまうか、どうしても避けてしまうのだ。不安になると、いつも祖母の温かな手のひらの感触を思い出した。同時に、それを失ったときのことを思い出して打ちのめされた。あんな思いはもう、したくない。

思い悩んだ結果、中学に上がった私は、なるべく他人と関わらないことに決めた。

誰とも深い関係を持たなければ、気安く触れられることはない。相手の拒絶を恐れることもない。そう考えたのだ。

どのグループにも属さず、積極的に友人付き合いをしようとしない私は、女子の間で明らかに浮いた存在だった。けれど、それでいいと思っていた。誰かに心を託し、理解し合えないのだという残酷な事実をあらためて突きつけられるくらいなら、最初から一人でいた方がマシだ。

……そうした私の態度が、あんな出来事を引き起こすとは夢にも思わなかった。

中学二年の林間学校のとき、校外学習の一環としてハイキングが行われた。麓《ふもと》にある宿泊施設から出発した私たちは、山の中を歩いていた。よく晴れた空で、風が心地よかった。私のいた班は列の最後だった。

「足元に気を付けて。はぐれないよう、前後の生徒がいるかちゃんと確認しながら班で移動してくださーい」と、歩きながら先生が何度も指示していた。

朝からなんとなく下腹部に鈍痛を感じていた私は、何か悪い物でも食べただろうかと首を捻《ひね》りながら、少しゆっくりしたペースで歩いていた。

頂上広場で昼食をとり、宿泊施設までの道を下る。途中でスニーカーの紐がほどけたため、私はしゃがみこんで紐を結び直した。地面に視線を落とすと、普段は見ない大きな蟻《あり》がいて、その何倍も大きい菓子の欠片《かけら》を重たげに引きずっていた。日差しが濃密な葉影を落とし、夏特有の植物の匂いがした。額の汗を拭い、再び歩き出そうとして、動きを止める。

そのときには、目の前にいたはずの同級生たちの姿がどこにもなかった。

困惑して立ち尽くし、それから、先程同じ班の女子たちが意味深な目配せをし合っていたことに思い当たる。

おそらく彼女たちは協調性のない私のことを快く思っておらず、些細な悪戯心《いたずら》から、私に意地悪をしようと思いついたのに違いない。紐を結び直している間に、私を置いて早足で先に行ってしまったのだろう。自然とため息が出た。

とにかく列に合流しなくては、と歩き出す。

立ち止まっていたのはそれほど長い時間ではない。すぐに皆に追いつけるだろう、というくらいの軽い気持ちだった。

状況が変わり始めたのは、歩き出してから数分後だ。

道が二手に分かれていた。困惑し、足を止めた。皆はどっちに行ったのだろう？

悩んだものの、ここで立ち止まっていたら、ますます列に遅れてしまう。迷った挙句、なんとなく見覚えのあるような気がする方を選んで進むことにした。さっきまで爽快に感じられたはずの自然は、一人きりで歩くとなんだか心細く思えた。不安を煽《あお》るように、頭上で枝葉が揺れる。羽虫がぶぅんと音を立てて顔の近くを飛び回った。自然と歩調が速くなる。

しばらく歩いたけれど、皆の姿は一向に見えてこない。嫌な予感に、足が止まった。

……もしかしたら、道を間違えたのかもしれない。

引き返そうか、それとも麓を目指してこのまま下るべきかとためらったとき、空が曇ってきた。あんなに晴れていたはずの空から、突然、ばらばらと雨粒が落ちてくる。動揺して空を見た。

山の天候は変わりやすいから気を付けるようにと、ミーティングで先生から注意があった。

だけどこんなに急に雨が降り出すなんて、まるで何かの冗談みたいだ。

私は半袖のTシャツに学校指定の長ズボンという軽装だった。慌ててリュックを下ろし、中に詰めていたウィンドブレーカーを羽織る。折り畳みの傘も準備していたけれど、今日は天気が良かったので、荷物になるからと雨具を宿泊施設に置いてきていた。

雨が、本格的に降り出した。乾いた土があっというまに濃い色に染まる。衣服が黒っぽく濡れていった。長時間雨に打たれて体温を奪われると危険だということを、以前、テレビで観た記憶があった。このままここでじっとしている訳にはいかない。とにかく下山しなければと思い、再び前に向かって歩き出した。

風雨に打たれて木々がざわめく。目を開けていられないほどの大雨は、体力だけでなく、視野も容赦なく奪っていった。

込み上げる不安を抑えながら、懸命に先へ進む。

歩き続けるうちに、次第にお腹の痛みが強くなってくるのを感じた。朝から感じていた重くだるい違和感は、今やはっきりと苦痛に変わっていた。どうして、こんなにお腹が痛いんだろう。じくじくと痛む腹部を押さえながら、顔を歪めて山道を進んだ。頭上で雷鳴が響き、思わず小さな悲鳴を上げる。お腹の痛みは一向にやまず、むしろうずくまってしまいそうなほどに強くなっている。息を切らして歩きながら、ぬかるみを避けようとして何気なく足元に目を向けた。

次の瞬間、目を見開いて動けなくなる。

腿から足首まで、ズボンの内側が血に染まっていた。

――初潮が始まったのだ。

ようやく頭では理解したものの、ショックのあまり、どう対処していいかわからない。自分の身体からこんなふうに血が流れるなんて、生まれて初めての経験だった。

よりによって、なぜ今なのだろう？

「いや……」

涙声になり、上唇を噛みしめた。眩暈がして、今にも貧血を起こしそうだった。雨水でぐっしょりと濡れた衣類が重く、気持ち悪い。下半身にまとわりつく不快な感触が雨によるものなのか、経血のせいなのか、すでに判断できなかった。足から力が抜けていく。大袈裟ではなく、ここで死んでしまうのではないかという気さえした。

必死で呼吸を繰り返し、どうにか気力を奮い起こして、再び足を踏み出した。

けれど、一度自覚したお腹の痛みは増すばかりで、少しでも気を抜くとその場にしゃがみこんでしまいそうだった。うう、と口から呻き声が漏れる。同性が皆、こんなひどい痛みと苦しみを日常的に感じているのだとしたら、私は女性という生き物のことをこれまで何も知らなかったことになる。

降りしきる冷たい雨が、全身を打つ。歯を食いしばり、麓を目指してよろよろと歩き続けた。

山道をさ迷ってから、一時間ばかり経っただろうか。

必死で歩くうち、ようやく、舗装された広い道に出た。雨に視界を遮られながらも目を凝らすと、そう遠くない場所に、木々に囲まれた白っぽい建物が見えた。私たちの滞在している宿泊施設だ。

安堵のあまり涙が込み上げてきた。……助かった、無事に帰り着くことができたのだ。思わず口元が緩んだ。あと、ひと息だ。

私は痛みをこらえ、余力を振り絞って歩き出そうとした。


ふいに、目の前が暗転した。


私は、薄暗い山の中に立っていた。

ざあざあと激しく雨が降りしきる。立ちすくむ私の頭上で、雷が鳴り響いた。木々が雨に打たれて枝葉を揺らす。土の上を勢いよく雨水が流れ、地面の一部にぬかるみを作っていた。

顔が引きつるのを感じながら、ゆっくりと視線を足元に落とした。衣服を汚し、足を伝って、生々しく血が流れ落ちている。

信じられない思いで目を見開いた。悲鳴が、喉元まで込み上げる。

……嘘でしょう?

私は、一時間前にいた場所に、戻っていた。

暴力的な勢いで降りしきる雨。腹部の痛み。響く雷鳴。それらが、ひどく遠くに感じられた。

——あのおぞましい時間の反復現象が、始まった。

……私を置いてわざと先に行ったクラスメイトに、大それた悪意があったとは思わない。彼女たちはあくまで軽い嫌がらせのつもりで、気に入らない私をちょっと慌てさせようとしただけだったのだろう。本気で私を苦しめようとしたのでもなく、まして大事《おおごと》にするつもりなど全くなかったに違いない。

◇

しかし、不運にもあの反復現象が起こってしまい、結果として私はひどい苦痛を味わった。

——二度の異常な体験を経て、自分なりにあれこれと考えを巡らせてみた結果、おぼろげながら、私はその現象に一定の規則性があることに気が付いた。

反復される時間はおそらく、一時間。毎回同じ一時間が、きっちり【五回】繰り返されるようなのだ。つまり本来の時間と併《あわ》せると、合計六回、私は同じ時間を体験することになる。

いつか父から聞いたレコードの針飛びという現象を連想した。傷が付いた箇所に差しかかると何度も同じフレーズが反復されるように、どうやら私の時間もまた、何かのきっかけで正常ではない流れに陥ってしまうことがあるらしい。

そして、ここが重要なのだが、繰り返される出来事は最後の回に起こったことが確定事項となるようなのだ。あくまでも最後の回の内容が、その時間に起きたこととして決定する。そういうサイクルになっているらしい。

自分の身に起きたことが何なのか理解できないまま、私は本やネットで手当たり次第に調べてみた。すると、よく似た事象や体験を扱った内容のものが世の中に数多く存在することがわかった。

タイムリープ。それが、私に起こった出来事に一番近いのではないだろうか。

私が読んだ作品の中には、自在に時間を行き来できたり、好きなように過去をやり直せるものもあった。……でも、私の場合はそれらとは明らかに異なっていた。

物語の中で、彼らはその特殊な能力を使って活躍する。

けれど私のこれは超能力だとかそういった類《たぐい》のものでは決してなく、云うならば、特殊な体質であるとしか表現のしようがなかった。私にはそれがいつ起こるのか全くわからない上、自身の意思でどうにかできるわけでもない。いわば病気で発作が起こるのに近い。

しかも私はこの現象でいい思いをしたことなどなく、むしろ辛い目に遭ったり、苦しい思いしかしたことがなかった。まさに、厄介な体質なのだった。

いっそのこと繰り返されるのが長い期間であるならば、受験のような、人生における大きな選択を優位にやり直すようなこともできるのかもしれない。

だけど私が繰り返すのはあくまで、直前の一時間だ。

ケン・グリムウッドの『リプレイ』という小説は、四十三歳で死んだ男が、それまでの記憶と知識を持ったまま、気が付くと二十五年前の時間に戻っているところから始まる話だった。

それに影響され、私はこの反復現象をリプレイと呼び始めた。再生《re-play》とはまさに云い得て妙だった。

私は、リプレイヤーだ。

◇

——二度のリプレイから、私は自分なりに、身を守るための手段を考えた。

中学の頃とは逆に、高校に入ってからの私は周囲とひたすら同化することを心がけた。決して周りから浮くことのないよう、誰ともそつなく付き合い、常に場の空気を読んで行動した。誰かとぶつかるような場面は極力避けた。この方法なら目立つことなく、他人と深い関わりを持たないでいられる。誰にも触れられずに済む。

アニメやゲームのモブキャラクターのように、ごく普通に過ごしていれば自分の身に特別変わったことは起こらないのではないかという、半ば願いにも似た気持ちもあった。

私の特殊な体質は、絶対に誰にも知られてはいけないものだ。

どんなに親しい相手でも、こんな尋常ではない話をすんなりと受け入れてくれるはずがない。それは確信に近い恐れだった。

なぜなら私は、実の両親によって既にそれを経験しているのだから。

十代は自意識のオンパレードだ。自分には霊感があると得意げに吹聴《ふいちょう》する子。映画の台詞や、夭逝《ようせい》した詩人の作品に涙をこぼし、自分は特別な感性の持ち主なのだと遠まわしにアピールする子。一律であることを拒《こば》む、多感な年頃の少年少女。

けれど、彼らは幸福だ。

おそらく彼らは、自分のどこかが決定的に人と違う作りなのかもしれないと恐怖し、眠れない夜を過ごしたことなどないのだろう。

周りに合わせて作り笑いを浮かべながら、私はいつも、一人だった。

あるとき、持病を持つというクラスメイトが、「大したことないから、ちゃんと薬飲んでれば全然平気なんだけど」と前置きして軽い口ぶりで云った。

「たまに不安になるんだよね。バスとか乗っててさあ、もし今ここで急に発作が起きたらどうしよう、周りの人が訳わかんなくてすごいビックリするだろうなとか考えて、ちょっと怖くなるの」

私はまじまじと彼女の顔を見た。それとよく似た感覚に覚えがある、と思った。けれどすぐに思い直す。

……なぜなら、私が抱えているものは誰にも理解してもらえず、ましてそれを止める薬など、どこにも存在しないのだから。

クラスでも目立つ部類の生徒、西園寺《さいおんじ》千佳《ちか》と宮野《みやの》愛美《まなみ》は、高校でできた私の友人だ。

私たちの高校は、学期ごとにくじ引きで席順を決める。二年生のとき、たまたま席が近くなったことから、いわゆる「仲良しグループ」として自然と行動を共にするようになった。彼女たちとは三年生になっても同じクラスになり、現在に至るまでその関係は続いている。

さっきから文化祭の企画について話し合っている教室内で、そっと二人を盗み見た。

きりりとした眉と目鼻立ちに、大人っぽい印象のボブカットの千佳は、良くも悪くも物事をストレートに口にする性格だ。彼女が発言するときに自然と周りが注目するのは、まっすぐに伸びた背すじか、よく通る自信に満ちた声のためかもしれない。女の子同士のコミュニティの中で、時に率直過ぎるほどはっきりとものを云う姿勢は、必然的に敵も味方も多かった。

ややきつい印象を与える整った横顔が、今は真剣に、クラスメイトの提案が箇条書きされた黒板に向けられている。

対照的に愛美はといえば、さっきから机に肘《ひじ》をつき、ふわふわの癖毛を指で弄《もてあそ》んでいた。愛美の関心はもっぱら、どうすれば校則に触れずに自分を可愛く見せることができるか、という点に向けられている。完璧なカールをキープしている長い睫毛《まつげ》を見せつけるように、愛美がゆっくりとまばたきをする。

この可憐な面立《おもだ》ちで微笑みかけられたら、私が同年代の男の子ならどぎまぎしてしまうだろう。事実、愛美は男子の間でとてもウケが良く、女子に人気のある運動部の男の子たちとも親しくしていた。同性からやっかみ混じりの反感を買いそうな立場にも思えるが、彼女に対しての風当たりは意外なほど少ない。

というのも、愛美が見た目通りのただ可愛い女の子ではないからだ。

今年の夏で引退したものの、愛美は東條高校のバレーボール部で主力選手だった。千佳に誘われて私も試合を見に行ったことがあるが、その活躍たるやなかなかのものだった。

愛美に云わせると、試合で必要なのは技術や体力、精神力の他に、〝読み〟というものなのだそうだ。敵や味方がどう動くか、試合の流れがどんなふうに展開するか。

おそらく愛美は、色々な面で読みに長《た》けているのだと思う。

彼女は甘い外見とはうらはらに、自分の立ち位置を冷静に俯瞰《ふかん》し、合理的なものの見方をするところがあった。男の子からむやみに特別扱いしてもらいたがったり、自身の容姿や交友関係をひけらかすようなこともしなかった。

そうなると、もし愛美に対して嫉妬めいた感情を持っていたとしても、彼女を攻撃するきっかけ自体が存在しないのだった。表立った理由もなく愛美を中傷すれば、攻撃した方が周りから逆にイタいと見なされてしまう。

私たちは自分が被害者になるのと同じくらい、もしくはそれ以上に、加害者になることをも恐れている。

「ええと、では次に、各担当と人数を決めます」

クラス委員の白石葉子《しらいしようこ》が、黒板に白いチョークで係名を書いていく。

真面目な彼女らしい、丁寧な字だ。一年の時からずっとクラス委員を務めているという彼女に、皆から信頼を込めて〈委員長〉というベタなあだ名が付けられたのは必然だろう。

東條高校は文化祭に力を入れており、実行委員だけでなく一般生徒も夏休みに入る前から準備を始めるところが珍しくない。かくいう私たちのクラスもそうだ。

文化祭では、各クラスが模擬店やお化け屋敷といった企画を催すか、総合フェスティバルに参加して演劇や合唱などの演目を行うか、どちらかを選ばなければならない。

総合フェスは毎年講堂で行われ、生徒の投票によって最優秀賞が決められる、注目度の高いメインイベントだ。私たちのクラスは被服ショーを行い、総合フェスに参加することが決まっていた。

私は、猫背気味に腰掛けて腕組みしたまま黒板を凝視している才原友加《さいはらともか》に視線を向けた。ハサミ形のヘアピンで留めた前髪の下に、気難しそうな眼差しが見える。一見不機嫌そうにも見えるけれど、あれは彼女が集中しているときの表情なのだ。そもそも愛想よくにこやかな友加の顔など、うまく想像できない。

実を云えば、うちのクラスの出し物が被服ショーに決まった理由の一つが、友加の存在だ。

昨年の文化祭で、彼女のいたクラスは『男女逆転シンデレラ』なるパロディ仕立ての演劇を行った。お笑い芸人を目指しているという小柄な男子生徒が演じたシンデレラはなかなかのハマり役だった。意地悪な継母《ままはは》と姉を体格のいい運動部の男子が演じ、そのテンポよいやりとりが観客にウケて頻繁に笑いが起こっていた。

空気が一変したのは、その後だ。

ステージが暗転し、次に照明が点いた瞬間、観客席におおっと派手などよめきが起こった。

私も、思わずのけぞった。

そこに現れた舞踏会の装いは、あまりにも本格的だった。ビーズの刺繍《ししゅう》やフリルがたっぷりとあしらわれた色とりどりのプリンセスドレスに、凝った作りの肩章を豪華にあしらった王子の衣装まで、素人目にも容易にレベルの高さがうかがわれる代物だった。控えめに云っても、高校生のクラス芝居の域を越えていた。

生まれて初めて目にする華やかな世界に、「まあ、なんて素敵なんでしょう……！」と感動の台詞を口にするシンデレラ。しかし賭けてもいいが、あのとき舞踏会の煌《きら》びやかさに圧倒されたのは、シンデレラよりもむしろ観客の方だったと思う。

後になって知ったことだけれど、客席をどよめかせた陰の立役者こそ、被服製作のリーダーを務めた友加だった。

将来はファッション関係の職業を志《こころざ》し、被服部に所属しているという彼女が目を付けたのが、市内で昔から営まれている絹産業だ。

折しも市では数年前から、《地元産のシルクを通して若い層に地域の文化に親しんでもらい、町の活性化を図ろう》という〈シルクまちづくりプロジェクト〉なるものが提唱されていたそうだ。絹関連産業の振興を目的としたそのプロジェクトの一環として、希望する学校には機織《はたお》りや、繭《まゆ》から糸を取り出すざぐりと呼ばれる作業の体験学習の機会を設けたりしているらしい。地元産のシルクを素材とした衣装の製作、発表の場に対して市が予算を提供するというのも、その一つだった。友加は学校を通じて東條祭への協力を願い出て、見事観客が息を呑むあの舞踏会の装いを作り上げたという訳だ。

かくて『男女逆転シンデレラ』は優勝こそ逃したものの、審査員賞を受賞し、地味だと云われていた被服部にまでスポットライトが当たることとなった。

当の友加はといえば、周りから浴びせられる賛辞の嵐に特別浮かれる様子もなく、「それはどうも」とそっけなく応じるだけだった。友加の関心はあくまでも自分の手がけた衣装の出来に向けられるものであり、自分自身が周りから注目されることについては全く興味がないようだ。なんというか、職人気質の彼女らしい。

それ以降、友加の技能は学校中に知れ渡ることとなった。あまりに突出していることを指し、一部では冗談めかして〈才原クオリティ〉などと呼ばれているほどだ。私はある女性教師が「お願い。娘がダンスの発表会で着る衣装を作るの、手伝って」と友加にこっそり泣きついたのを知っている。

今年もその腕を演目に活かしては、という意見がクラス内から上がり、多数決であっさりと出し物が決まった。とはいえ担任教師から「一部の生徒だけが出し物の中心になるのはいかがなものか」との指摘があったため、話し合った結果、ショーの内容を工夫することにした。『世界の民族衣装』をテーマに、被服だけでなく、その国の文化や歴史的背景などを紹介する形で構成するのだ。衣装の製作、各国のナレーションや紹介映像の作成、ＢＧＭの編集や照明、音響といったステージ演出など、それぞれのパートに分かれてクラス全員が作業に参加する。

葉子がチョークを片手に、落ち着いた様子で教室内を見回す。

「舞台に立つモデルなんですけど、最初の案では、人数は男女半々ずつの予定でした。でも小道具と演出の方にもう少し人手を回したいのと、男子のモデル希望者があまりにも少ないので、思いきって女子の衣装を中心にした構成に変更した方がいいかもしれません。皆さん、どう思いますか？」

「どっちでもいいよね」

どちらかといえば大人しい性格の女子が、隣の席の女友達に他人事《ひとごと》のように小声で呟いた。それが耳に届いたのだろう。千佳がゆっくりと振り向き、まっすぐに彼女たちを見つめてにこりと笑う。

「そーゆーの、一番ムカつくんですけど」

云い争うのに慣れていない彼女たちはたちまちばつが悪そうな顔になり、顔を赤らめて目を伏せる。相変わらず率直過ぎる物云いだな、と呆れながら眺めていると、少し離れた席で小さく含み笑いをするような気配がした。

反射的に目を向け、頬杖をついてこちらを見ている氷室理奈《ひむろりな》と視線がぶつかる。反応に困り、とっさに目を逸らした。

別に理奈のことが嫌いな訳ではないが、彼女を見ていると、なんだか落ち着かない気分にさせられる。それはどうやら私だけではないらしく、彼女が同級生と気安く会話を交わす場面はあまり見たことがなかった。彼女の際立った容姿がそうさせるのだ。

少年めいたショートカットに、小作りな顔。薄茶色の大きな目や、華奢《きやしや》な手足は、整いすぎてどこか作り物のような印象を与え、隣に立つのを気おくれさせた。実際、高校に上がるまではキッズモデルをしていたらしく、雑誌に載ったり、テレビに出演したりしたこともある元芸能人だという事実が、なおのこと理奈と他の女子との間に見えない線を引いていた。あの子は、特別。

理奈自身が口数の多いタイプではないこともあり、彼女に対して周りはどこか遠巻きにしている印象があった。

含み笑いを聞き咎めた千佳が、「何がおかしいわけ?」とあからさまに険のある口調で彼女に尋ねる。

むっとしている千佳を、理奈は横目で見やった。気だるげに頬杖をついたまま、呟く。

「別に」

それからすぐに興味が失せたように視線を外し、窓の外に目を向けた。見なくても、千佳が不機嫌そうに眉を寄せるのがわかる。

ショーは女子が中心に出演する、ということで話し合いが進んでいった。

「えー、では、メインのモデルを決めたいと思います」

葉子に意見を求められ、友加がおもむろに口を開いた。

「皆で決めた通り、衣装は王道のものからウケ狙いのものまでバラエティに富んだ内容になるけど、ラストは各国の婚礼衣装ってことで派手に盛り上げたいと思います」

いっそう真剣な表情になり、歯切れのいい口調でクラスメイトたちに説明する。

「私たちにとっては最後の文化祭になる訳だから、〝新たな世界への旅立ち〟って感じで、婚礼衣装を着たモデルが教師と在校生に向けてメッセージを送る演出をしようと思うの。ほら、結婚式で花嫁が『お父さん、お母さん、今までありがとうございました』って感謝の言葉を読み上げるじゃない。あんな感じ。見せ場の大役だから、誰にやってもらうのが適任かな、って」

教室内がざわついた。さすがに舞台のトリを務めるモデルということで、互いに顔を見合わせるばかりでなかなか手が上がらない。葉子は困惑げに皆の顔を見回した。

「自薦、他薦問わないので意見をお願いします。誰かいませんか？」

ややあって、ひとりが遠慮がちに提案した。

「……氷室さんがいいんじゃない？」

その言葉に、クラスメイトたちが一斉に理奈に視線を向けた。「えっ」という意外そうな声や、「おお！」という同意の声などが同時に上がる。

「そうだよ、氷室さんてモデルやってたんでしょ？　すげえ。うちのクラス、本物のプロがいるじゃん」

「やっばい、うちらのショー、絶対目立っちゃうよ！」

一気に盛り上がる雰囲気の中、千佳が間髪を容れずに手を上げた。

「そういう決め方はどうかと思います」

周囲の視線に臆することなく立ち上がり、強い口調で云い放つ。

「責任ある大役は、最初から企画に積極的に関わってきた熱意ある人にやってもらうべきだと思います。ただ目立てばいいって話じゃなくて、さっき才原さんが云ったみたいに、皆でやる最後の、大事な文化祭なんだから」

云いながら、千佳がまっすぐに理奈を見据える。「だよね」と何人かの女子が同意するように頷いた。なんだか雲行きが怪しくなってきたな、と思った。

千佳は性格こそきついが、こんなふうにあからさまに個人を槍玉《やりだま》に挙げるような真似は滅多にしない。それが理奈に関しては、何かと感情的になってしまうようだ。互いの間に決定的な何かがあったという訳ではなく、おそらく水と油のように混ざり合わない性質の二人なのかもしれない。

はあい、と皮肉っぽい表情でクラスメイトの魚住《うおずみ》さやかが片手を上げた。うりざね顔にシニカルな笑みを浮かべ、口を開く。

「ていうか、別に氷室さんでよくないですか？　いま西園寺さんが、最初から積極的に関わってきた人が大役をやるべきみたいなこと云ってたけど、それこそ一部の人だけが中心になってクラス企画をやるってことにならない？　全員参加の企画なんだから、そういうのにこだわるって、おかしいと思う」

千佳が顔をしかめてさやかを見た。気の強いさやかは千佳と日頃から対立しがちだ。

二人が険しい視線をぶつけ合ったとき、ふいに明るい声が響いた。

「文化祭の企画で意見を交わし合うとか、なんかオレら、青春っぽいよな」

私は驚いてそちらを見た。

間延びした口調で朗《ほが》らかにそう云ったのは、私の隣の席の天野《あまの》拓未《たくみ》だ。

爽やかな笑顔でそんな台詞を口にされ、毒気を抜かれたように千佳とさやかが黙り込む。教室に漂いかけた不穏な空気は、拓未の屈託ない発言であっけなく霧散してしまった。

個性の強い女子が多い私たちのクラスが、それでも仲がいいと認識されているのは、たぶん男子間の雰囲気がすこぶる良いからだ。その中心にいてクラスのムードメーカーとなっているのが、拓未だ。

「うわ、お前なに恥ずかしいこと云っちゃってんだよ」

「天野、それキザ過ぎだろー」

口々に上がるからかいの声に、しれっと冗談めかして拓未が笑う。

「え、だってクラスの皆で一つのことに一生懸命になるって、カッコよくない？」

てらいのない物云いに、好意的な笑い声が起こった。「ったく、カッコつけ過ぎなんだよ、お前こそ！」などと男子とじゃれ合ってから、拓未が飄々《ひょうひょう》とした口ぶりで云った。

「これはマジな話だけどさ」

皆の顔を見回しながら、真顔で続ける。

「文化祭は部活の方でも参加するから、そっちの準備や練習が忙しくてクラス企画の方はなかなか手が回らないってヤツも、結構いると思うんだ。だから手伝える人とかやりたい人はどんどん作業に関わってくれたら正直助かる。いま云ってくれたみたいに、せっかく最後の文化祭なのに準備不足で悔しい思いとか、したくないじゃん？」

軽やかな声で云って、拓未は肩をすくめた。全員参加の企画なのだから誰がやっても構わないというさやかの主張と、自分たちにとって最後となる大事な文化祭だ、という千佳の言葉をどちらも尊重したうまい云い方だと思った。これなら、彼女たちのいずれの面子《メンツ》も潰すことにはなるまい。

千佳が考え込むような表情をした後、無言で席に座る。

「もちろん、無理やり押し付けるとかじゃなくて、あくまで本人の意思が大事だけど。オレはすごいわくわくしてるかな」

拓未は悪戯っぽくそう云うと、気さくな口調で理奈に尋ねた。

「で、氷室さん。引き受けてくれる気はある？」

クラスメイトの視線が理奈に集まった。傍観者のように無言でやりとりを眺めていた理奈がゆっくりと首を傾ける。表情を変えないまま、やがて、ぼそりと呟いた。

「――いいけど」

誰からともなく、漣《さざなみ》のように拍手が起きる。私はにこりともしない理奈の横顔を見つめ、それから、晴れやかに笑う拓未に視線を移した。

文化祭に向けて、私たちの日常が動き出していた。

◇

日差しに温められた屋上の感触を、スカート越しに感じる。

昼休み、私は千佳と愛美と並んで壁にもたれるようにして座っていた。

「見て、これ可愛いと思わない？」

愛美がはしゃいだ声で云い、手にしたファッション雑誌のページを指す。季節を先取りしたファーとリボンが付いたショートブーツの写真に視線を落とし、私は大きく頷いた。

「ほんとだ、可愛いね」

目を引く愛らしいデザインだ。私の趣味ではないけれど。

「この芸人さ、絶対、一発屋だよねえ」

今度は芸能記事のページをめくり、愛美は笑いながら軽口を叩く。

「なんか見ててイタいよね。努力だけで生きていける世界じゃないのにさ」

一発当てるってすごいと思う。努力だけで生きていける訳じゃないと思うけど、努力しなければ全てが無いとも思う。別に云わないけど。

時々、どこまでが自分の本音で、どこからが建前なのかわからなくなる。そんな自分に、少し疲れる。

今さらながら、千佳と愛美はなぜ私と一緒にいるのだろう。彼女たちを否定せず、激しい自己主張をしないことが心地いいからだろうか。だから私を親友だと、気持ちが通じ合っていると思い込んでいるのだろうか。いずれにせよ、個性の強い二人が放つ光に隠れて、目立たずにいられればそれでいい。

風に乗って、隣に座る愛美からふわりといい香りがした。桃とバニラの混じったような甘い香りだ。

「この香り、前から使ってたっけ?」と何気なく尋ねると、愛美が嬉しそうに説明してくれる。

「調香を習ってる従姉妹《いとこ》が、誕生日にオリジナルのパフュームをプレゼントしてくれたの。〈Happy Days〉って云うんだって」

幸福な日々。なんだか作り物めいて聞こえる響きだ。けれどその甘い香りは、愛美によく似合っていた。

私の飲んでいる〈炭酸いちごみるく〉の缶を指差し、愛美が「その変わったやつ、また飲んでるし」とけらけら笑う。

「それ好きなの、菜月くらいだよ、絶対」

「いいの。美味《おい》しいんだから放っといて」

云い返してそっぽを向いた。売れ筋ではないが、一部ではマニアックな人気のあるこの炭酸飲料を私が好んで飲んでいると、愛美はいつもこうしてからかってくる。以前ねだられて一口あげたところ、即座に顔をしかめて「微妙」と返された。……心外だ。

ごめーん、と愛美がふざけて寄りかかってくる。肩に感じた体温の生温かさに、思わず身を硬くした。姿勢を変えるふりをして、さりげなく彼女から身を離す。

私がスキンシップが苦手であることは、幸いこの二人にも気付かれていない。

ふと、思い出したように愛美は云った。

「そういえばうちのクラスでそれが好きな人、他にもいなかったっけ? そうだ、天野君だ」

その言葉にどきりとする。確かに、拓未が炭酸いちごみるくを飲んでいるところを教室で何度か見かけたことがあった。妙なところで好みが一緒なんだな、と意外に思った記憶がある。

決して口には出せないが、私がクラスで苦手意識を持っているのは理奈の他にもう一人、彼だ。

同じクラスになった二年生のときから、ずっとそう感じていた。嫌いというのではなく、真っ当な日向《ひなた》の匂いがする拓未を見ていると、自分の笑顔がまがい物だと突きつけられるような落ち着かない気分になる。あまり近付かないようにしよう、と密かに思っていた。

だから席替えのとき、拓未がくじの入った箱から一枚を引き、箱を持っていた葉子と笑顔で何か会話してからこちらに歩いてくるのを見て戸惑った。

隣の席に腰掛けて、「よろしく」と笑いかけてきた彼は、どこまでも屈託というものがないように見えた。

自然体、という言葉が私は苦手だ。女優やタレントが〝美人なのに、飾らない自然体のキャラクター〟として雑誌などで取り上げられているのを見ると、なんだか居心地の悪さを覚えてしまう。世間にどう見えるかを完璧に計算して作られたポーズに表情、プロが施したナチュラルメイク。それはもはや、自然体という名を掲げたブランドのようだ。

けれど、教室の中で気負いなく振る舞う拓未を見ていると、その表現が違和感なく当てはまる気がした。いつも誰かの目を意識している私とは、正反対の生き物だ。

「ねえねえ」と愛美が面白がるように云った。

「さやかって、あれ絶対天野君に気があるよね。さっきも天野君に云われて柄にもなく大人しくなっちゃったもん。う一ん、恋する女子は可愛いなあ」

先程、拓未が千佳とさやかの不穏なやりとりを収めた場面を思い返す。

「さやかのことはいいとして」

私は、傍らに座っている千佳にやんわりと言った。

「千佳、氷室さんにちょっと突っかかり過ぎじゃない？　なんでそんなに絡むかな？」

尋ねながらも、千佳が彼女に神経を逆立てる理由はなんとなく理解できなくもなかった。

それは理奈が〝違う〟からだ。周囲と同じ色に染まらない彼女の存在は、ここでは異物だ。

そしておそらく理奈自身も、はっきりとそれを自覚している。

リーダー気質で責任感の強いところのある千佳は、理奈のそんなところが身勝手な態度に思えて、いちいち気に障《さわ》るのだろう。

千佳が横目で私を見た。それから、ふうっと息を吐き出し、立ち上がる。

「……元芸能人だかなんだか知らないけどさ」

不機嫌な声を出しながら歩き出した千佳が、屋上の柵に手をかける。

「斜《しゃ》に構えて周りを小馬鹿にしてるみたいで、時々頭くんのよね。私はあなた方と同じステージには立ってませんって感じ。他人を舐めてない？」

一瞬、身を硬くした。自分のことを云われているのではないと知っているのに、胸がざわつく。

「千佳は好き嫌いはっきりしてるもんね」

呆れたように愛美が呟く。千佳は柵の向こう側を見つめたまま、きっぱりとした口調で告げた。

「あたしはただ、グラウンドで泥にまみれてる人間に、観客席から無責任なヤジ飛ばすような輩《やから》が大嫌いなだけ。そんな醜悪な人間になるくらいなら」

振り返った千佳のスカートが翻《ひるがえ》る。拳銃を形作った指先が、まっすぐ自身のこめかみに当てられた。

「頭撃ち抜いてみせるわ」

そう口にして千佳が笑う。冗談めかしているけれど、おそらくそれは彼女の根底にある信念だ。骨が無い軟体動物みたいに、ぐにゃりと頼りない輪郭の私には持ち得ないものだ。

だから私にできるのは、冗談にして笑い飛ばすことだけ。

「やめてよー、千佳が云うと冗談に聞こえないよー」

千佳が戻ってきて、再び私の隣に腰を下ろした。制服という戦闘服に身を包んだ彼女たちと違って、私は何かに心を傾けることから、必死になることから降りている。

青空に、羊の群れみたいな形の雲が浮かんでいた。

「卒業したらさ」

空を仰ぎ、愛美が苺味のポッキーを齧《かじ》りながら呟いた。

「大学でも絶対このメンツで遊ぼうよ。高等部みたいに面倒な校則も無いしさ、合コンとかたくさんしようね」

「大学行っても、同じ顔ぶればっかで新鮮味なさそうだけどね」

千佳が憎まれ口を叩いてにやりとする。

東條高校は、付属大学に内部進学する生徒が圧倒的に多い。それなりに知名度のある大学なので、それを見据えて高校受験してくる生徒も珍しくないのだ。私も以前はそのつもりだった。けれど、今は違う。

私は、よその大学を受験するつもりで密かに準備を進めていた。

リプレイを体験したことで両親から心の病ではないかと疑われ、不安になった私は一時期、心理学関連の書籍を大量に読み漁《あさ》ったものだった。今となっては、あれは子供の妄想などではなく現実だったとはっきり認識しているものの、当時の私は両親が云うように自分は問題のある子供なのかもしれない、という懸念に駆られていたのだ。

そのとき読んだある心理学書が興味深く、関心を持ったことから、心理学部のある大学へ進みたいと思った。たまたまその本の著者である心理学者が教鞭を執《と》っていることを知り、彼女が教えている私立大学を第一志望にするつもりだった。

「でもさあ、愛美が連れてくる合コンメンバーって、なんかチャラそう。そう思わない？　菜月」

「……そうだね」

千佳が冗談めかして私に話を振る。私は小さく笑った。

周りには、私が他大を受験することは話していない。

彼女たちは当然のように私も一緒に同じ大学へ進学するものと思っている。周りの大多数がその選択をする中で、敢《あ》えて異なる道を選ぶのはなんだか彼女たちを否定するようで云いにくかった。他大を受験する、その動機も。

付属大学へ進学してからのことについて楽しげに語り合う友人たちに対し、コミュニティからはみ出して面倒なことになりたくないという思いもあり、私はずるずると彼女たちに話を合わせていた。

愛美が拗《す》ねた顔をしてポッキーを口に運ぶ。

「二人とも、ひどーい。バレー部のOBから引き継いだコネ、甘く見んな。そんなこと云うと、いい男がいても紹介してあげないから」

「ごめん、ごめん」と笑いながら謝り、私は空に向かって軽く伸びをした。さりげなく口を開く。

「うちのクラスも気合い入ってるし、最後の文化祭、楽しく過ごせればいいね」

私の言葉に少し考える素振りをした後で、千佳が仕方なさそうに頷いた。

「――まあね」

私はそっと微笑んだ。千佳は正面から強くものを云われると反発しがちだが、こうしてやんわりとした云い方をされると、意外と素直に耳を傾けるところがある。

クラスで孤立している理奈に対して、表立っては口にしなくても、好感情を持っていない女子は確かにいる。発言力のある千佳が理奈への風当たりを強くすれば、彼女たちがそれに便乗してクラス全体が良くない雰囲気に傾くのではとやや心配していたが、この様子なら大丈夫だろう。

そんなことを考えていると、千佳がちらりと横目で私を見た。「何？」と尋ねると、子供っぽい仕草でわざとらしく私から視線を逸らす。

「別にぃー」

なおも問いかけようとした時、予鈴が鳴った。吹き抜ける風に髪の毛を押さえて、愛美がにこりと笑う。

「行こっか」

◇

文化祭に向けての準備は連日、さながら嵐のような騒々しさで進んでいた。

手分けして集めた資料に目を通しながら、ショーの内容を皆で決定していく。

参考文献を真剣な顔つきで眺めていた男子が突然、「おおっ!?」とすっとんきょうな声を上げた。興奮した面持ちで、手にした本のページを指差す。

「ここに載ってるブータンの人、田中《たなか》にすごい似てねえ？」

云われてのぞきこんだクラスメイトたちが、一斉に驚きの声を上げる。

「本当だ、田中君とそっくりだよ！　ていうか田中君そのものだよ！」

「ブータンの衣装を着るのは、田中で決まりだな」

周りが納得したような表情で大きく頷く中、本人が焦った様子でわめく。

「いやちょっと待て、オレはいいけど、お前ら本当にそんな決め方でいいのか!?」

予想外に女子よりも男子の衣装がなかなか決まらず、ああでもない、こうでもないと揉めることになった。

「パプアニューギニアの衣装って、ほとんど裸じゃね？　これさすがに橘《たちばな》先生あたりから駄目出しされるんじゃねえの？」

「なんで、文化じゃん！」

スコットランドで男性が身に付ける伝統衣装を指して「タータンチェックのスカートを穿《は》くくらいなら、オレは頭を丸める」と宣言する男子を、「あれはスカートじゃなくてキルトよ！」と友加が怒鳴りつけている。

作業が進むにつれて、友加の被服に対する情熱は半端なものではないとあらためて思い知った。衣装の製作に関しては、周りへの指示も含めて、どうしても友加に頼ることになる。しかし彼女はそれが苦になるどころか、より良いアイディアが出れば積極的にデザインを変更し、完全なものを目指して妥協する姿勢を見せようとしなかった。

大道具や演出などの各パートが形になってきて、やはりというか、あとは衣装作りが大部分を占める状況になった。友加のこだわりに、作業が追いついていないようだ。……これはまずい。

やむをえず、衣装作りを手伝ってもらえないかと被服部に恐る恐るお願いしてみたところ、思いがけず十人もの部員が参加を申し出てくれた。被服部は総合フェスティバルへの出演予定がなく、また、昨年友加が関わった例の舞台を観てむしろ積極的に手伝いを希望する部員が多かったようだ。

かくて被服部の精鋭による臨時のお針子部隊が加わったことで、作業はますます勢い付いていた。放課後の教室内でクラスメイトたちがせわしなく立ち動く姿は、もはや見慣れた光景だ。

延々と生地にトーションレースを付ける作業をしていたとき、ふいに「菜月」と呼ばれた。顔を上げると、教室のドアの近くで千佳が誰かを呼びとめている。振り向いたのは、理奈だ。

千佳が、あ、という顔をした。それから気まずそうに唇を尖らせ、ぼそりと呟く。

「……間違えたわ」

「そう」

特に気にした様子もなく、理奈はそのまま教室を出ていく。モデル役の彼女は衣装製作には関わっていないので、舞台のリハーサルに行くのだろう。

側にいた愛美がにやにやしながら冷やかした。

「もしもし千佳さーん？　菜月と氷室さん間違えるとか、ひょっとしてもうお疲れ？」

「愛美、うるさい」

千佳が面白くなさそうに愛美を睨む。それから私を見つけて、ややばつが悪そうな顔で声をかけてきた。

「じゃあ、あたしたち、工作室に行くから」

「ん。後でね」と苦笑しながら頷いて、教室を出ていく二人を見送る。千佳と愛美は大道具の担当なので、工作室に移動して作業を続けるようだ。すぐ隣の被服室では、葉子がリーダーを務めるグループがミシン縫いをしているらしい。

作業に戻ってしばらくすると、きびきびと動き回っていた友加がやってきて私の隣に腰を下ろした。休憩する友加の額に、玉の汗が浮いている。手を止めて彼女に話しかけた。

「進行、大丈夫そう？」

「駄目」

手にした裁ちバサミをいじりながら、友加が難しい顔で即答する。最近いつも握っているそれは、まるで彼女の身体と一体化したかのようだ。そんな映画があったな、とぼんやり思う。両手がハサミの人造人間。その手で傷つけてしまうから、彼は永遠に愛する人を抱き締めることができない。

自分の他愛ない思考に苦笑する。慌ただしい作業で疲れているのは、もしかしたら千佳だけではないかもしれない。

裁縫道具や粘着テープなどの備品が入った手近な段ボール箱に裁ちバサミを戻し、友加が独り言のように呟いた。

「全部の衣装を決めるのに結構時間かかっちゃったから、スケジュール的にきつくてさ。当日もステージ裏で色々と準備するのに手間がかかると思うんだけど、部活やってる子とかそっちの企画で持ってかれちゃうだろうから、現状だとちょっと厳しいな。何か手を打たなきゃかも」

特に気負った声を出すでもなくそう云いながら、表情を引き締めて前を見た。

「間に合わせるけどさ」

恰好良く口にした後で、さも無念そうにぼやく。

「……欲を云えば、十二単《じゅうにひとえ》とかもすごくやりたかった。さすがにこれ以上はもう無理だよね、厳しいよね？」

「いま自分でそう云ったばかりでしょうが！」

私は呆れて云った。一番スケジュールを追い込んでいるのは、もしかしたら他ならぬ友加自身ではなかろうか。

そんな彼女の熱意が周りに伝播《でんぱ》しているのか、皆、テンションが落ちることなく準備作業を進めている。教室の片隅で何やら懸命に布を巻きつける練習をしていた女子が、ふいに勢いよく立ち上がり、「私……私、バリ島の婚礼衣装の着付け、完璧に覚えたかも！」と興奮気味に宣言した。おお、と周囲から惜しみない拍手が湧き起こる。彼女にいつかまたその技術が活かせる機会が訪れることを願ってやまない。

「さっき衣装合わせで使ったやつ、ここに置くよー」

クラスメイトが、持ってきた段ボール箱を近くに置いた。舞台で小道具として使うために持ち寄った日傘やパイプ、かんざしやステッキなどがまとめて入っているようだ。

「そっちの作業用の備品が入った箱と、間違えないようにしてよね」

注意を促す友加の横で、私はその中から、派手な装飾を施されたレザーの手袋を手に取った。バラのような甘い香りがふわりと鼻をかすめる。

「これ、なんかいい匂いしない？」

ああそれ、と友加が目を細めて口を開いた。

「十六世紀のフランスで、手袋の革の匂いがきついから香料を染み込ませることが流行した、ってナレーションにあったでしょ。小道具もなるべく忠実に再現したいと思って香水をつけてみたの。ああ、やっぱり日傘はもっとレースをたっぷりあしらった華やかなものじゃなきゃ駄目だわ。ヴィクトリア朝の上流階級の女性にとって、日傘は実用品じゃなくて、装飾の一つなんだから」

ぶつぶつ呟きながら真剣な眼差しで小道具を一つ一つチェックする友加のこだわり具合に圧倒されていると、数人の男子が賑やかに教室に入ってきた。

先頭にいた拓未が、快活な声で尋ねる。

「向こうの作業は一段落したけど、こっちでオレらが手伝えることある？」

立ち上がり、腕組みした友加がにっと笑みを浮かべた。

「山ほどあるわ。すごく助かる」

彼らも加わって着々と作業が続けられる。とはいえ男子生徒の大半が、「そこのリッパー取ってくれる？」と指示され「りっぱあ？」ときょとんとするような有様なので、友加がシンプルな作業や力仕事を彼らにどんどん割り振った。確かに、型紙を眺めて「このI《アイ》ってたくさん書いてあるやつ、自己主張強めでなんかカッコいいよな」と口にする男子に「それはボタンホールを開ける位置の印です」と一から説明するよりも、その方がお互いのためだろう。

デザイン画を確認しながら布用の絵の具やスプレーを用いてペイントしていく彼らの手つきは、思ったよりもなかなか器用だった。一人が片手に握ったグルーガンからラメ入りの樹脂を絞り出して厚手の生地に次々と渦巻きを描いていく横で、一人は布用スタンプで薄い布地にバランス良く可憐な桜模様を付けていく。楽しそうに作業する彼らにつられて、自然と周りの熱気も高まっていくようだ。なんだかいい感じだ。

と、開け放したままのドアから、見知った女子が顔をのぞかせた。

二年生のときに同じクラスだった、小林《こばやし》沙織だ。小柄な彼女が私を見つけて、笑顔でひらひらと手招きする。

「どうしたの？」

廊下に出た私に、沙織がドリンクの缶を差し出した。私の好きな炭酸いちごみるくだ。

「さっき一階で千佳たちに会ってさ。今から教室に戻るところって云ったら、ついでに菜月の所に寄ってこれ差し入れしてって。……ずっと友加と一緒の班じゃ息が詰まるだろうから、ってね」

後半は声をひそめて悪戯っぽい口調で云う。私は笑いながら、「ありがとう」と冷たい缶を受け取った。

帰るのかと思いきや、沙織が教室内をのぞきこんで羨ましそうに呟く。

「あーあ、二組は天野君がいていいよね。リアルに恰好いい男子って目の保養だわ」

つられて視線の先を見ると、腕まくりをした拓未が窓際で布に模様を描いていた。ステンシルのように模様の形にカットした布を当て、時々全体を確認しながら、集中した表情で布用スプレーを吹き付けている。彼の健康的な日に焼けた腕が、額の汗を拭った。

目の保養、という言葉に思わずクスッとしてしまう。

拓未は確かに女子の間で人気があったが、クラスの誰それが彼に告白したとか、付き合っているといった類の生々しい話は意外なほど聞こえてこなかった。

彼に関しては、なんとなく女子の間で〝抜け駆け禁止〟とでもいうような微妙な空気があるようだ。彼に積極的にアプローチしたいと思っていても、もし自分が好意を口にしてうまくいかなかったとき、「ならば自分も」と別の誰かが彼に告白するような事態を彼女たちは懸念しているらしかった。クラスで好かれている爽やかな男の子が特定の誰かのものになるくらいなら、いっそ皆のもののままでいる方が楽しい。もっとも、卒業を前にしてその均衡が崩れる可能性は大いに考えられた。

「文化祭でカフェやるんだけど、よかったら遊びに来てよね。展示とかすごい気合い入ってて、もう絶対、度肝《どぎも》抜かれるから！」沙織が明るく云って去っていく。……度肝を抜かれるカフェとは何なのか、ちょっと怖い。

作業を再開すべく、私は教室内に戻った。風に乗って届いた金木犀の香りに目を細める。

金木犀の香りを嗅ぐと、なんだか懐かしいような気持ちになる。

たぶん、同居する前に祖母が住んでいた家の庭に金木犀が植えられていて、秋になるとその甘い香りが強く漂ってきたのを思い出すからだろう。

私にとって、幸福だった時間を思い起こさせる香りだ。……幼い頃によく遊びに行ったあの家は、今はもうなくなってしまったけれど。

私の知らない曲を口ずさみながら、近くで拓未が熱心に作業を続けている。

彼自身の声がいいせいもあるかもしれないが、なんとなく耳に残るフレーズだな、と思った。なんの曲だろう。

何気なく耳を傾けていると、顔を上げた拓未と視線がぶつかった。

一瞬どきりとし、いつものように当たり障りのない笑みを作る。

「……頑張ってるね」

私の言葉に、拓未が「ああ」とはにかんだように笑った。

「オレ、軽音部の方で総合フェスに出るからさ。うちのクラスと出番が近いから、悪いけど当日はほとんど手伝えないと思うんだ。だからせめて準備だけでも、ちゃんと参加したくて」

そう云って、汗に濡れた前髪を掻き上げる。

拓未は軽音部で〈Seventh Zone〉というバンドのギターを担当している。生徒の間ではなかなかの腕前だと好評で、熱心に練習しているらしかった。さっき口ずさんでいた曲は、もしかして彼らのオリジナルだろうか。或いは拓未が好きだという、私のよく知らない海外のロックバンドのものかもしれない。

彼がさりげない口調で尋ねてきた。

「さっき、小林が来てたろ。何か用だった？」

「用ってほどじゃないけど」

拓未を目の保養だと羨んでいたなどとは、まさか云えない。苦笑して、炭酸いちごみるくの缶を顔の前に持ち上げてみせた。拓未が、あ、という顔になる。

「差し入れを持ってきてくれたの。……ずっと友加と一緒に作業してると大変だろうから、って」

沙織にならって冗談めかし、わざと小声で云うと、「くはっ」と拓未はおかしそうに吹き出した。それから、すっと目を細める。

「才原って、アイツ本当にすごいよな」

その声にはなんの含みもなく、素直に感心したような響きがこもっていた。

他人を「すごい」と口にし、すんなりと認められるのは、見ていて心地がよかった。そう感じるのはたぶん、拓未の云い方に卑屈さや羨望めいたものがないからだ。それは彼のしなやかな強さによるものかもしれない。

ふう、と暑そうにシャツの前をはだけて扇《あお》ぐ拓未に、深く考えないまま、私は缶を差し出した。

「飲む？」

拓未が少し驚いた顔をし、すぐに微笑んで受け取る。

「サンキュ」

まだ冷たい缶のプルタブを開け、顔を上向けて拓未が美味しそうにそれをあおった。彼の喉が、音を立てて上下する。

「生き返った。どうも」と拓未が爽やかに云い、半分ほど中身が残っているらしい缶を私に手渡した。自然な動作につられて受け取ってしまったものの、返されると思っていなかった私は、やや戸惑いながら手の中のそれを見つめた。

……ここは冷たいうちに自分も口を付けるのが自然な流れかもしれない、と思い至ったが、とっさにそうするのがはばかられた。

私はスキンシップが苦手だけれど、皆で食べ物を分け合ったり、他人の使った物を使用することには特に抵抗はない。とはいえ、一つの飲み物を分け合って飲むのは、なんとなく一定以上の親しい男女がやる行為のような気がした。

かといって手を付けないでいるのも変に意識していると思われそうで、ためらった後、私はなんでもないふうを装って拓未の飲みかけのそれを口元に運んだ。アルミ缶のひやりとした感触が唇に触れる。

飲みながら、拓未の視線を意識して妙に落ち着かない気分になった。そんな私の様子を察してか、拓未がさりげなく窓の方へと目を向ける。外を眺め、ぽつりと「――金木犀の香りがするな」と呟いた。それから何気なく続ける。

「なんか、懐かしい感じする」

思わず拓未の顔を見た。偶然にも、先程自分が思っていたのと同じことを口にされて動揺する。まじまじと凝視してしまった私に、拓未が困惑したように尋ねてきた。

「どうかした？」

慌てて「ううん」とかぶりを振る。

なにやら気まずい思いで視線を逸らしたとき、思いがけず私たちを見つめている人物と目が合った。

廊下に立ち止まってこちらを見ていたのは、数学教師の橘賢吾《けんご》先生だ。

神経質そうな眼差しを向けられ、背すじが伸びる。

三十代前半の橘先生は普段から寡黙《かもく》で、生徒と気軽に冗談を云い合うようなタイプではない。長身で端整な面立ちのせいもあってか、どこか近寄りがたい雰囲気があり、授業も厳しい先生として生徒の間では敬遠されている感じがあった。

先生に気付き、拓未が「ちわっす」と気軽に挨拶をした。それに応えるように先生が軽く片手を上げ、廊下を歩いていく。

先生は私たちのクラス担任ではないし、確か写真部の顧問をしている彼と、軽音部の拓未とは部活動でも接点がないはずだ。不思議に思って尋ねる。

「橘先生って、軽音部の顧問じゃなかったよね……？」

「うん、違うけど」

一瞬迷うような表情をしてから、拓未は口を開いた。

「橘先生ってさ、ああいう感じだけど生徒思いの、すげえいい先生なんだよ。——うちの部、実は今年の総合フェスに、エントリーの申請許可が下りないかも、って話になってたらしいんだけど」

拓未の云おうとすることがわかって頷いた。

軽音部のライブは例年、大変な盛り上がりを見せる。昨年、彼らが総合フェスティバルで演奏した際、興奮した一部の生徒がうっかり学校の高額の備品を壊してしまうアクシデントがあった。そのことが問題視されたのだろう。

「一部の先生とか、元々軽音部でやるような音楽にあまりいい顔してなくてさ。もしかしたら今年の参加は見合わせなきゃならないかも、って皆で諦めかけてたんだけど、橘先生が職員会議で説得してくれたらしいんだ。生徒が真剣に頑張っている活動を、学校側が安易に規制するのは良くないんじゃないかって」

「そうなんだ……?」

嬉しそうに語る拓未の話に、意外な思いがした。やや冷たい印象を受ける橘先生と、そんな熱い行動は結びつかない。

「だから、本番は最高にいいパフォーマンスをしたいよなって皆で話してて」

拓未がそう云った時、教室内に甲高い声が響いた。

そちらを見ると、女子がきゃあきゃあ騒ぎつつ、制服の上から仮縫いした衣装を当てている。いずれも凝った衣装なので、苦労して二人がかりで着るのを手伝っているようだ。モデルをやる生徒が婚礼衣装を試着すると、女子の間から「すごーい」「これ、めっちゃ可愛くない？」とはしゃいだ声が上がった。「娘さんを僕にください」などと余計なことを口走って男子が友加に睨まれている。能天気過ぎる。

可愛過ぎー、と云いながらモデルに抱きつく女子を眺め、拓未が冗談めかして口にした。

「女子って、可愛いとか気軽に云えていいよな」

「男子だって云えるんじゃないの？」

「いや、うかつに云えないって。キモいとか、変な下心があるのかとか思われそうで」

そういうものだろうか。私は首をかしげて呟いた。

「天野君なら、普通に云えそうだけど」

私の言葉に、拓未が一瞬動きを止める。どうしたのだろうと不思議に思っていると、やがて彼が苦笑に似た表情を作った。顔をのぞきこむようにして、悪戯っぽい目つきで私を見る。

「それって良い意味？　悪い意味？」

思いがけず近い距離に戸惑い、言葉に詰まっていると、「天野ー、ちょっと来いよ」と男子が拓未を呼んだ。拓未が返事をし、軽い足取りで彼らの方に歩いていく。

無意識になのか、離れていく拓未がさっきの曲を小声で口ずさむのが聞こえた。

私は、身体に不自然にこもっていた力を抜いた。拓未と話しているとなんとなく、いつも通りの自分でいられないような、妙に落ち着かない気分になる。

それ、なんていう曲？　聞きそびれた問いを胸の中で反芻《はんすう》する。——ああ、確かに。

たったそれだけのことが口にできない。変な下心があるのかと思われそうで。

◇

その日の作業を終えて教室で片付けをしていると、支度を終えた千佳と愛美が「もう帰れる?」と声をかけてきた。

席から立ち上がりながら、手にした日誌を二人に見せる。今日は日直当番だ。

「これ職員室に持ってくから、先に帰ってて」

「いいよ、別に。うちら待ってるし」

そう云うと千佳は自分の席に座り、携帯電話をいじり出した。千佳の隣の机に行儀悪く腰掛けた愛美が、廊下を歩いていく男子を見つけて「あ、村田君《むらた》だ」と呟いた。彼に向かってひらひらと手を振る。

「おーい、あなたの恩人がここにいますよー」

愛美の冗談めかした呼びかけに、向こうも苦笑しながら「またな」と手を振り返した。

同級生の村田祐次《ゆうじ》は放送部の部長で、密かに〈放送室の番人〉などと呼ばれている。

うちの高校では昼の校内放送で、部や委員会、または希望者が告知をする時間がある。『校内美化週間なので、皆さんお掃除を頑張りましょう』とか、『来月は陸上部の県大会があるのでよかったら応援に来てください』とかそんな内容だ。時にいかつい面相をした先生が校内放送で子猫の貰い手を募り、微笑ましい空気が流れたりもする。

一部の生徒から寄せられる、「校内放送で自作の歌を流したい」「好きな女子に告白したい」といった類の私的な要望が生真面目な村田にことごとく却下されるため、そんな物々しい異名がついたようだ。

熱心に活動している放送部は去年、ある校則を変えようとして生徒が起こした署名運動と、それに反対する学校側のやりとりを取材し、校内放送で取り上げたことがあった。するとそれが「高校生らしくない」などと教師らの不興を買い、あやうく活動停止を命じられる危機に陥ってしまったのだ。

ここで助け船を出したのが愛美だ。愛美は村田に密かに助言し、その内容を構成し直して、大胆にも高校生の放送大会に出場させた。結果、ラジオドキュメント部門でなんと優秀賞を受賞したのだ。

地元紙などでも好意的に取り上げられた手前、まさか彼らに活動停止の処分を下す訳にはいかず、最終的に放送部はお咎めなしということになった。……これが愛美の云う〝読み〟というものなのかはわからないが、思わず感心するほどの見事な展開だった。

時々、愛美はこれから起こる出来事を既に知っているのではないか、などという突拍子もない疑念を覚えることがある。そう口にすると、愛美はにこりと笑い、意味深に云ってのけた。

「そうよ。あたし、未来が見えるの」

……放送部の一件は、私からすれば単に面白がって首を突っ込んだだけだと思うのだが、結果として部を存続させた彼女の手助けに村田はいたく感動し、「お前はオレの恩人だ。この借りは、卒業までに必ず返す」と目を潤ませて誓ったらしい。以来、二人の間でこのやりとりは一年近く続けられ、すっかり日常の挨拶と化している。

愛美としても、卒業までに本当にドラマチックな恩返しが行われると思っている訳ではなく、彼とのそんな言葉遊びをなんとなく楽しんでいるのだろう。

携帯電話を操作する千佳の手元を見て、愛美が眉をひそめる。

「千佳、親指の爪割れてるよ？　あたしグルー持ってるから使いなよ」

「え、いい。どうせ作業とかしてるとぶつけたりするし」

「そーゆーのなんか痛そうで、見てる方が嫌なの」

面倒そうな千佳の指を愛美が無理やり摑む。じゃれ合う二人を横目に、私は小さく笑って、「行ってくるね」と教室を出た。

文化祭が近付くにつれて、催しに使われると思しき製作物の置き場が校内を占領していく。うさぎの着ぐるみの頭だの、大きなトランプのオブジェだのがそこら辺に転がっている。異空間と化した校内を歩くと、調理室から甘い匂いが漂ってきた。文化祭で出す菓子を焼いているのだろう。

職員室のドアを開けると同時に、ノートパソコンに向かって作業をしていた担任の布川《ふかわ》先生がこちらを見た。

「おう、お疲れさん」

日誌を受け取り、無造作にページをめくりながら云う。

「毎日遅くまで頑張るなあ。張り切りすぎて怪我しないように注意しろよ」

布川先生は良く云えば豪放磊落《らいらく》で、そうでない云い方をすれば大雑把な性格の四十代の男性教師だ。にっと笑った一重の目が、浅黒い肌に埋もれる。

職員室を出ていこうとしたとき、「あ、上原」と再び呼び止められた。振り向くと、布川先生が珍しく気遣うような声を出す。

「文化祭の準備を頑張るのもいいけどな、くれぐれも勉強をおろそかにしないでくれよ。お前、K大志望なんだろ？　他の連中と同じつもりで気を抜くなよ」

私は苦笑し、丁寧な口調で答えた。

「はい、気を付けます」

会釈して職員室を出た途端、ぎくりとして足を止める。

職員室の前に、千佳と愛美が立っていた。二人の表情が衝撃を受けたようにこわばっている。それを見た瞬間、布川先生との会話を聞かれたのだと気が付いた。自分の顔から、血の気が引いていくのを感じた。

互いの間に沈黙が落ちる。どうしていいかわからずに立ち尽くすと、私を睨むようにしていた千佳が、手に持っていた鞄をゆっくりと床に落とした。

落ちた鞄は私のものだった。教室に戻らなくていいようにと、持ってきてくれたのに違いなかった。

私が何か云おうとするよりも先に、千佳が無言で背を向ける。早足で歩き出す千佳の後ろ姿は、私の云い訳を完全に拒否していた。愛美はその目に非難めいた色を浮かべて物云いたげに私の方を見たが、結局何も云わず、そのまま千佳の後を追った。

取り残されて、呆然とする。じわじわ胸の奥から苦いものが込み上げてくるのを感じた。

……やってしまった。それもたぶん、最悪な形で。

あの二人は、私をきっと許さない。

私は彼女たちからはじき出されてしまった。彼女たちと異なる場所を選んだ私は、もはやグループに属さない、違うものとみなされたのだ。

二人から向けられた鋭い眼差しがよみがえる。それはまぎれもなく、「裏切者」と云っている目だった。重苦しいため息が漏れる。

もう関係が修復されることはないのだろうと思ったら、胸の内側が空き缶みたいにたやすくへこんだ。

……だけど、仕方がない。

私は床に落ちた鞄を拾い上げ、唇を噛んだ。

翌日から、千佳と愛美ははっきりと私を無視し始めた。

登校し、教室で喋っている彼女たちに思いきって「おはよう」と声をかけると、二人がぴたりと話すのをやめた。会話を止め、私の声が聞こえなかったかのように視線を外す。

不恰好に宙に浮いてしまった挨拶に、私は居たたまれない思いで席についた。彼女たちは私の存在など初めからなかったもののようにお喋りを再開し、バラエティ番組の話をして笑い合っている。ねえ昨日の観た？　あれ、すごいバカだよねえ。

その後はもう、二人の方を見られなかった。彼女たちの全てが、明らかに私を拒絶しているのがわかった。授業が始まってからも、休憩時間になってもそれは変わらなかった。彼女たちはもう、私を〝外す〟ことに決めたのだ。

お昼休みになると、千佳と愛美は前からずっとそうしているように机をくっつけ、二人でお弁当を広げ始めた。私の方は見向きもしない。

彼女たちに声をかけることもできず、かといって同じ教室で一人きりで食事をするのも気詰まりに感じられて、私は自分のお弁当を手にしてそっと教室を出た。屋上へ続く階段は、文化祭で使用する書き割りや看板、小物を詰め込んだ段ボール箱などが無造作に積まれて幅が狭くなっていた。開いた段ボール箱の蓋《ふた》から横断幕らしきものがのぞいている。薄暗い階段を上り屋上に出て、そこで昼食をとることにした。

見上げる空がひどく遠い。季節が移ろい、蟬《せみ》の鳴き声はもう聞こえなかった。夏の間の暑さに溶けてふやけてしまったように、地面に伸びる影が日に日に長くなっていく。

来年の夏にはもうここにはいないのだと思うと、ホッとするような、どこか物寂しいような感情が胸を占めた。カットしてあるオレンジを齧《かじ》ると、酸味のある甘さが口の中に広がる。

鼻の奥が、つんとした。

わかっていたはずだった。表面上はどんなに親密な素振りをしていても、何かが皆と違ったら途端に壊れる。そんなことはとっくに知っていたはずなのに、胸にうっすらと広がる孤独に似た感情は、予想以上に私を切なくさせた。

と、ドアが開いて、誰かが屋上にやってきた。とっさに身を硬くした私の目に、スカートから伸びた形のいい足が映る。

のんびりとした足取りで屋上に現れたのは、理奈だった。

思いがけない人物の登場にやや戸惑う。同じクラスとはいえ、私たちはこれまであまり言葉を交わしたことがなかった。理奈は誰に対しても一定の距離を置いているが、千佳が彼女を露骨に嫌っていることもあり、なおさら話す機会がなかったのだ。

もっとも、千佳が一方的に意識して苛立っているだけで、理奈の方はさほど関心が無いようだけれど。

ためらっていると、理奈は私を一瞥しただけで、声をかけるでもなく屋上の端へと歩き出した。柵に片手をかけ、ぼんやりと風景を眺めている。外の空気でも吸いに来たのかもしれない。そういえば、彼女は時折ふらりと教室から姿を消すことがある。いつもこうして屋上に来ていたのだろうか。

無言で佇《たたず》む後ろ姿を見ていると、なんだか私の方が不躾な闖入者《ちんにゅうしゃ》でもあるかのような、落ち着かない気分になってくる。

そのとき、屋上を強い風が吹き抜けた。お弁当を包んでいるハンカチが飛びそうになり「あ」

と小さく声を上げると、理奈がこちらを振り向いた。ゆっくりと私の方へ歩いてくる。

　理奈は座っている私の正面に立つと、おもむろに私に向かって手を伸ばしてきた。思いがけず距離を詰められ、ぎょっとする。彼女の手が触れる寸前、反射的に避けるように身をよじった。

「や……っ」

　次の瞬間、お互いに動きが止まる。自分の頬が引きつるのがわかった。

　しまった。普段は注意を払っているため、人から触られることにここまで過敏に反応することはなかったが、千佳たちとのことで思ったよりもナーバスになっていたのかもしれない。

　理奈は何事もなかったように身を引くと、自分の肩のあたりを指差し、「ここ」と静かに呟いた。つられて見ると、私の制服の肩にいつのまにか小さな葉っぱがくっついている。これを取ってくれようとしたのだろう。

「ごめんなさい」

　慌てて立ち上がり、どう弁明したものかと必死に考えていると、理奈が首を横に振った。

「気にすることないわ」

　彼女の手を露骨に避けてしまったことへのコメントかと思いきや、飄々とした口調で理奈は続けた。

「そういうものだから」

　言葉の意味を測りかね、訊き返す。

「そういうものって……何が？」

理奈が冷静な目で私を見た。わかりきった問題の答えを尋ねられたみたいに、皮肉っぽく微笑する。

「人の気持ちって、変わるの。立場や状況が変わった途端、笑えるくらい変わっちゃう。そういう仕組みの生き物なの」

聞きようによっては攻撃的にも受け取れる発言だが、その淡々とした喋り方のせいか、彼女の声には生身の体温というものが感じられなかった。

「そんな不確かなものに振り回されるくらいなら、一人の方がずっといい。違う？」

そこでようやく、千佳たちとのことを指しているのだと気が付いた。

周りのことなどまるで興味がなさそうな理奈が私たちのことを見ていたのは、少し意外だった。或いは無関心な彼女にまでそんなふうに気にかけさせるくらい、今の私はクラスで浮いて見えるのだろうか。そう思うと居たたまれない気持ちになった。

親友、グループといった言葉を臆面なく振りかざし、何かのきっかけで実にあっけなく離れてしまう私たちのような関係は、理奈の目にはさぞ滑稽に映っているのだろう。

深く考えないまま、問いがこぼれた。

「……氷室さんは、一人で平気なの？」

理奈が微かに眉をひそめる。云ってから、今のはものすごく失礼な台詞だったかもしれないと思って狼狽《ろうばい》した。しかし理奈は特に気分を害した様子もなく、さらりとした声で呟いただけだった。

「そうね」

短く答えると、理奈は扉を開けて屋上を出ていった。階段を下りていく規則的な足音が遠ざかる。

動き出せないまま、私は屋上に立っていた。さっきより強くなった風がスカートをはためかせる。青空を仰ぎ、目を閉じた。理奈の声が頭の中でよみがえる。

誰にも寄りかからずに一人きりで生きる覚悟が、強さが欲しい。

私はもう、心を決めなければならないのかもしれない。


放課後に予定していた文化祭の準備作業を終え、私は備品の入った段ボール箱を抱えて一階の廊下を歩いていた。

東條高校は、向かい合った北校舎と南校舎が、渡り廊下で連結している。

南校舎には私たちのいる普通科の教室があり、北校舎はスポーツ科と情報処理科という形で分かれている。元々は普通科のみで、他科は後から併設された。

そのため体育館が南校舎の一階にしかなく、不便だという意見が出たのがきっかけで、数年前、渡り廊下から分岐する形で二つの校舎の中間に講堂を兼ねた体育館が建てられた。

設備が古くなっていたこともあり、南校舎の旧体育館は現在、学年ごとの説明会や体育館を使用する行事が重なってしまったときなどにしか使われていない。そこの体育用具室を、被服ショーに使う備品の仮置き場として使用させてもらっているのだ。

三階の教室から遠いため、やや面倒ではあるものの、備品には手のかかった衣装や生徒の私物が多く含まれている。万一盗難騒ぎなどがあっては困るということで、必ず鍵のかかる部屋で保管するようにと学校から指示があったのだ。

私は備品を片付け、教室に戻ろうとした。正面玄関の近くに差しかかったとき、前方から同じクラスの女子たちが歩いてくるのが見えてうろたえる。その中には、千佳と愛美の姿があった。

とっさにやり過ごそうと、下駄箱の陰に身を隠した。彼女たちは、帰り道にあるケーキの種類が充実したカフェに寄る相談をしているらしかった。

「ねえ、菜月は誘わなくていいの？」

急に自分の名前が会話に出てきて、どきりとする。

「――別にいいんじゃない」

誰かの問いに、千佳がぶっきらぼうに答えるのが聞こえた。その突き放すような響きに顔がこわばる。愛美が皮肉めいた口ぶりで云った。

「ていうか、どこかの誰かさんはうちらと違ってお勉強で忙しいんじゃない？　あいつ、マジでムカつくよねー」

「え、何それ」

さざめくような喋り声が遠ざかっていく。緊張のためか、嫌な汗がにじんでいた。頭ではわかっていても、彼女たちに拒絶されることがあらためて辛かった。

しばらくそこに佇んでから、重い足取りで再び歩き出す。教室のドアを開けて一瞬動きが止まった。

室内には、拓未が一人で残っていた。私を見て、「お疲れ」と笑って軽く片手を上げる。私はぎこちなく笑みを返した。

「まだ、残ってたんだね」

「さっき部活が終わってさ。いま、帰るとこ」

拓未の傍らに置かれたギターケースが目に入る。本番に向けて音楽室で練習をしていたのだろう。拓未は、鳥の片翼《かたよく》を象《かたど》ったロゴがプリントされているスタジャンを鞄に押し込み、帰り支度をしている。

そのとき、彼の携帯電話が鳴った。画面を見て一瞬眉をひそめ、「もしもし」と電話に出る。早々に退散しようと思い、私が遠慮がちに荷物を取ろうとすると、怪訝そうな拓未の声が聞こえた。

「もしもし。——もしもし？」

それから、通話をオフにする気配。……相手の電波状況でも悪かったのだろうか。立ち聞きはよくないと思ったが、なんとなく気になって彼を見た。

私の視線を受けて、拓未が困ったように苦笑する。

「なんか最近、非通知で無言電話がかかってくるんだ」

「無言電話？」

意外な言葉に、思わず訊き返してしまう。

「うん。数日くらい前から、何回か。こっちの気配を窺うみたいに黙ってて、すぐ切れちゃうんだよな。最初は友達の悪ふざけかと思ったけど、そんなことするヤツの心当たりもないし」

「……なんか、気持ち悪いね。気を付けた方がいいんじゃない？」

「まあ、男だから別に襲われるような変な心配もないだろうし、ただの悪戯だろうから、そのうち飽きると思うけど」

拓未は軽い口調で云って肩をすくめ、携帯電話をしまい込んだ。なんとなく心配になったものの、本人があまり気にしていないようなので、それ以上口を出すのもためらわれた。

私は鞄を手に取り、「じゃあ、またね」と先に教室を出ていこうとした。歩き出したとき、背後から声をかけられる。

「大丈夫？」

振り返ると、拓未が気遣わしげにこちらを見ていた。何が、と問うより先に彼が口を開く。

「西園寺たちと喧嘩したみたいだったから」

私は言葉に詰まった。隣の席の拓未が、私が彼女たちからあからさまに無視されていることに気付いていないはずはなかった。

こちらの返答を待っているらしい拓未に、曖昧に笑ってみせる。

「ちょっと、揉めちゃって」

拓未が表情を曇らせた。気さくで面倒見のいい性格だから、きっと私たちのことを心配してくれているのだろう。

「仲良かったのに。ちゃんと話さなくていいのか？」

「いいの」

胸の奥がずきんと痛んだ。あまりその話題に触れて欲しくなくて、さも大したことではないというように早口で云う。

「私が彼女たちの気分を損ねちゃったってだけ。原因は私にあるから仕方ない。いいの、どうせ卒業するまでの間柄だし」

虚勢を張ってさばさばした口調で云ってみたのだが、心のどこかで、それが正しいのかもしれないと思った。

そう、どうせ卒業するまでの友人関係だ。嫌われたって別に構わない。どうせこの先、彼女たちが私の人生に関わることはないのだ。

そんなことを思っていると、ふいに拓未が呟いた。

「……そういうの、つまんなくない？」

遠慮がちに、けれどまっすぐに私を見て、拓未が微笑む。

「どうせとか、自分で口にした時点で終わっちゃうじゃん」

——その瞬間、私は目を瞠った。頰を力任せに殴られたような気がした。

どうせって云ったら、そこでおしまい。そう口にして笑う祖母の顔が脳裏に浮かぶ。

なんでもつまらなくなっちゃうからねえ、と優しく諭すように聞かされたそれは、私の大好きな祖母の口癖だった。

言葉を失って見つめる私に、彼が戸惑ったような声を発する。

「上原……？」

その声に、我に返った。取り繕《つくろ》おうとするものの、とっさに言葉が出てこない。

自分でも理解できない感情に襲われ、目を逸らした。「さよなら」と短く告げて教室を出る。

そのままそこにいたら、余計なことを口走ってしまいそうで怖かった。

拓未の声を頭から振り払い、私は逃げるように歩き続けた。

◇

私の憂鬱《ゆううつ》な気分をよそに、本番に向けての準備は着実に進んでいき、とうとう文化祭の前日になった。

午前中で授業は終わり、校内のあちこちで作業の仕上げに向けてラストスパートをかける生徒の姿が見られる。展示品や機材などを手にした生徒たちが廊下を駆け回り、各教室で熱心な声が飛び交っていた。

うちのクラスも一部のパートで何やら直前まで揉めていたらしく、ひやひやさせられたけれど、どうやら無事に形になりそうだった。

被服ショーをバックステージで手伝うスタッフは、あらかじめ決まっている。私も千佳たちもそこに含まれていなかった。だから当日は客席でゆっくり観覧できるね、と仲たがいする前に三人で話していた。文化祭は千佳たちと一緒に回るつもりだったけれど、もう、そうはいかないだろう。

当日はクラスの打ち上げなどで遅くなるのか、と母に尋ねられたのを思い出す。両親はその日、親戚の法事があって泊りがけで遠方に行くため、留守なのだ。

「どうせ千佳ちゃんや愛美ちゃんと遅くまで騒ぐつもりなんでしょう？　ちゃんと向こうの親御さんの許可が取れたら、うちにお泊りしてもいいわよ」と物分かりのいい体《てい》で口にした母は、今の私の状況など知らない。

プログラムに沿った順番で、講堂でリハーサルをやるため慌ただしく準備をしていると、ふいに教室の外から名前を呼ばれた。

「――菜月先輩」

顔を向けると、見知った少年が廊下に立っている。私は意外な思いで、軽く会釈する彼を見た。細身で知的な面立ちをした彼は、西園寺一真《かずま》。千佳の弟だ。

一年の彼が三年生の教室まで来るのは珍しい。千佳に、何か急ぎの用事だろうか？　持っていた小道具を机に置き、一真に歩み寄る。

「千佳なら、たぶん工作室の方にいると思うけど」

そう告げると、一真がふっと小さく微笑んだ。

「知ってます。というか、姉が向こうに行くのが見えたから来たんです」

どういう意味だろうと疑問に思って見上げると、一真はおもむろに口を開いた。

「実は、菜月先輩に相談に乗って欲しいことがあって」

「相談って、私に……？」

一真が真顔で頷く。ちらりと周りを気にするように視線を走らせてから、小声になって私の耳元で囁《ささや》いた。

「天野先輩のことなんですけど。――ちょっと、トラブルというか」

「え？」

予想外の台詞に驚いて声を発すると、一真は自分の唇にそっと人差し指を当てた。内密に、という意味らしい。拓未に、トラブル……？

穏やかではない話の続きがひどく気になったけれど、周囲はせわしなくざわついており、一部のクラスメイトは講堂に移動を始めている。

どうしたものかと迷う私に、一真がさりげなく提案した。

「明日の文化祭、もし時間があったらで構わないので、うちの写真部に寄ってもらえませんか？　そのときにでも話を聞いてもらえると、助かります」

「いいけど……どうして千佳じゃなくて私なの？」

私の問いに、一真は困ったように微笑んだ。

「天野先輩と席が隣同士だって、前に聞いたので。それにうかつに姉に話すと、かえって面倒なことになりそうで、できればあまり大事《おおごと》にしたくないんです。これ、姉には黙ってもらえますか」

悪いと思いながらも、一真の言葉に納得して苦笑する。確かに千佳の性格からすると、後先考えずに行動を起こして些細なことでも話を大きくしかねない。

「姉が戻ってくるといけないし、そろそろ行きますね。お忙しいのにすみません」

立ち去る一真の後ろ姿を見つめながら、トラブル、という言葉があらためて気にかかった。

そのとき、廊下に立っていた私の肩を誰かが軽く叩いた。振り返ると、葉子が怪訝そうな顔で私を見ている。

「何ぼんやりしてるの？　うちのクラスのリハ、もうすぐ始まるわよ」

「ごめん、委員長」

私は曖昧に笑ってみせた。どうやら一真との会話を聞かれた訳ではないようだ。葉子が窓の外に目を向ける。

「あ、天野君たちよ」

葉子の呟きにどきりとして、反射的にそちらを見た。講堂に向かう途中らしく、数人の男子と楽しげに喋りながら拓未が渡り廊下を歩いている。

放課後の教室でやりとりをして以来、私はなんとなく拓未を避けていた。彼の言葉にあんなふうに反応してしまったことが少しばかり気まずく、また、そんな自分に対して戸惑いを覚えていた。拓未と話していると、自分のペースを乱されるような気持ちになることがある。相変わらず千佳たちと離れている私を気にかけるように、拓未が時折こちらに視線を向けてくるのを感じていたが、敢えて気が付かないふりをした。正直、どう振る舞っていいかわからなかったのだ。

窓から拓未を見つめていた葉子が、ふいにクスッと微笑んだ。勿体ぶるように囁く。

「――私ね、実は天野君の秘密、知ってるんだ」

「秘密？」

唐突な発言に驚いて訊き返すと、葉子は意味深に笑った。髪を掻き上げた瞬間、清潔な感じのする白いうなじがのぞく。

「そう。私だけが知ってる秘密。彼、あんな爽やかそうな顔して、実はね――」

葉子が云いかけたとき、数人のクラスメイトが慌ただしく教室を出てきた。今しがたの思わせぶりな態度などなかったかのように、葉子が平然と私を促す。

「さ、行きましょ。始まっちゃうわ」

葉子の台詞が気になったものの、のんびりと立ち話を続ける訳にはいかない。私は困惑しながら歩き出した。

講堂に向かうと、リハーサルの出番に向けて準備をしている生徒たちが目に入った。定められた時間内に最終確認をしなければならないので、多くの生徒が講堂の中をめまぐるしく動き回っている。

「才原さーん。ここ、折り返す幅ってこれくらいでいいのかな？」

モデルの着用している衣装を手早く直しながら、さやかが友加を呼ぶ。はっきりとものを云うけれど、自らも率先してきびきびと動く彼女を、私は決して嫌いではない。

傍《はた》から見ると一見似たタイプにも思えるさやかと千佳が互いに反発するのは、もしかしたら、体の大きい犬同士がすれ違いざまに威嚇《いかく》し合うようなものなのかもしれない。……などと云ったら、本人たちに怒られそうだけれど。

やってきた友加が、さやかに細かくアドバイスをしている。

「このくらい、もっと思いきって見せていいよ。ステージ上だと細部のちまちました細工って全然目立たないから、ちょっと大袈裟かなってくらいにした方が見栄えがすると思う。それからこっちの衣装だけど……」

てきぱきと指示を出していた友加が、私に向かって軽く片手を上げた。私は微笑んで云った。

「大変そうだったけど、なんとか間に合わせたね。さすが」

「……まあね」

言葉とうらはらに、眉間にしわを寄せて友加が呟く。

私はメインとなるドレスや婚礼衣装の作業にはほとんど携わっていないのでよくわからないが、ぎりぎりまで変更箇所が出たりして非常に大変だった、と聞いた。背中に細かいホックが付いた衣装や大掛かりなコルセットなど、着脱に時間がかかり、一人では着られないものが多かったためだ。

苦労して身に付けたはいいが、着ている間は気軽に座れなかったり、洗面所に立てないといったモデルへの負担も大きく、当時のデザインにできるだけ忠実にしたいという友加のこだわりと、出演する生徒たちとの間で話し合いが持たれ、何度か修正を入れる場面があったらしい。なんにせよ、友加の忙しさは相当なものだったはずだ。

私が千佳たちと揉めたことも知っているだろうが、友加なりに気を遣っているつもりなのか、単に同級生の諍《いさか》いになど関心がないだけか、彼女がごくいつも通りの態度なのに内心、ホッとする。

友加は不満そうな顔つきになり、上から下まで私を見た。

「せっかくスタイルいいんだから、菜月にもモデルやって欲しかったのにぃ」

「その真顔で何かを揉みしだくような手つきはやめてください」

私は呆れて云った。それから、軽い口調で云い訳する。

「舞台に立つとか、人前に出るのは苦手なんだってば。本番まで裏方できっちりお手伝いするから、勘弁して」

モデルをやることになどなったら、フィッティングだの着付けだので何かと身体に触られる機会があるだろう。私にとっては、苦痛以外の何物でもない。

「上原さん、お疲れー」

友加と話している私に、さやかがにこやかに声をかけてきた。「お疲れ」と、私も社交辞令的に笑みを返す。

千佳たちの輪を外れてから、さやかによく話しかけられるようになった。

普段から千佳に対してあまり良い感情を持っていないため、千佳の側につく人間が減ることが嬉しいのだろう。帰り際にわざわざ私の席にやってきて、「わたし、上原さんに同情するなあ」と聞こえよがしに云ってのけたりする。千佳が一瞬こちらを見て不機嫌そうに顔を背けるのがわかり、内心ひやりとする思いだった。

時にわざとらしいほど理奈の容姿を褒め、「なんか反対する人もいたけどさ、やっぱりメインモデルは氷室さんにお願いして正解だったよねー」などと大声で喋るさやかのあからさまな態度に、千佳が気分を害して喧嘩になるのではないかと心配になった。しかし私の懸念に反して、千佳はあくまでも聞こえないふりをするだけだった。

迷いなく誰かを好いたり嫌ったりできる彼女たちの熱量に、時々、圧倒される気分になる。

やがて、私たちのクラスの出番がきた。

葉子が客席に向かって滑らかにスピーチを終えると、片手を上げて合図する。

照明の色が変わり、モデルを務める生徒たちが音楽に合わせて次々と舞台に現れた。やや動きが硬かったり、表情にぎこちなさがあったりするものの、舞台上を歩きながら衣装に応じたパフォーマンスを見せる彼女たちは活き活きと輝いて見えた。見学している他のクラスの生徒たちから、「斉藤《さいとう》、似合うー」などと和《なご》やかな声援が飛んだりしている。

『荒野の七人』のサントラ曲に乗せて、なぜかカウボーイではなくパプアニューギニアの衣装を身に付けた男子が登場してポーズを決めると、生徒の間からどっと笑いが起こった。なかなかいい感じだ、と口元がほころぶ。——空気が一変したのは、次の瞬間だった。

舞台の袖から、理奈が歩いてきた。

顔の右半分を覆う仮面を付け、深い青のドレスに身を包んだ彼女がすっと現れた瞬間、明らかに空気の色が変わった。

背景に映し出される映像に合わせ、衣装に関するナレーションが入る。

『バロック期の貴族女性のファッションは大きく開けた胸元に、レースの付襟《つけえり》が流行しました。口紅や白粉《おしろい》はこの時代から広まったのです』

『そしてこの時代に蔓延《まんえん》したのが、天然痘《てんねんとう》です』

舞台の中央に立った理奈が、ナレーションに合わせ、手袋をはめた手をゆっくりと仮面にかける。

『天然痘の後遺症で顔に痘痕《あばた》のできた女性も多く、様々な形の付けぼくろをつける化粧が流行《はや》りました』

理奈が滑らかな手つきで仮面を外すと、右目の下に大きく描かれた三日月形のほくろが現れた。涙のようにも見えるそれは、舞台の上の彼女に、いっそう作り物めいた不思議な印象を与えていた。

ざわっ、と周囲の空気が揺れる。静かに気圧《けお》されるような思いで舞台を見つめた。

さっき私は、舞台に立つクラスメイトたちを見て純粋に好ましいな、と思った。可愛くて、清潔な感じがして、生気にあふれて。だけど理奈を見た途端、はっきりと理解する。

彼女たちが持つのは、時分《じぶん》の花だ。十代の、今このときを過ごす者が持ちうる一過性の輝き。

けれど理奈のは違う。その立ち姿は、決して周りに溶け込むことのない、異質な存在感を放っていた。

「あのドレス、ローブの形を綺麗に見せるのにすごく苦労したんだよね」

周りの反応に、誇らしげにさやかが喋る。

「氷室さんには二回出てもらうの。今着てるバロック期のドレスと、ラストで着るポルトガルの婚礼服。もうね、これがすごく綺麗なの。ね、才原さん」

さやかに水を向けられ、舞台上を見つめながら友加が静かに頷いた。

「――ミーニョ地方の伝統的な婚礼衣装なんだけど、世界でも珍しい黒のウェディングドレスなの。今はもう白いウェディングばかりみたいなんだけど、前に本で見て素敵だったから、一度やってみたいと思ってたのよね」

友加はぼそぼそと云い、苛立たしげに息を吐き出した。それから、舞台を歩く理奈を睨むように見る。友加の目に宿る険しい光に、私はややたじろいだ。

私の戸惑いに気付き、さやかが取り繕うように慌てて友加に囁《ささや》く。

「しょうがないじゃん。皆で決めたんだから」

無言の友加に、さやかが困ったように肩をすくめてその場を離れる。

舞台から退場する理奈の後ろ姿を見やり、友加が舌打ちをした。袖に消えていくその背中に向かって、忌々しげに小声で呟く。

「……全く。冗談じゃないわよ」

不機嫌さを隠そうともしない友加の態度に、困惑して彼女を見た。そういえば、理奈がメインモデルをやると決まったとき、友加は賛同していただろうか。覚えていない。

「友加は、氷室さんが嫌いなの？」

遠慮がちに尋ねると、友加は微かに眉根を寄せた。

「――まさか」

いつもの無愛想な声で、私の問いにそっけなく答える。

「あたしの服を着こなしてくれる美人なんて、大好きよ」

そう云いながらも、決して笑っていない友加の目がじっと舞台に注がれている。

講堂内を見回すと、少し離れた場所に拓未の姿があった。壁際に立って舞台を見上げている拓未に、出番を終えて戻ってきた葉子が近付く。葉子が耳元で何か囁いた途端、拓未がはにかむように口元を緩めた。二人は声をひそめて親しげに笑い合っている。

と、視線を感じて横を見やり、ぎくりとした。足を組んでパイプ椅子に座った千佳が、こちらを見ている。

久しぶりに目が合ったと思った瞬間、すぐに向こうが視線を逸らした。隣に腰掛けた愛美に身体を寄せ、何やら小声で喋っている。

明日はいよいよ文化祭。皆にとって、思い出に残る一日になるはずだ。

……なのに、妙に胸がざわつくのはなぜだろう。

講堂のこもった空気の中で、教師や生徒たちがせわしなく動き回っている。

私の知らないところで、密やかに、何かが始まる気配がしていた。

第二章　文化祭の幕開け

十月五日。東條高校の文化祭が、幕を開けた。

校内は朝から賑やかな熱気に包まれていた。風船が飾られた巨大なアーチが正門に設置され、敷地内には模擬店がひしめき合っている。

屋上から垂れ幕が吊り下げられ、校舎のあちこちに看板や展示物が見られた。抜けるような青空に、色付いた木々が美しい。

午後から始まる総合フェスティバルに向けて、私たちは午前中から最終チェックや準備作業に追われていた。とはいえ、交替で休憩を取りながら、皆思い思いに文化祭を楽しんでいるようだ。調子に乗った男子が本番の恰好をしたまま校内を練り歩き、うっかりチョコバナナで衣装を汚すといったハプニングが続出するにあたり、ついに友加が裁ちバサミをシャキンと鳴らした。物騒な微笑みを浮かべて厳《おごそ》かに宣告する。

「衣装をダメにしたヤツは、かっ切る」

浮かれていた彼らがすっかり大人しくなったのは云うまでもない。後は、本番を迎えるのみだ。

慌ただしく作業をしているうちに、あっという間に時間が経った。教室の時計を見ると、午後一時半を過ぎている。

校内スピーカーからアナウンスが流れ出した。東條高校の生徒にはすっかりおなじみの、村田の声だ。

『東條祭へお越しの皆さまにお知らせ申し上げます。まもなく、午後二時より、講堂にて総合フェスティバルを開催致します。混雑が予想されますため、観覧される方はお早めの移動をお願いいたします』

総合フェスティバルは例年、午後二時から五時まで行われる。

うちのクラスの出番は四時十分からで、プログラムの後半の方だ。才原友加が携わる本格的な被服ショーという前評判もあり、私たちのクラス企画は、教師や他の学年の間からも期待されているらしかった。いい意味での緊張が高まっていく。

「菜月、一段落したから休憩行ってきなよ」

作業をしていた私に友加が近付いてきて、声をかけてくる。

「遅くなっちゃってごめん。もう大丈夫だから、ゆっくりしてきて」

「了解」と、私は小道具を整理していた手を止めた。部活動と掛け持ちで多忙な生徒も多いので、どこにも所属していない私はなるべく裏方の手伝いをしようと思い、午前中からほぼずっと教室にいたのだ。さすがに少し疲れた。

携帯電話と小銭入れをポケットに入れて教室を出ると、廊下は人でごった返していた。仮装して歩く男子や、袴《はかま》やユニフォーム姿の女子。茶道部の体験コーナーやバザー、映画部の上映会など、列を作っている企画も多かった。あちこちからいい匂いが漂ってきて、忘れかけていた空腹を刺激される。

迷った挙句、私はタピオカミルクティーと、「全部違う味が楽しめますよ!」と派手に呼び込みをしている〈バラエティたこ焼き〉なるものを買ってみた。おっかなびっくり熱いたこ焼きを口に入れると、たこと一緒にチーズやツナ、カレーなどそれぞれ異なる具材が入っていて意外と美味しい。……と思っていたら、同じものを買った後ろの男子が「ぐはっ」と驚愕の表情で口元を押さえ、「バ、バナナ!?」と呟いた。どうやら当たり外れがあるらしい。

千佳と愛美は自分たちの担当している作業を終えると、私を振り返ることなく、イベントを見にさっさと出ていってしまった。盛り上がる文化祭の風景を眺めながら一人で校内を歩いていると、無性に寂しい気分になってくる。

そうだ、と思い立った。

今のうちに、一真に会いに行こう。拓未に関する相談とやらを聞かなければ。

一真の所属する写真部の企画は、南校舎の二階の端にある特別活動室で行われている。私は校内を移動し、一真の元へ向かった。

開け放されたドアのところに、『写真部・展示販売会』と書かれたウェルカムボードが置かれている。中をのぞくと、予想に反して意外と客が入っていた。一真は、展示している作品について何か質問でもされたのか、パネルボードの前で数人を相手に話しているところだった。

どうやら出直した方がよさそうだ。もうしばらくしたら総合フェスティバルに客が流れて、こちらは落ち着くだろう。

私はそっと廊下を引き返した。特に目当てがある訳でもなく、パンフレットのイベントスケジュールを眺めながらぼんやり歩いていると、ふいに背後から声をかけられる。

「上原」

振り返ると、拓未が小走りにやってくるのが見えた。思いがけず拓未本人に出くわし、うろたえる。拓未は私の正面まで来て、立ち止まった。

考えるように短く間を置き、軽く下唇を噛んでから私に云う。

「──あのさ。ちょっと話したいことがあるんだけど、あとで時間って空いてる?」

「え?」

驚いて、いつになく緊張している様子の拓未を見た。拓未が妙に歯切れの悪い口ぶりで続ける。

「もし迷惑じゃなかったら、総合フェスが終わった後、五時に屋上に来て欲しいんだ」

なんだろう? 怪訝な思いで拓未を見た。

一真が話していたトラブルとやらと、何か関係があるのだろうか? もしかして、一真が私に相談を持ちかけてきたことを知っているのだろうか。

「うん、いいけど……」

「本当に?」

ためらいながら拓未の言葉に頷くと、彼がようやくホッとしたような表情を浮かべた。

「よかった。じゃあ、また後でな」

軽く片手を上げ、慌ただしくその場を去っていく。総合フェスティバルのラストを飾る軽音部のライブは、確か四時四十分からだ。

拓未の誘いを不思議に思いながら、私は適当に展示をのぞいたりして校内を歩き回っていた。時間を確認しようとし、腕時計をしていないことに気が付く。そういえば作業をするとき、腕時計の金具がレースに引っかかりそうだったので、外したのだ。

壁の時計を見ると、まもなく午後四時になるところだ。もうすぐうちのクラスの被服ショーが始まる。友加たちはバックステージで出番に備えている頃だろう。

客席から楽しみに晴れ舞台を観覧すべく、講堂に向かった。と、走ってきたさやかと渡り廊下で出くわす。私と目が合った途端、さやかがあっという顔になった。息を切らしながら拝むように手を合わせる。

「上原さん、ごめん！　ほんと悪いんだけど、旧体育館の用具室を見てきてくれない？　日傘が行方不明なの。ほら、ヴィクトリア朝の衣装のシーンで使う、レースの縁取りがしてあるやつ」

「うそ」

私はぎょっとして声を発した。それは大事だ。さやかが困り切った表情で頷く。

「今、皆で手分けして捜してるんだけど、見つからないんだ。あの小道具、ナレーションでも触れるし舞台演出で使うじゃない？　無いと困るの。もしかして、搬送するときに置き忘れてきちゃったのかなと思って」

「わかった、捜してみるね」

私は身を翻すと、急いで南校舎に戻った。私たちのクラスの出番は四時十分からだ。せっかく皆で準備してきたのに、不備があったらまずい。

旧体育館の横にある用具室に駆け付け、錆《さび》の浮いたドアを開いて中に入った。いつもは施錠してあるけれど、置いていた衣装の類はもう運び出してしまったし、文化祭当日は物を運ぶ生徒が頻繁に出入りするため、職員室までいちいち鍵を借りに行くのは不便だということで今は開放されていた。

薄暗い用具室に入ると、微かにカビくさいようなこもった空気を感じた。普段はほとんど使用されていない室内で、古びた得点板や跳び箱、マットなどが隅に追いやられて埃を被っている。空気の抜けたバスケットボールが、端の方に無造作に転がっていた。

運び出すときにうっかり箱から落ちてしまったのではと考え、床のあちこちにくまなく視線を走らせる。念のため備品の隙間なども捜してみたものの、日傘はどこにも見当たらない。どこに行ってしまったのだろう。

仕方なくそこを捜すのを諦め、一度さやかたちの元へ戻ろうとした。用具室を出ようとしたそのとき、焦っていたせいかマットの端を踏みつけてずるりと足が滑った。小さな悲鳴が喉から漏れる。

次の瞬間、灰色の天井が見え、私は仰向けに転倒していた。転んだ弾みで頭の後ろを床にぶつけ、鈍い衝撃が走る。

「痛……っ」

顔をしかめ、後頭部をさすりながら上半身を起こした。痛いよりも、むしろ恥ずかしい。転んだのが無人の用具室内だったのがせめてもの救いかもしれない、と自分を慰めて息をつく。

乱れたスカートの裾を直しながら立ち上がると、用具室の小さな窓の外に突然、ぬっと緑色の巨大な顔が現れた。仰天し、あやうくまたひっくり返りそうになる。

一瞬何事かと思ったが、男子たちの「オーライオーライ」「後ろ、ちゃんと持て」「ぶつけないよう周りに気を付けろよー」といった複数の掛け声が聞こえてきて、すぐに状況を理解した。たぶん、私たちの演目の次に行われる寸劇の大道具だ。

張りぼての龍の頭を舞台上に置き、あたかも巨大な龍がそこに存在するかのような演出をするらしいのだが、この力作があまりにも場所を取り、バックステージで他の出演者の邪魔になってしまうため、できるだけ芝居の始まる直前に搬入して欲しいと実行委員から指導されていた。数人がかりで、今からそれを講堂に運び込むところらしい。

立派なひげを伸ばした龍の張りぼてはかなりの大きさで、運搬するのが大変そうだ。

そこまで考えて、我に返る。よその出し物に気をとられている場合じゃない。慌てて用具室を出ると、壁に掛かった時計を見た。四時五分。もうすぐうちのクラスのショーが始まってしまう。

気を揉む私の横を、二人の女子が呑気に話しながら通り過ぎていく。

「それでね、自棄《やけ》になった主人公が、ウッドチャックを強奪して車ごと崖から飛び込むの」

「何じゃ、それ！」

賑わう周囲に目を向ける余裕もなく、私は急いで講堂に向かった。人混みを抜けてバックステージに移動すると、クラスメイトたちがせわしなく動き回っている。

「あ、上原さん！」

私を見つけるなり、さやかが足早に近付いてきた。

「日傘、用具室になかったんだけど、見つかった？」

息を切らせながら尋ねると、さやかが数回大きく頷いた。

「たった今、見つかったとこ。なんか、間違って他のクラスの小道具に交じってたらしくてさ。焦ったよー！」

さやかが胸を押さえる。私は安堵して笑った。

「よかった」

「騒がせちゃって、ごめんね」

詫びるさやかに、「頑張って」と告げて退場する。

すれ違いざま、腕章を付けたスタッフが「次の演目の龍、会場の外で待機中でっす！」と伝えているのが聞こえた。どうやらあちらも無事に運ばれてきたらしい。セットや張りぼてではなく、龍、というスタッフの云い方が本物のそれが出番待ちをしているようで面白かったのか、周囲の生徒がクスクスと笑っている。

講堂内は多くの生徒で賑わっていて、ほとんどの席が埋まっていた。かろうじて後ろの方に空いた席を見つけ、そこに腰掛ける。

それとほぼ同時に進行係の男子がマイクに向かい、芝居がかった口調で声を張り上げた。

『レディース・アンド・ジェントルメン！』

勢いが良過ぎてマイクの音が割れている。客席の注意を十分引いたところで、彼はおもむろに会場内を見回した。

『さて、各国の魅力ある歴史と文化が、わが校の生徒たちの手によって今ここに集結します。めくるめく美の世界をとくとご堪能あれ！』

仰々しい台詞を彼が口にした途端、客席でバン、と何かがはじけるような音が響いた。生徒の間から一瞬驚いたようなざわめきが起こる。どうやら誰かが持っていた風船が割れてしまったようだ。

そのアクシデントに合わせ、進行係の男子が大袈裟に目を見開いて「うっ」と呻き、心臓の辺りに手を当てた。観客の笑いを取り、一度逸れた注意をさりげなく壇上に戻す。

続いて葉子が舞台に現れ、彼からマイクを受け取った。一呼吸し、リハーサル通りの落ち着いた声で喋り出す。

『私たち三年二組の演目は、世界の民族衣装を題材にした被服ショーです』

クラス企画が決まった経緯や準備期間のエピソードについて、葉子が淀みない口調で語る。

彼女の言葉に観客がいちいち頷いたり、好意的な笑い声を上げている。

『どうぞ皆さん、モデルが身に付けている衣装と共に、映像やナレーションなどもぜひお楽しみください』

そう云って丁寧に一礼すると、会場から拍手が起きた。彼女の合図と共に、ふっと講堂が暗くなる。ざわついていた会場が静かになっていく。

舞台の背景に、影絵のような映像が映し出された。

毬《まり》をつく音に重なって、どこか懐かしい手毬唄が流れる。

スポットライトが当たり、浴衣《ゆかた》姿の二人の女子がじゃれるような動きで小走りに登場した。敢えて小柄な背恰好の女子を選んだため、遠目には幼い女の子が戯《たわむ》れているようにも見える。

彼女たちは舞台上で内緒話をしたり、手にしたシャボン玉を吹いたりとはしゃいだ素振りをしていたが、やがて顔を見合わせると無邪気に笑いながら、一斉に舞台の袖へと駆け抜けた。

同時に眩《まばゆ》いライトが舞台を照らし、『World Fashion』という大きな文字が背景に映し出される。リズミカルな音楽と共に、各国の民族衣装を身に付けたモデルたちが次々と舞台に現れた。客席からわあっと歓声が上がる。

モデル役の生徒たちが、音楽やナレーションに合わせて様々なパフォーマンスを披露していく。緊張はしているようだけれど、皆リハーサルの時よりずっと動きが良くて楽しそうだ。盛り上がる会場の熱気に勢い付いているのだろう。

いい雰囲気で順調にショーは進み、いよいよクライマックスに差しかかった。婚礼衣装を着たモデルたちが登場すると、客席のあちこちから「すごーい」「可愛い！」などといった反応が起こる。

そして、ラストを飾る理奈が舞台上に姿を現した瞬間、観客が息を呑む気配がはっきりと伝わってきた。黒のウェディングドレスに身を包んだ理奈が、舞台の中央に向かってまっすぐに歩いていく。

黒のロングスカートと、重ねられた黒地のエプロンを埋め尽くすビーズ飾りが照明の光を眩く反射した。まるで彼女自身が光を放っているようだ。

黒のヘアバンドに、柔らかそうな白地のレースのベールを被り、白いコスモスの小さな花束を手にした理奈が優雅にステージ上を歩く。鮮やかな色彩の衣装が多い中、白と黒のコントラストを際立たせた出《い》で立ちは異彩を放って美しかった。

観客の注目を一身に集めながら、理奈が舞台の真ん中で足を止めた。ステージに置かれたマイクを手に取り、おもむろに正面を向く。

台本では、客席に向かってメッセージを読み上げ、『私たちはこの想い出を胸に、新しい世界に旅立ちます』という台詞で締めてフィナーレになるはずだ。

しかし、理奈は言葉を発しないまま、じっとその場に立ち尽くしている。どうしたのだろう……？

直前になって演出を変えたのだろうかと思ったが、最終リハーサルではそんな話は出ていなかったはずだ。まさか、段取りを忘れてしまったのだろうか？　私は不安になってステージを見守った。沈黙したまま動かない理奈に、次第に客席がざわつき始める。

照明の光を全身に浴びた理奈が、ふいに遠くを見つめるように顔を上向けた。その瞳から、ゆっくりと綺麗なひとすじの涙が伝い落ちる。

次の瞬間、理奈は手にしていた花束を客席に放った。白いコスモスが宙を舞い、わあっと客の間から歓声が上がる。

それはまるで、よくできた映画の一シーンのようだった。理奈はスカートの裾をつまんで恭《うやうや》しく一礼すると、湧き起こる拍手に背を向けて静かに退場していった。

言葉一つ発しなくても、定められたシナリオを無視しても、それでも今、場の主役は疑いようもなく彼女だった。これではクラスの誰も文句のつけようがあるまい。

誰もいなくなったステージを、私はぼうっと見つめていた。圧倒される思いだった。

他人を必要としない理奈の姿勢を、一人で歩く強さを、まざまざと見せつけられたような気がした。羨望にも似た気持ちで舞台を仰ぐ。……さすが、元芸能人。

やがてエンディングの曲と共に、モデルやメインスタッフが舞台の上に現れた。一列に並んでにこやかに手を振り、皆で深々とお辞儀をする。「よっ、才原クオリティ！」「演劇部の衣装も作ってえ」などとどさくさに紛れた声援が飛び、舞台上で友加が苦笑している。被服ショーは、大きな拍手で幕を閉じた。

客席で手を叩きながら、安堵と達成感が湧いてくる。よかった。私たちのクラス企画は、大成功と云っていいだろう。

次は、他クラスによる寸劇だ。それから最後の演目となる、軽音部のライブが行われる。全ての演目が終わったところで集計を取り、今年の総合フェスティバルの優勝が決まるという流れだ。

そのままステージを観覧するつもりでいた私は、何気なく会場内を眺めてぎくりとした。

少し離れた前列の席に、千佳と愛美が並んで座っている。どうやら彼女たちはずっとそこにいたらしい。

二人はまだこちらに気が付いていない様子だけれど、後ろを振り向いたらすぐに私が見える位置だ。顔を合わせてお互いに気まずい思いをするのも嫌で、どうしようかとためらった。

と、千佳の姿を見かけたことで、一真との約束を思い出す。総合フェスティバルが盛り上がっている今なら、一真と落ち着いて話せるかもしれない。

軽音部のライブを聴きたかったし、投票結果も大いに気になるところだが、後輩の頼みを無《む》下《げ》にする訳にもいかない。まして、相談内容に関わると思われる拓未本人からもこの後に呼び出されているのだから、先にトラブルとやらの話を聞いておいた方がいいだろう。

私は後ろ髪を引かれつつ、そっと講堂を後にした。さっきよりも人の姿が減った南校舎に戻り、再び『写真部・展示販売会』に向かう。

受付に座った一真は、机の上でアルバムらしきものをめくっていた。他に人はいないようだ。

「一真君」

声をかけると一真が驚いた表情になり、顔を上げる。

「……菜月先輩。来てくれたんですか」

アルバムを閉じて一真は微笑み、席から立ち上がった。

「コーヒーメーカーがあるんで、いま淹れますね。よかったら、展示でも見ててください」

「どうもありがとう」

人混みにいたせいか、少し喉が渇いていた。素直に頷き、歩きながら室内に展示された写真を眺める。

それがコンセプトなのか、季節ごとに東條高校の風景を撮った部員たちの作品が並んでいた。パネルボードを連ねて展示したものの他に、写真をトルソーに飾ったり、壁際に張った針金から吊り下げてみたりと工夫を凝らした見せ方をしていて興味深い。テーブルの上には、写真をプリントして製作したらしい青空や猫などのポストカードが並んでいた。

……そこまでは理解できるが、窓の近くに木製のベンチが置かれ、なぜか大きなクマのぬいぐるみが座っていた。今にも「やあ！」と気さくに声をかけてきそうなのほほんとした表情のクマは、大きさが一メートルほどもあるだろうか。

しげしげとぬいぐるみを眺めていた私に、コーヒーの入った紙コップが差し出された。

「どうぞ。適当にその辺に座ってください」

礼を云って紙コップを受け取る。私の視線の先を追って、一真が微笑んだ。

「ああ、それ。来てくれたお客さんと一緒に撮影して、その写真をプレゼントしてるんですよ。結構、これが好評で。よかったら菜月先輩もどうですか？」

デジタルカメラを取り出す一真に、「私はいいわ」とやんわりと辞退する。手近な椅子に腰掛け、あらためて周囲を見回した。

「ええと、他の部員の人たちは？」

「総合フェスを見に行きました。一年だから、留守番を押し付けられちゃって」

壁に寄りかかった一真が肩をすくめる。こうして見ると、はっきりとした端整な顔立ちこそ千佳とよく似ているものの、一真の身に纏う空気は彼女と正反対だ。

好悪がはっきりしていて感情をストレートに表す千佳と異なり、一真はいつも思慮深く行動し、冷静に相手の出方を見ているようなところがあった。見た目以外は本当に似たところのない姉弟《きょうだい》だと思う。ふいに、一真が口を開いた。

「姉とは、まだ喧嘩中なんですね」

言葉に詰まって一真を見た。苦笑いし、一真が呟く。

「家でずっと機嫌が悪いので」

「なんか、ごめんね」と私は深々とため息をついた。不機嫌な顔の千佳が周囲に当たり散らすさまが目に浮かぶようだ。小さくなる私に向かって、彼がかぶりを振る。

「こちらこそすみません。うちの姉、いつも菜月先輩のこと頼りにしてベッタリ甘えてるでしょう？」

千佳が私を頼りにしているとは、一体なんの話だろう？

「――私が千佳を頼ってるんじゃなくて？」

尋ね返すと、一真はふっと目を細めた。

「あの人、そこまで頭悪くないんで、我《が》が強いのも、自分の視野が狭いのも十分自覚しててコンプレックスなんですよ。ほら、菜月先輩ってフラットだから。見ててたまに、母親に甘える子供みたいだなって思うときありますよ。菜月先輩がうちに遊びに来たときとか、僕と話してると露骨に嫌そうな顔して自分の部屋に引っ張っていくじゃないですか。独占したいんですよ」

一真の口から発せられる言葉に、意表をつかれてまばたきをする。

血のつながった身内をあの人、と称する一真の妙に冷静な視線も気にかかったが、彼が口にした内容は思いもよらないものだった。私はコーヒーを飲みながら、ちらりと一真を盗み見た。

一真は周囲から、頭がよくて親切な人間だと評されている。

彼は昨年、高校受験を控えた大事な時期にもかかわらず、事故で右足を複雑骨折した不運なクラスメイトの元へ足しげく見舞いに通ったそうだ。怪我で日常生活が不自由なクラスメイトにずっと付き添い、優しく励ましの言葉をかけ続けたらしい。

また、近所の神社が区画整理で撤去されることになったとき、毎日自転車で境内《けいだい》に向かい、鳥居などが取り壊される風景を丹念にカメラで記録していた。熱心に通う一真の姿に、関係者の大人たちは「失われる神社を大切に記録してくれようとする若者がいるのは嬉しいことだ」と感動していたという。

……去年の夏休み、千佳の家で一緒に課題をやっていたとき、ふらりと一真の友人がバケツを持って訪れた。玄関先で応対した一真に向かって、友人は興奮気味に語り出した。

「材木置場の近くに木くずが積もってる場所があってさあ、シャベルで掘ってみたら、すげえざくざく出てきたんだよ」

半ばまで土が詰められた水色のバケツの中でもぞもぞとうごめいていたのは、なんとカブト虫だった。幼虫もいれば、すでに羽化したものもいる。面白くなって夢中で取ってきたはいいが、さすがにこんなにたくさん飼う訳にもいかず、友人に譲って回っているのだという。

「やだ、そんなのうちに持ってこないでよ！」

顔を引きつらせて後ずさる千佳の横で、一真が黙ってバケツをのぞきこんだ。

羽化して間もないのか、薄い茶色の背中から白い翅《はね》が中途半端にのぞく一匹のカブト虫を、一真がそっと手に乗せた。見ると、土を掘る際にシャベルで切れてしまったのか、下翅《かし》と脚の一部がちぎれている。まともに移動することができず、もがくように不恰好に一真の手のひらを這いずっていた。

「……ああ」とため息をつくように、一真がかすれた声を漏らした。

「この一匹だけ僕が飼うよ。こんなふうになっちゃ、自力で生きていくのは無理だろうから」

その台詞に、顔をしかめていた千佳もさすがに反対はしなかった。

優しくて、礼儀正しい好青年。たぶんそれが一真に対する周りのイメージだ。……だけど私は、周囲が想像もしていないだろう彼の顔を知っている。

私がそれを知ってしまったのは、本当に偶然だった。

千佳の部屋で彼女とお喋りをしていて、そのとき話題に上がった画集が一真の部屋にあるから取ってきて欲しいと頼まれた。一真が不在だったため、留守中に勝手に彼の部屋に入るのは大いに気が引けたのだが、「へーきへーき。アイツ別に怒ったりしないって」と千佳に促され、私はやむなく隣の一真の部屋に向かった。

十代の男の子の部屋にしては整然とした印象の室内に足を踏み入れ、手早く用事を済ましてしまおうと本棚を探すと、すぐに目当てのタイトルが見つかった。背表紙に手をかけて棚から取り出そうとしたとき、はずみで、本と本の間に挟まっていたらしい茶封筒が床に落ちた。本棚の奥に隠すような形で突っ込んであったため、目に入らなかったのだ。

いけない、と慌てて拾おうとして屈みこんだ。落ちた拍子に、封筒に入っていた紙が数枚飛び出してしまい、片付けようとした私の視界に、ふいにそれが飛び込んできた。

目に映ったのは、モノクロの写真だった。

最初は絡み合った針金か何かに見えたそれは、よく見ると、細いフレームが積み上げられたおびただしい眼鏡の山だった。

なんだろう、と怪訝に思いながら拾い上げ、次の写真を目にしてぎくりと動きを止める。ばらばらの腕や足が、コンクリートの地面に無造作に置いてあった。驚いてまじまじと写真を見つめ、大量に投げ置かれたそれが義手や義足だということに気が付いた。そこでようやく、それが何の写真なのか思い当たる。

強制収容所だ。ここに写っているのは、殺す前に収容者たちから取り上げた遺留品なのだ。世界史の授業のスライドで、私はそれらを見た覚えがあった。何かからコピーしたか、パソコンの画面を印刷したのか、少し画質が粗いようだ。

しかし、なぜ一真がこんな写真を持っているのだろう?

不思議に思いながら別の写真を手にした私は、今度こそ大きく息を呑んだ。

そこには、車に轢《ひ》かれたらしい猫の死骸が写っていた。

アスファルトに横たわる猫は死んでから時間が経過しているらしく、既に全身が硬直しているのがわかった。歪んだ口の端から舌がだらりと垂れ、鼻の辺りから黒っぽい血が出ている。半目の状態で宙に向けられた猫の眼球が、白く濁ったようになっていた。

動揺しながら、写真の束をめくる。事故や戦争のものと思われる折り重なった死体写真。轢《れき》死体《したい》。倒壊しかけた建物に、顔の半分が割れた陶器の人形。

ぞくっと背中に冷たいものが走ったのは、得体が知れないと思ったからではない。おぼろげながら、彼の嗜好《しこう》に触れてしまったからだった。

——一真は壊れたものや歪んだもの、朽ちていくものを愛しているのだ。

一度それに気が付くと、これまでの一真の行為が、私の目には全く違う意味を持って見えた。川べりできれいな石をひっくり返したら、裏側に不気味な虫がうごめいているのを見つけたときのような気持ちがした。

私は写真を封筒にしまい込むと、急いでそれを元の場所に戻した。写真を見られたことに一真が気付いたかどうかはわからない。私はそのことを誰にも話さず、知らないふりをした。誰にだって、他人に云えない秘めた部分はある。云ってみれば、私のこの特殊な体質もまたそうだ。

　けれどそのとき以来、私は一真に対して一定の距離を置いていた。

　現実に自分の〝敵〟を見つけ、声高に攻撃することのできる千佳は、ある意味でとても健全な十代の女子だ。しかし一真は、おそらくある部分が病んでいる。私が千佳と一真はまるで似ていないと云う本当の理由は、それだ。

「菜月先輩？」

　急に黙ってしまった私の顔を、一真がのぞきこむ。私は慌てて笑みを作った。

「ごめんなさい。それで、私に相談って？」

　一真が手にしていた紙コップを机に置き、口を開く。

「実は……」

　そのとき、乱暴な音を立てて、背の高い男子が教室に入ってきた。驚いて目を向ける。髪の毛を明るく染め、制服をだらしなく着崩した彼に、どことなく見覚えがあった。ネクタイの色を見ると、私と同じ三年生だ。

「竹村《たけむら》先輩」

　一真は、彼に向かって声をかけた。

「午後からずっとどこに行ってたんですか？」

　竹村と呼ばれた青年が、うっとうしげに一真を一瞥する。

「別にどこでもいいだろ」

「よくないです。橘先生が捜してましたよ」

一真の言葉に、長めの前髪を掻き上げながら、竹村が面倒そうに舌打ちをした。受付の机の引き出しを探り、携帯音楽プレーヤーを取り出す。

「忘れもん取りに来ただけだから。テキトーに顧問に云っとけよ」

ドアに向かってさっさと歩き出す竹村に、「先輩」と一真があくまで冷静な声を放った。

「部活頑張れって、天野先輩も心配してたでしょう?」

その台詞を耳にした途端、竹村が急に足を止めた。振り返り、肩越しに一真を睨みつける。

唸るような低い声が発せられた。

「――うぜえよ」

「天野君、が……?」

私は怪訝に思って呟いた。拓未と写真部につながりなどあったろうか?

と、竹村の視線がそのとき初めて私に向けられた。椅子に座っている私と一真を見比べ、にやっと笑って、わざとらしく口笛を吹く。

「ごゆっくり」

ひらひらと片手を振って、竹村は教室から出ていった。――なにやら嵐のような人だ。

「……すみません。変なところをお見せしちゃって」と一真が困ったように私を見る。

「ううん。それより、天野君もここに来たの?」

「そうなんです。今日の午前中に、ちょっとだけ顔を出してくれて」

そう云いながら、一真は疲れたようにため息をついた。

「今の人、竹村浩平《こうへい》っていってうちの部の先輩なんですけど。竹村先輩、今年の春まで、軽音部と掛け持ちしてたんです」

一真の説明に、思い当たる節があった。

そういえば春頃に、軽音部で拓末と同じギターを担当している部員が他のメンバーと派手に衝突し、退部したらしいと一部の生徒が騒いでいた。退部した理由は、拓末にポジションを奪われてやる気をなくしたからだとか、人間関係で揉めたからだとか、あれこれと好き勝手に臆測されていたようだ。

軽音部は人気があるだけに色々とゴシップのネタにしやすいのだろうと思い、ごく軽い気持ちでそれを聞いていた。だからさっきの彼になんとなく見覚えもあったのだ。

「実は相談っていうのは、竹村先輩も関係してることなんです」

一真はためらうように言葉を切り、目を伏せた。

「少し前から、竹村先輩の様子がおかしくて。あの通り乱暴な物云いをするところはあるけど、根はさっぱりした人だし、普段は後輩の面倒見も良い先輩なんです。ただ、最近妙に苛立ってるっていうか、すごくピリピリしてて。まあ、それだけなら、僕も気にしたりしないんですけど」

一真が少し声のトーンを落とした。

「——僕、竹村先輩の不審な行動を見ちゃったんです」

「不審な行動……？」

思いがけない言葉に、私も小声になってしまう。はい、と一真が心配そうに頷く。

「忘れ物をして部室に戻ったら、竹村先輩が一人で残ってて、電話してたんです。邪魔したらいけないと思って、声をかけないでそっと部室に入ろうとしたんですけど、そのとき、竹村先輩の様子がおかしいのに気付いて」

一真は、短く息を吐いた。

「竹村先輩、携帯を耳に当てたまま、ずっと黙ってて。緊張した顔で息をひそめるみたいにしてるんです。結局一言も喋らないまま、思いつめたような怖い顔して電話を切りました。『先輩』って声をかけたらビクッとして、ものすごく驚いた表情で振り返って」

「それって……」

一真の話を聞きながら、緊張を感じた。

「そのときの竹村先輩の態度が明らかに不自然っていうか、疾《やま》しいことをしている現場を見つけられた、みたいな感じだったんですよ。お前まだいたのか、とかなんとか口ごもって。僕、竹村先輩はどうしたんだろうって気になってしまって。そのあと竹村先輩が手洗いに立った隙に、悪いとは思ったんですけど、置いてあった先輩の携帯をこっそり見ちゃったんです」

淡々とした一真の台詞に、あやうくコーヒーを吹きそうになる。先輩の携帯を無断で盗み見たと平然と口にする一真も、ちょっと怖い。

「それで、どうしたの？」

「驚きました。竹村先輩が、数回にわたって非通知設定で電話をかけた履歴が残ってたんです。

――かけた先は、天野先輩の携帯」

私はぎょっとして一真を見た。混乱しながら、彼に尋ねる。

「一真君、それ、いつ頃のことか覚えてる？」

「……一週間くらい前かな」

一真の答えに、冷や汗をかく。携帯を手にした拓未が、「もしもし？」と怪訝そうに呼びかけていたのを思い出した。最近、無言電話がかかってくると話していた拓未。

あれは、竹村浩平の仕業だったのか。……しかし、一体なぜそんなことをするのだろう？

私が抱いたのと同じ疑問を、一真が不安げに口にする。

「正直、そんなことする理由がわからなくて。竹村先輩、確かに軽音部を辞めたばかりの頃は少し荒れてる感じでしたけど、でもそれは本当に一時《いっとき》だけで、夏には写真部の展示会やコンクールにも積極的に参加してたし、普通に楽しそうにしてたんですよね。あ、あの写真も竹村先輩が撮ったんです」

一真の指差した先を見ると、教室の窓辺に立て掛けたギターの背景に青空が広がる写真が展示されていた。夏らしい、気持ちのいい風景だ。

「あんなふうに苛々し始めたのは、本当に最近なんです。……なんだか、嫌な予感がして」

私は驚いて一真を見た。一真が、云いにくそうに眉根を寄せる。

「まさかとは思いますけど、天野先輩に何かしようとしてるんじゃないかって心配になって。

でも、そんなこと本人に聞けないでしょう？　かといって、天野先輩に事情を話す訳にもいかないし。どうしようかと迷って、菜月先輩に相談しようと思ったんです。菜月先輩って、小林先輩とも知り合いでしたよね？」

「小林先輩って……もしかして沙織のこと？」

二組は天野君がいていいよね、などとぼやいていた沙織の顔が思い浮かぶ。なぜここに沙織の名前が出てくるのだろう。戸惑う私に、一真があっさりと云った。

「竹村先輩と小林先輩、付き合ってるんですよ」

「え？」

驚いて思わず訊き返す。私の反応に、一真は苦笑して続けた。

「小林先輩、昨日も一緒に帰ろうとして部室に迎えに来たんですけど、竹村先輩がさっさと先に帰っちゃったみたいで。うちの女子部員を捉《つか》まえてさんざん愚痴をこぼしてました。竹村先輩が最近そっけないとか、文化祭の翌日は彼の誕生日だから二人で過ごしたいのになんだか避けられてるみたい、なんてすごく不満そうでした」

「全然、知らなかった」

「竹村先輩、悪い人じゃないんだけどちょっと直情的なところがあるから心配で。写真部はただでさえ人数少ないし、変な揉め事とか、不祥事なんかを起こしたくないんですよね。ほんと、おかしなことにならなきゃいいんですけど……」

一真が重々しく息を吐き出した。

「天野先輩はいい人だから、竹村先輩にすごく気を遣ってるみたいで。ここに見に来てくれたときも、竹村先輩に気さくに話しかけてたんです。でもそのときの竹村先輩の態度が喧嘩腰っていうか、突っかかるみたいで、正直見てるこっちの方がハラハラしました」

「──そうだったの」

私は黙り込んだ。戸惑ったような沈黙が場に漂う。

と、再び教室に誰かが入ってくる気配がした。同時にそちらへ顔を向ける。現れたのは、写真部の顧問である橘先生だ。

お疲れ様です、と一真が声をかける。橘先生は室内を見回し、一真に尋ねた。

「他の部員たちは？」

「総合フェスに行ってます」

「この時間の受付係は、竹村のはずだろう。……困ったものだな」

橘先生が眉をひそめる。何かを見つけたのか、近くの棚に歩み寄ると、そこに置いてあった上着を手に取る。

「これは？」

あ、と思った。バンド名らしいアルファベットに、鳥の片翼をモチーフにしたロゴがプリントされたそのスタジャンには、見覚えがある。

「もしかして、天野君のかも」

「じゃあ、きっと展示を見に来てくれたときに忘れていったんですね。ライブの打ち合わせとかで忙しそうにしてましたから」

私と一真の言葉に、橘先生が「わかった」と頷いた。

「少し前に軽音部のライブが終わって、いま投票の集計作業をしているところだから、天野はまだバックステージにいるかもしれないな。講堂に戻るついでに、僕が届けておこう」

そう云いながら、スタジャンを丁寧に畳んで腕に抱える。

私は意外な思いで、気難しそうな橘先生の横顔を見上げた。軽音部が今年の総合フェスティバルへの出演を危ぶまれたとき、橘先生が他の教師を説得したのだという、拓未の話を思い出す。

「軽音部が今年も文化祭でライブをやれたのは、橘先生のお陰ですね」

私がそう口にすると、先生は驚いたような顔をした。

「……別に、そんなことはないが」

「でも、天野君がそう云ってました。だから文化祭では、最高にいいライブにしたいって」

先生が微かに目を瞠る。戸惑った表情になり、落ち着かなく視線を動かした。

「教師として、当たり前のことをしただけだよ。一生懸命に部活動を頑張っている生徒たちから発表の場を奪うのは、理不尽だろう?」

早口に云って、先生はそそくさとドアに向かって歩き出した。

「じゃあ、西園寺。悪いが後は頼んだぞ」

「わかりました」

一真に声をかけ、先生が教室を出ていく。その背中を見送ってから思い当たった。

そうだ、これから私は拓未と会う約束をしているのだ。忙しい先生にわざわざ届け物を託さなくても、私が直接、彼に渡せばいいではないか。

慌てて立ち上がり、教室を出て橘先生を追った。

階段を下りていく彼に声をかけようとして、足が止まる。先生は人気《ひとけ》のない踊り場で立ち止まり、周囲を窺うようにしていた。

何をしているのだろうと思ったとき、先生が手にしていたジャンパーをいきなり胸に抱き締めた。拓未の身に付けていたそれを、いとおしそうな手つきで撫でる。

ぎょっとして、とっさに壁際に身を隠した。声が出そうになり、慌てて口を押さえる。まずい。見てはいけないものを見てしまったかもしれない。私はどきまぎしながら踵を返した。

堅物と囁かれているとはいえ、橘先生は整った容姿をしている。一部の女子が果敢に先生にアプローチし、冷たくあしらわれて撃沈したという話を聞いたことがあった。……もしかして、そういうことなのだろうか。

そう考えると、熱血教師という言葉が似合わない橘先生が、無関係の軽音部のために立ち上がった理由にも納得がいく。

彼は、おそらく拓未が好きなのだ。

教師と教え子という立場でそれはまずいのではないかという気もしたが、他人の恋愛に口を挟む趣味は無い。そう、人を想う気持ちは自由だ。動揺しながら写真部の会場に戻った私に、

「どうかしたんですか?」と一真が声をかけてきた。

「ううん、別に」

平静を装い笑みを返したとき、机の端に置いてあった薄いアルバムに手がぶつかった。

さっき受付で一真が眺めていたものだ。

「ごめん。これ、一真君のよね?」

床に落ちたアルバムを慌てて拾い上げる。落ちたはずみで開いたページには、学校の風景を撮影した写真が何枚か貼ってあった。彼が展示会用に撮ったものだろう。

そのうちの一枚に、目が留まった。理奈が写っている写真だ。教室の窓枠に肘をつき、物憂《ものう》げに空を見上げている。遠くから撮ったものなのか、理奈の少年めいた横顔がロングショットでフレームに収まっていた。たぶん、本人は撮られたことにさえ気が付いていないだろう。

アルバムを戻しながら、微かに口元が緩んだ。異性の写真をこんなふうにこっそり持っているなんて、一真も普通に年頃の男の子らしいことをするんだな、とやや微笑ましく感じたのだ。

それにしても、と今しがた相談された件について考えてみる。

竹村がそんな行動に出た意図はわからないけれど、肝心の拓未本人は、無言電話の件をそれほど気に病んではいないようだった。ここは下手に動いて事態をややこしくするより、ひとまず様子を見た方がいいのかもしれない。

竹村の態度がおかしくなったのはここ最近だと、一真は云っていた。

私は竹村という人のことをよく知らないが、単純に考えて、彼が今年の春まで軽音部に所属していて、噂通り穏やかではない形で退部に追い込まれたのだとしたら、文化祭で注目を集めている彼らのライブは決して気分のいいものではないのではないか。

軽音部を去り、一度は気持ちを切り替えたものの、文化祭に向けて盛り上がっている彼らを見ているうちに次第に苛立ち、退部するきっかけとなった拓未に対し感情的になって嫌がらせをした——。そんなふうには考えられないだろうか。

もちろん、部外者の無責任な想像ではあるが、先程竹村が見せた激《げき》しやすい一面や、写真部の展示を見に来た拓未に対して喧嘩腰だったという一真の話から考えると、その可能性はありうるような気がした。もしそうなら、文化祭さえ終わってしまえば、竹村の気持ちもまた元のように落ち着くのではないか。

何より、部で一緒だった仲間が無言電話の犯人だったなどという事実を拓未が知らずに済むなら、双方にとってきっとその方がいい。

そんなことを思案しながら窓辺に立っていると、ふいにカシャ、とシャッターを切る音がした。

見ると、いつのまにか一真がカメラをこちらに向けている。戸惑う私に、一真は穏やかに微笑んだ。

「すみません。綺麗だったので」

「え?……ああ」

一真の言葉に、窓の外を見る。文化祭の催しは五時までとなっているので、終了五分前になると、正門のアーチに飾っていた風船が実行委員によって外される。それらを一斉に空に飛ばすのだ。自然環境に配慮し、太陽光で生分解されるというエコロジー風船なるものが、ちょうどいくつも空に向かって飛んでいくところだった。

夕空に色とりどりの風船が浮遊する光景はどこかファンタスティックで、確かにいい被写体になりそうだ。

邪魔にならないようにと思い、私はさりげなく窓から離れた。すると一真は、手にしたカメラをすぐに下ろしてしまった。もう撮らなくていいのだろうか。

そのとき、拓未との待ち合わせまで時間がないことに思い至った。もうすぐ約束の五時だ。

慌てて一真に声をかける。

「ごめんね、そろそろ行かなきゃ」

口にすると同時に、賑やかに数人の生徒たちが入ってきた。

「ただいま。西園寺、こっち任せちゃってごめんなー」

総合フェスティバルを観に行っていた部員たちが戻ってきたらしい。少し考え、私は小声で一真に告げた。

「さっきの話なんだけど、もう少し、様子を見た方がいいんじゃない？」

「そうします。聞いていただいて、少しホッとしました。忙しいのに時間取らせちゃって、すみません」

素直に頷いた一真に軽く手を振り、私はその場を後にした。喧騒に包まれた校舎を移動し、急ぎ足で屋上に向かう。

階段を上がり、屋上の重い扉を開けると、幸い拓未はまだ来ていないようだ。

私は屋上の縁に近付き、柵に手をかけた。十月の夕暮れの風は、もう夏のような生暖かさを含んではおらず、ひやりと乾いた感じがした。

青にオレンジ色のグラデーションがかかった空が美しかった。誰かが無造作にちぎったみたいな形の雲が薄桃色に染まっている。遠くの建物や木立が黒いシルエットになって見えた。立ち並ぶ模擬店や装飾も、ざわめく生徒たちも、ここから見渡すと精巧なミニチュアの玩具のようだ。

校内スピーカーから〈蛍の光〉の音楽と共に、文化祭の終了を告げるアナウンスが流れる。同時に、生徒の間から拍手と歓声が上がった。校庭に設置された仮設ステージと、防災体験のアトラクションに使用したらしいエアマットを生徒たちが早くも片付け始めている。それらをぼんやり眺めていると、階段を駆け上がる足音が聞こえた。

次の瞬間、勢いよく屋上の扉が開け放たれる。驚いて振り返ると、息を切らした拓未が立っていた。

よほど急いで走ってきたのか、頬が上気している。興奮したような色を浮かべ、力強く輝くその目が、私の姿を見つけた途端に大きく見開かれた。

私はたじろいで彼を見た。なぜ、そんな顔をするのだろう？

どうしたのかと尋ねようとしたとき、拓未が唐突に口を開いた。

「――優勝した」

きょとんとする私に向かって、拓未が乱れた息の下から、かすれた声で告げる。

「え？」

「軽音部。総合フェスで、ついさっき優勝した」

自然に笑みが浮かんだ。私たちのクラス企画は残念ながら優勝を逃してしまったようだが、それでも素直に嬉しい。

「おめでとう、よかったね」

そう口にして、優勝した部の人間がここにいて大丈夫なのだろうか、という疑問が浮かんだ。表彰式は、もう終わったのだろうか？

「ありがとう。すげえ嬉しい」

拓未が私の隣に歩いてきて、柵に寄りかかるように腕をかけた。

「――よかった、これでちょっと勇気出たかも」

落ち着かない表情でそう云って、大きく息を吐き出す。

「オレさ、実は今日、自分の中で二つ賭けをしてたんだ」

「賭け？」

首をかしげて拓未を見ると、彼ははにかむように笑った。

「うん。一つは、総合フェスで軽音部が優勝できるかどうか。もう一つは」

緊張した様子で下唇を舐め、言葉を続ける。

「上原がここに来てくれるかどうか、って」

「え……？」

困惑し、拓未の顔を見た。拓未が柵にかけていた腕を下ろし、ゆっくりと私に向き直る。ひたむきな目を正面から向けられ、私は戸惑った。拓未が、おもむろに口を開く。

「あのさ。――オレ、上原のことが好きだ」

私は言葉を失った。それは本当にてらいの無い、まっすぐな云い方だった。

……間の抜けたことに、私はそのときまで〝異性から屋上へ呼び出される〟というシチュエーションに対し、なんら特別な意味合いを感じていなかった。突然の出来事に、頭が真っ白になる。

私はまじまじと拓未の顔を見つめた。驚きのあまり、まばたきを忘れてしまいそうだ。

屋上に秋の風が吹き抜けた。口から、ようやくかすれた声が漏れる。

「なん、で――」

うろたえる私に、拓未は静かに呟いた。

「……上原って、いつも人のこと見てんのな」

ぎくりと身を硬くする。常に人の顔色を窺って行動していることを見透かされたようで、反射的に目を逸らした。けれど、拓未は屈託なく続けた。

「周りの空気とかすごい気にしてて、こうしたいとかあんまり云わないし、人を不快にさせること云わないじゃん。そんなに気ィ遣ってたら疲れんじゃないかって、見ててたまに心配になるくらい。でもさ」

そこで言葉を切り、照れたように笑う。

「時々、これ絶対、素《す》なんだろうなって思う瞬間があるんだ。幸せそうに炭酸いちごみるく飲んでたりとか、それ宮野にからかわれてムッとした顔するのとか。雨の日に外を眺めてなんとなく寂しそうな顔してたり、西園寺たちが喜んでるとすげえ優しい目で見てたりさ。たぶんオレだけが気付いてる上原のそういう素の部分、可愛いって思ったり、妙に気になったりして」

拓未は頬を赤らめ、照れ隠しのように前髪を掻き上げた。一瞬ためらってから、云いにくそうに続ける。

「なんか、やなこと思い出させて悪いんだけどさ、オレらが二年のとき、駅で変な事件あったじゃん？」

昨年の夏、東條高校の最寄駅の女子トイレで、不穏なものが発見されたとローカルニュースで放送された。胎児の遺体と思われる数センチの大きさのものが、女子トイレに捨ててあったというのだ。

身近であった出来事なだけに、校内はその話題でひとしきり騒ぎになった。もしかしたらうちの生徒の誰かが人知れず流産してトイレに胎児を捨てたのではないか、などという疑惑は、のんびりとした校風の我が校においてかなりショッキングなものだった。その騒ぎは数日後、思わぬ形で幕を閉じた。

見つかった遺体が人間ではなく、実は猫のものだったと判明したからだ。「なあんだ」と周囲に安堵の空気が漂い、その出来事はやがて笑い話のネタにされるようになった。

「担任がそう説明したとき、なんだよーって感じで皆笑ってたんだけど、そのとき上原、一人だけ笑ってなかったんだよな」

当時の状況を思い起こす。あのとき私の表情が曇っていたのだとしたら、それは、猫の赤ちゃんがトイレに捨てられていた理由について想像してしまったからだ。人間じゃなかったからといって、そんなふうに気軽に笑い飛ばすことはできなかった。

「……上原のこと、なんとなく気になって見てた」

拓未が言葉に迷うように口を閉じた。思いきった様子で、再び声を発する。

「もっと上原のことを知りたいって思って、もっと素の感情を見せて欲しくて、気が付いたらたぶん、好きになってた」

口にした後で、拓未はふっと苦笑した。

「……本当はずっと云いたかったんだ。けど、上原ってたまにオレのこと避けるときあるじゃん？　オレにだけ態度がよそよそしいし、上原はオレみたいな騒々しいタイプ苦手なんだろうなって思ってたから、さすがに云えなかったんだ。でもやっぱり、ちゃんと伝えておきたくて」

真摯な眼差しが、迷いなく私に向けられる。私は緊張に息を詰めた。拓未が口を開く。

「オレじゃ頼りないかもしれないけど、なんでも話して欲しいし、もっと近くなりたい。——上原の特別な存在になりたいんだ」

まっすぐな視線に射抜かれたように、動けなくなった。

この人は、なんてためらいなく、自分の気持ちをぶつけてくるんだろう。

何かが、喉元まで込み上げてくる。それが歓喜なのか恐怖なのかわからなかった。自分でも信じられないほど、心が彼の言葉に激しく揺れ動いていた。

私は、云ってしまいそうだった。

自分が経験した異常な出来事のことも、それによってもたらされた不安も孤独も、洗いざらい打ち明けてしまいたい衝動に駆られた。全てをさらけ出したかった。彼に、受け止めて欲しかった。けれど同時に、思考の一部がそれを拒否する。

だめ、口にしてはいけない。そんなことを話したら最後、彼はきっと困惑した目で私を見る。いくら優しい性格の拓未でも、私から離れていくに違いない。そう、信じちゃだめだ。期待しちゃだめ。そんなこと初めから知ってる、だけど――。

葛藤に息が苦しくなった。この場所から逃げ出したい。

拓未の発した言葉の一つ一つが胸に迫り、思わず泣きそうになった。歪んだ表情を見られまいと、とっさに顔を背ける。けれど、一瞬遅かった。拓未が息を呑む気配がする。慌てて背を向けようとした瞬間、彼が思いがけず強い力で、私の右手を摑んだ。

私は、反射的に身構えた。他人の手の感触に緊張が走る。

しかし予想に反して、それを不快に思う感情は起こらなかった。驚いたことに、拓未の指が触れた箇所から温かなぬくもりが広がり、私の内側に重く沈んだものを溶かしていくような錯覚さえ覚えた。

戸惑いながらおずおずと視線を上げると、拓未の視線とぶつかった。熱のこもった声が、私の名前を呼ぶ。

「上原」

至近距離で目が合ってしまうと、吸い込まれるように、逃げ出せなくなった。拓未の肩越しに黄昏の空が見える。その色が、ゆらりとにじんだ。

その瞬間、懸命に閉ざしてきた何かが崩れ落ちる音が聞こえたような気がした。それでもなお、軋《きし》む心の一部は懸命に抗《あらが》う。だめ。だめ。

「……天野、くん」

必死の思いで発した声は、瀕死の生き物みたいに弱々しくかすれていた。拓未が次の言葉を待つように私を見つめている。私たちのこれからを決める、その言葉を。

私は混乱したまま、口を開いた。

「私——」

◇

——視界に飛び込んできたのは、灰色の天井だった。

背中に硬い感触を感じる。

とっさに、自分がどこにいるのかわからなかった。一瞬遅れて、床に仰向けに寝ているのに気が付き、恐る恐る身を起こす。……何？

こもった空気の中で、うっすらとカビ臭いようなにおいがした。薄暗い部屋の外から、ざわめきと音楽が聞こえてくる。頭の後ろに疼痛《とうつう》を感じ、私はそこに手をやった。

「痛……っ」

呻いてから、スカートの裾が乱れているのが目に入り、慌てて直す。状況が理解できなかった。

私は屋上で、拓未と一緒にいたはずだ。それなのになぜ、こんな場所に一人で寝ているのだろう？

真っ先に考えたのは、感情を昂《たかぶ》らせた私が貧血でも起こして倒れてしまったのではないか、ということだった。それで拓未が私をここに運んでくれたのだろうか？　でも、それはおかしい。もしそうであるなら私は保健室にいるはずだし、こんな所に一人きりで放置されているのは明らかに不自然だった。

まさか、気を失った私を拓未が人気のない場所に連れ込んで――いや、違う。拓未がそんな真似をするなんてありえない。

……そもそも、ここはどこだろう？

周囲を窺いながら、用心深く立ち上がる。その瞬間、小さな窓いっぱいに緑色の物体が映った。怒ったような大きな目玉が窓を横切り、思わずぎょっとして後ずさる。

——窓の外を通っていったのは、龍の張りぼての巨大な頭部だった。

オーライオーライ、という威勢のいい掛け声が聞こえる。「後ろ、ちゃんと持て」「ぶつけないよう周りに気を付けろよー」と声をかけ合いながら、複数の男子が張りぼてを講堂の方へ運んで行く。

私は、愕然と立ち尽くした。

混乱しながら視線をさ迷わせると、薄暗い室内の端に置かれた跳び箱や得点板が目に留まった。使い古されたバスケットボールが床に転がっている。

……ここは南校舎の一階にある、体育用具室だ。

よろめきながらドアに近付き、思いきって、それを開ける。

その途端、明るい賑わいが広がった。仮装をした人や、プラカードを手に呼び込みをする人など、楽しげな様子の生徒たちが廊下を行き交っている。素早く視線を動かし、壁時計を見た。

——時計の針は、四時五分を指していた。

呆然とする私の近くを、呑気なお喋りをしながら二人連れの女子が通り過ぎていく。

「それでね、自棄になった主人公が、ウッドチャックを強奪して車ごと崖から飛び込むの」

「何じゃ、それ！」

ひゅうっ、と喉からかすれた息が漏れた。鼓動が一気に速くなる。私はもう、自分の身に何が起きているのかをはっきりと理解していた。

人生で三度目の、リプレイが起こったのだ！

動揺のあまり、その場にうずくまりそうになった。身を守るように自身の両腕を抱く。

……心のどこかで、私はほんの少し期待していた。

私の身にリプレイが起こったのは七歳の頃と、中学二年のときの二回だけだ。高校に入ってからは一度もなかったため、もしかしたらあれはもう二度と起こらないのではないか、と密かに希望的観測を抱いていた。しかし、どうやらそれは誤りだったようだ。

私は怯えながら周囲に目をやった。目の前では賑やかな文化祭の風景が繰り返されている。私の身に起こっている事態など、誰も知る由《よし》が無い。

呼吸を整えながら、落ち着け、と必死で自分自身に云い聞かせた。落ち着いて、パニックを起こしちゃだめ。

私の推測通りなら、この一時間を【五回】繰り返しさえすれば、通常の時間の流れに戻れるはずだ。大丈夫、怖がる必要はない。

深呼吸を続けると、ようやく、少しずつ興奮が収まってきた。校内を見回す。

そう、今日は文化祭だ。私はいま恐ろしい出来事に遭遇してもいなければ、苦しい目に遭っている訳でもない。

何より、私はこれからまた屋上で拓未から想いを告げられるのだ。あの心のこもった告白を、もう一度される。さっきの拓未を思い出すと、恐れが少し薄らぐような気がした。

リプレイが始まってしまえば、あとはもう、確定事項となる最後のターンが終わるまで私には何も為す術が無い。

……ならばいっそのこと、せっかく与えられた時間を有効に使ってみたらどうだろう？

気持ちを切り替えるように、ゆっくりと息を吸い込んだ。心の中に、狡《ずる》い考えが浮かぶ。

――これは思いがけず手に入れた、予行演習の機会かもしれない。

五時になれば私は屋上に行き、そこで拓未と会う。最後のターンが訪れるまで毎回、私は彼から想いを伝えられる。さっきは思いがけない展開に混乱してしまったが、偶然にも、彼の告白に対して心の準備をするための時間を得ることができたのだ。

それだけではない。その気になれば、私はターンごとに違う返答をして、彼の反応を試すことだってできる。

たとえば、とびきりの笑顔で告白に頷いたらどうなる？　私もあなたの特別になりたいと、そう口にしたら、拓未はどんな顔をするだろう。驚くだろうか、喜んでくれるだろうか。もしかしたらあの腕に強く抱き締められてしまうかもしれない。

顔が熱くなり、そんなことを考えている自分がものすごくいやらしい人間に思えた。気持ちを落ち着かせるように、頰に手を当てる。

本音を云えば、拓未からあんなふうにまっすぐな好意を打ち明けられて、私は嬉しかった。けれどそれと同じくらい不安で、恐ろしくもあった。

どうしたいのか、どうするのが正しいのか、答えはまだ見つからない。ただ、今わかっているのは、逃げずに決めなければいけないということだけだった。今度こそ、彼の気持ちにきちんと返事をするのだ。

それから思考を巡らせ、自分が旧体育館の用具室にいた理由を思い出そうとした。

確か、渡り廊下でさやかに出くわし、被服ショーで使う日傘が落ちていないか見てきて欲しいと頼まれたのだった。日傘は結局すぐに発見されたはずだから、このまま戻らなくても特に支障はないだろう。

拓未との待ち合わせまでは、まだ時間があった。そうだ、せっかくなら軽音部のライブに行ってみよう。優勝したという拓未たちの演奏が聴ける。

本来の時間では、私は被服ショーが終わってから『写真部・展示販売会』に向かい、約束の時間まで一真と共にそこにいた。しかし相談された竹村の件についてはとりあえず様子を見ようという結論に落ち着いたし、一真から相談を受けるのはまた別の時でも構わないだろう。

私は賑やかな校内を歩き出した。

校舎のあちこちにポスターが貼られ、モールやペーパーフラワーなどで派手に飾り付けられている。各教室では様々な催しが行われていた。マジックショーやプラネタリウム、イラスト展示や占いの館など、どこも大いに盛り上がっているようだ。

講堂に入ると、ふと、人込みの中で微かに桃のような甘い香りを嗅いだ気がした。顔を上げると、通路の反対側から飲み物を手にした愛美と千佳が連れ立って歩いてくる。

私は反射的に足を止めた。そういえば、講堂にこの二人もいたことを思い出す。彼女たちも総合フェスティバルを観に来たのだろう。

講堂では、まさにこれから私たちのクラスの被服ショーが始まろうとしていた。一瞬迷い、二人がこちらに気付く前に、慌てて背を向ける。

この時間が上書きされるだろうことを頭ではわかっていたけれど、それでも仲違いしている相手と鉢合わせする居心地の悪さが消える訳ではない。率直に云って、気まずかった。

さて、どうしようか。少し考え、渡り廊下を戻って再び南校舎へと移動した。よそで時間を過ごし、軽音部のライブが始まる頃に総合フェスティバルを観に行けばいい。

カフェに見立ててレンガ模様の紙を貼った段ボール箱で作られた出店でココアを買うと、私はそれを手に、一階の窓から外を眺めた。楽しげにはしゃぐ生徒たちは、この時間を全身で満喫しているというような表情をしている。校庭の仮設ステージでは、クイズ大会が行われていた。○と×のボードを掲げた生徒が壇上をせわしなく移動している。その奥の、校庭に面した特別棟の窓から見物している生徒たちも「マルー」「いや、違うだろ」などと好き勝手に参加しているようだ。

そんな光景を眺めながら、これから屋上で起こる出来事への期待と不安が高まってきた。

今度は、うまく話せるだろうか。拓未になんて答えよう？　考え出すと、緊張してくる。

そのとき、特別棟の二階の窓から、大きく身を乗り出す人の姿が見えた。驚いて凝視すると、あらかじめ設置してあったロープ状の避難ばしごに足をかけ、そのままゆっくりと降りていく。よく見ると、地面には大きなエアマットが敷かれていた。どうやら防災体験のイベントを催している最中らしい。

近くの教室でアカペラ部がコーラスを始めた。綺麗に揃ったハーモニーが廊下まで響いてくる。ら、ら、ららら－。

甘いココアを飲みながらぼんやりと景色を眺めていると、ほんの少し、気持ちが落ち着いてきた。振り返って手近な教室の壁時計を見ると、四時半だった。もうじき軽音部の出番だ。

私は紙コップをゴミ箱に捨て、講堂に向かって歩き始めた。

拓未からの告白は、この時間にはまだされないことになっている。しかし私にとっては、想いを告げられてから初めて拓未の顔を見ることになるのだ。

自然と鼓動が高鳴る。早く拓未に会いたいような、それでいて顔を合わせるのが怖いような、おかしな気分だ。けれど、彼の演奏を聴けるのは純粋に楽しみだった。

賑わう講堂に足を踏み入れ、念のため、本来の時間で千佳と愛美が座っていた席からなるべく離れた場所に移動する。案の定、会場内は生徒でごった返しており、後ろの方で立ち見をすることになった。

『さあ、ラストを飾るのは、皆さんお待ちかねの軽音部による演奏です！』

進行係の男子がひときわ大声で紹介する。最後の演目とあってか、何やらやけっぱちな勢いだ。きゃあっと前方の列から歓声が上がる。マイクを持った進行係は舞台の袖をのぞきながら、メンバーに確認の声をかけている様子だ。

『軽音部の皆さん、準備はいいですかあ？――まだ？　えーと会場の皆さん、もう少しだけそのままお待ちください。さすがトリだけあって焦《じ》らしますねえ』

進行係が客席に向かってだらだらと喋りながら、場をつなぐ。準備が調わないのか、妙に時間がかかっているようだ。私はどきどきしながら彼らの出番を待った。

やがて用意ができたらしく、進行係が勿体ぶるように咳払いをした。あらためてテンション高く声を放つ。

『大変お待たせしました！　それでは、軽音部の皆さんの登場です！』

客席から大きな拍手が起こり、舞台の袖からメンバーたちが出てきた。私も手を打ち鳴らしながらステージを見つめ——動きが止まった。

……拓未がいない。

ギターを下げてステージ上に現れたのは拓未ではなく、なぜか竹村だった。

ボーカルらしき男子が客席に向かって挨拶するのを、困惑する思いで見つめる。どうして拓未がステージに現れないのだろう？　それになぜ、竹村がここに？

カウントと共に、アップテンポな曲が始まった。観客がわっと盛り上がり、思い思いに身体を揺らす。曲に合わせてジャンプしたり、拳を突き上げたりして楽しんでいる生徒たちの中で、私は混乱していた。——どういうこと？

拓未はライブに出なかったのだろうか？　いや、そんなはずはない。文化祭に向けて毎日練習している様子だったし、なんらかの不測の事態があって急に出演できなくなったとしても、それなら屋上で会ったときにそう口にしたのではないか。

私は、興奮気味に目を輝かせて屋上に現れた拓未を思い出した。あのときの拓未は、まさについさっき渾身の演奏を終えて駆け付けたという感じだった。だとしたら、なぜ？

ライトを浴びて激しくギターをかき鳴らす竹村を見つめる。軽音部の演奏は、さほど音楽に詳しくない私にもかなりレベルが高いもののように感じられた。活き活きとしたパフォーマンスでたちどころに観客をのせ、熱狂的な空気を作り出してしまう。ボーカルのハスキーな歌声が気持ちいいほどよく伸びる。知らない曲だけれど、素直にいい曲だと思った。

しかし、興奮に沸く生徒たちの中で、私はどこか取り残されたような思いだった。拓未が姿を現さないことが、妙な不安をかき立てる。

この状況に違和感を覚えていた。——繰り返される一時間。先程と全く同じはずの時間。なのに、なんだろう。何かがおかしい。

会場内の熱気は最高潮に達し、まさに全力疾走という感じで三曲を演奏し終えた彼らに、客席から惜しみない拍手と歓声が贈られた。「ありがとー!」とメンバーが手を振り、笑顔でステージから退場していく。

ざわめきに包まれた講堂で投票が行われる間も、私はその場を動けなかった。頭の中で疑問が渦巻く。しばらく考え、迷いを振り払うように息を吐く。こうして突っ立っていても、仕方がない。これから屋上で拓未に会うのだから、直接本人に聞いてみればいい。

講堂の時計を見ると、四時五十五分を指していた。ひどく緊張しているけれど、心のどこかで早く拓未に会いたかった。

私は講堂を後にし、南校舎に向かって歩き出した。

いつもならこの季節は、開け放した校舎の窓から蜜柑を甘く煮詰めたような花の香りが漂ってくる。私の好きな、金木犀の香りだ。

けれど、いま鼻腔に流れ込んでくるのはクレープの甘い匂いや、焼きそばのソースの匂いなどだった。窓の外に目を向けると、校庭の色付いたイチョウやイロハモミジが、華やかな装飾や模擬店の派手な色彩に埋もれているのが見える。

秋の夕空の下、東條高校は普段と違う文化祭の熱気を纏っていた。

沙織が『ホラーカフェ』なるポスターが貼られた多目的教室の前で、配布用に置いてあった宣伝ビラの束を回収していた。

ビラに書かれた《トリック・オア・トリート》と訊かれ「ハッピー東條祭！」と答えたらケーキセットが二割引き》という文言と、魔女なのかメイドなのか今一つ判断しかねる、黒を基調としたワンピース姿の友人を見比べる。

快活な印象の沙織がハロウィンをイメージした衣装を着ているのは新鮮で、同性の目から見ても愛らしかった。

しかしそれよりも目を引いたのは、彼女の傍らにある得体の知れないオブジェだ。大きく開いた幼虫の口らしきものの中にメニューが展示してある。

カフェで食欲が減退する宣伝物ってどうなんだろう、と思いつつ「そのモスラみたいなの、何……？」と訊くと、沙織はちょっと不満げに唇を突き出した。

「モスラじゃないよ、グラボイズ。パニック映画『トレマーズ』シリーズに登場する巨大地底生物だよ。知らないの？」

そんな名称が即座にわかる女子高校生がいたら、むしろ怖い。

『うたごえ喫茶』や『絵本展示会』といった企画を行う教室の並びに、手作り感あふれる怪物のオブジェは少しばかり、いや、実のところかなり異彩を放っていた。立ち話をする私たちの近くで、ぎょっとした顔で足を止める生徒や、携帯で写真を撮っている人もいる。

エプロン姿の女子が慌ただしく玄関の方へ走っていく。『ほめ屋』と書かれた揃いの法被を着ている男子や、着ぐるみを被った生徒など、校舎は陽気なざわめきに満ちていた。ビンゴゲームをやっている教室で当たりが出たらしく、歓声とミニベルの賑やかな音が廊下に響く。

「菜月はどこまわってきたの？」

そう尋ねられ、私は一瞬考えてから軽い口調で答えた。

「講堂。ライブとか見てきたところ」

「ああ、総合フェスね。今年はどこが優勝するのかな。ねえ、うちのお店にも寄っていかない？　あと少しで終わりだし、サービスしたげるからさあ」

茶目っけたっぷりに片目をつぶってみせる沙織に、苦笑する。

「ごめん、ちょっと約束があるから」

そう云って私が再び歩き出しかけた、そのときだった。

開け放たれた窓の外で二本の棒のような物体が躍るのが見えた。

空間を切り裂くそれが人間の足だということに思い至るのと、校庭でドーンというものすごい音と振動が起きたのがほぼ同時だった。

ふいに、舐めかけの飴玉のような物が窓から飛び込んできて、廊下の隅に転がった。驚きに身を硬くした直後、それが何なのかを理解する。

——歯だ。

全身の毛が逆立つのを感じた。

いくつものけたたましい悲鳴が上がる。あちこちでただならぬ声が飛び交っている。誰か屋上から落ちたぞ。早く、早く救急車を呼べ。

嘘、という言葉が真っ先に浮かんだ。うそ……冗談でしょう？

意図せず、喉の奥からぐうっと吐き気が込み上げる。泣き出す生徒や、慌てて走り出す教師。校庭に人だかりができている。

間近でバサバサッと鳥の羽ばたきのような音がして、反射的にそちらを見た。沙織の持っていたビラの束が床にこぼれ落ちたのだということに、一瞬遅れて気が付く。その場にくずおれた沙織が顔を覆い、かぶりを振った。

私は、呆然と立ちすくんだ。膝から下が小刻みに震えている。視線を外したいのに、どうしても目の前の光景から顔を背けることができなかった。まさか、まさかそんな。

自分の見たものが信じられなかった。

ほんの一瞬見えた、落下する人影——それは、まさにこれから私が会う約束をしている人物に違いなかった。

——拓未だ。

だけど、こんなことが起きるはずがなかった。ありえなかった。だって十月五日の今日、こんな悲劇が起こらないことを、私はもう知っている。

「なんで……？」

弱々しい呟きが、口から漏れた。疑問符が激しく頭の中を駆け巡る。なぜ、どうして。訳がわからない。

「どうして、こんな——」

思わずこぼれた問いかけは、周囲の騒乱にかき消された。

どこかで誰かが手を離したのか、赤い風船がゆらゆらと澄んだ秋空に吸い込まれていった。

第三章　起こるはずのない事件

——薄暗い天井が視界に映った。

ハッと身をこわばらせる。背中に硬い床を感じた。

私はとっさに身を起こし、それから、鈍い痛みのある後頭部へと手を伸ばした。

「いっ、た……」

部屋の外からざわめきと、明るい音楽が聞こえる。空気は埃っぽく、微かにカビ臭いようなにおいがした。状況を理解し、息を呑む。

ここは、体育用具室だ。【二回目】が始まったのだ！

かすれた喘ぎが喉から漏れた。今しがた目にしたものが信じられない。いや、信じたくない。悪い夢から目覚めた直後のように、心臓が激しく鳴っている。けれど私は知っていた。これは、夢ではない。現実だ。

冷たいものが背すじを這い上がった。残酷な光景が生々しくよみがえる。でも——なぜ？

本来なら、屋上で私と会うはずだった拓未が、一体どうしてあんなことに？

考えるほど訳がわからなくなってきて、口元を手で覆った。

ふらつく足で立ち上がると、小さな窓にいきなり緑色の物体が映った。龍の頭部の張りぼてだ。オーライオーライ、と男子生徒たちの掛け声が飛び交う。「後ろ、ちゃんと持て」「ぶつけないよう周りに気を付けろよー」と力強い声が響く。

巨大なそれを運搬していく彼らの声を聞いているうち、わずかに冷静さが戻ってきた。……落ち着いて。

今は、一時間前に戻っている。つまり拓未は、生きてこの学校のどこかにいるのだ。

そう考えた途端、泣き出したいほどの安堵を覚えた。あんな光景――あんなおぞましい光景は、もう二度と目にしたくない。彼はどこにいるのだろう。今すぐ、無事な姿を見せて欲しい。生きている拓未を確認したかったが、あいにく携帯番号を知らなかった。本人を捜そうと思ったけれど、それより、今の私には考えなければならないことがある。

なぜ、本来の時間では起こらなかったはずの出来事が発生したのか?

思い浮かぶ理由は、一つしかない。私だ。

本来の時間と、リプレイの【一回目】で異なるもの。それは、私以外にありえなかった。

つまり、私が本来の時間とは違う行動を選択したことで、元々起こるはずだった出来事に何らかのズレが生じたに違いない。

そこまで考えて、ぞくっとした。――だとすれば、拓未があんな恐ろしい目に遭う原因を作ってしまったのは、ある意味では間違いなく私だ。

それにしても、わからない。本来の時間で、私は誰かの思考や行動を大きく左右するような大それた行動をした覚えはない。しかし、実際にリプレイの【一回目】で拓未は屋上から落下し、文化祭は本来の時間とはかけ離れた凄惨な現場と化してしまった。

否応なしに先程の光景が思い出される。……あの状況では、おそらく拓未は助からなかっただろう。

脇の下に冷たい汗がにじんだ。萎《しぼ》みそうになる気持ちを奮い立たせるように、息を吸い込む。しっかりして、怯えている場合じゃない。今からあんな出来事が起こるのを、絶対に防がなくては。それは、これからの私の行動にかかっている。

——拓未はなぜ総合フェスティバルのステージに現れず、屋上から落ちたのだろう？

そもそも、熱心に練習していた軽音部のライブに拓未が姿を見せなかったというのは明らかにおかしかった。

私と会う約束をしていたはずの拓未が、急に自殺を試みたとは考えにくい。だとすれば不慮の事故か、或いは——事件、という可能性もある。

不穏な思いつきに、身体に力がこもった。拓未の死を目《ま》の当たりにしたショックは、自分で思っている以上に大きいようだ。思考が停止しそうになるのを、必死にこらえる。

そして、一番重要なのはここだ。本来の時間と、リプレイの【一回目】で私が取った行動の大きな違いは何か？

さっきまでの自分の行動を反芻し、すぐに思い当たる事実があった。

本来の時間で、私は拓未に関する相談を受けて『写真部・展示販売会』を訪れ、そこでトラブルの元である竹村とも顔を合わせた。しかし【一回目】では、私はラスト直前まで講堂で総合フェスティバルを観覧している。つまり、写真部の展示室には行っていないのだ。

もしかして、私が写真部の展示室を訪れるかどうかが分かれ目だったのだろうか？

自分の思いつきに、頬が引きつるのを感じた。──そうだ。この一時間内に拓未の身辺に直接的に関連する出来事といえば、それかもしれない。

しかしあらためて思い返しても、私の取った行動の何がどう影響してあんなおぞましい結果が生じたのか、全くわからない。

……とにかく、なんとかしなければ。

私は意を決して、歩き出した。体育用具室のドアを開けた途端、賑わう風景が視界に広がる。プラカードを握って元気よく呼び込みをする声。可愛らしい魔女や、おばけカボチャの扮装をして歩く生徒たち。さっきと同じく、活気に満ちた喧騒がそこにあった。

派手な飾り付けや、奇抜な催しの看板に一切目を向けることなく、私は足早に廊下を歩き続けた。目指す先は、南校舎の二階の特別活動室だ。

講堂の方へ流れ出したらしい生徒の間を縫って移動すると、廊下の端に置かれた『写真部・展示販売会』というお洒落なウェルカムボードが見える。開いたドアから、複数の生徒が笑いさざめきながら出てきた。

立ち止まって息を吸い込み、私は室内に足を踏み入れた。──いた、一真だ。

なるべく自然に、声をかける。

「一真君」

こちらに背を向けていた一真が、やや驚いた表情で振り向いた。その口元に、ゆっくりと微笑が浮かぶ。

「菜月先輩。来てくれたんですか」

「いま、話しても平気？」

尋ねながら室内を見回すと、どうやらいるのは一真だけのようだ。ちょうど客が途切れたところらしい。

棚の上に置いてあるスタジャンが目に映った。拓未が忘れていったものだ。生きている彼の気配をそこに感じ、不覚にも涙ぐみそうになった。

一真が私を見つめ、首をかしげる。

「もちろん、僕は構いませんけど――いいんですか？　今って、たぶん菜月先輩のクラスの出番ですよね？」

ぎくりとした。壁時計を見ると、四時十五分を指している。

確かに、これまで頑張って準備してきた自分たちのクラスの演目そっちのけでここへ来たのは、少しばかり不自然だったかもしれない。まさか、「もう本番を観た」とも、「それどころじゃない」とも云えないし。

「その……いいの。そっちは大丈夫」

曖昧に答えると、一真はそれ以上追及せずに、「そうですか」と穏やかな口調で云った。

「コーヒーメーカーがあるんで、いま淹れますね。よかったら、展示でも」

「あ、ううん、コーヒーはいいわ」

奥に向かって歩き出そうとした一真の言葉を遮り、私は慌てて声をかけた。

「ねえ、それより聞かせてくれる？　天野君に関する相談って、なんのこと？」

一真が戸惑ったように口をつぐんだ。私の性急な態度を訝しく感じたのだろう。焦った。確かに今のは、普段の私らしくない。

「……菜月先輩って、天野先輩と結構仲がいいんですか？」

「そういう訳じゃないけど」

意外そうな口調で尋ねられ、動揺しながら否定した。

「一応、クラスメイトだし。トラブルなんて、なんだか穏やかじゃない単語を聞いちゃったでしょ。だから、ちょっと心配になって」

私の言葉にどこまで納得したかは知らないが、一真が申し訳なさそうに云う。

「すみません。物騒な云い方して、驚かせちゃいましたね」

一真は何か考えるような表情をしてから、私に座るよう促し、自身も手近な椅子に腰掛けた。さっきより目線が近くなる。小さくため息をつき、一真は口を開いた。

「相談っていうのは、写真部の先輩のことなんです。竹村浩平っていって、うちの部の三年生なんですけど――」

本来の時間で語ったのと同じように、竹村の不審な行為について、一真が筋道立てて話し出す。私は驚いた顔をしたり、心配したりしてみせながら一真の話に相槌《あいづち》を打った。その反応の半分くらいは演技ではなく、素の感情だ。

一真の話す内容をあらためて耳にしながら、ますます不安がふくらんでいく。

「……なんだか嫌な予感がして。まさかとは思いますけど、天野先輩に何かしようとしてるんじゃないかって心配になって」

そう云い、一真が微かに眉根を寄せる。

本来の時間で打ち明けられたときと異なり、あんな凄惨な光景を見た後では、その台詞を冷静に聞くことはできなかった。

「竹村先輩、悪い人じゃないんだけどちょっと直情的なところがあるから心配で。写真部はただでさえ人数少ないし、変な揉め事とか、不祥事なんかを起こしたくないんですよね。ほんと、おかしなことにならなきゃいいんですけど……」

一真が言葉を切ったとき、無遠慮な足音を立てて誰かが室内に入ってきた。竹村だ。

この展開は既に知っているはずなのに、反射的に肩が跳ねる。私の強い反応を物音に驚いたせいと解釈したのか、一真が幾分咎めるような視線を竹村に向けた。

「竹村先輩」

動揺する私とは対照的に、落ち着き払った口調で一真が話しかける。

「午後からずっとどこに行ってたんですか?」

竹村が煩わしげに、一真を見た。

「別にどこでもいいだろ」

「よくないです。橘先生が捜してましたよ」

明るい茶色の髪を掻き上げ、彼がチッと舌打ちする。息を詰めてやりとりを見守っていると、竹村は受付の机に近付いて引き出しを探り、携帯音楽プレーヤーを取り出した。

「忘れもん取りに来ただけだから。テキトーに顧問に云っとけよ」

「先輩。部活頑張れって、天野先輩も心配してたでしょう？」

一真がそう口にした途端、竹村が振り返った。こちらがたじろぐようなきつい眼差しになり、不快な表情で一真を睨みつける。

「――うぜえよ」

ぞんざいに呟いて歩き出そうとした竹村の視線が、私の前で止まった。どうやら私は表情をこわばらせたまま、まじまじと彼を凝視してしまっていたようだ。

粗野な印象を受ける眼差しを向けられ、鼓動が跳ねる。しかし竹村は私と一真を交互に見やり、冷やかすように口元を歪めただけだった。

「ごゆっくり」

ひらりと片手を上げ、竹村が教室から出ていく。私は身を硬くしてその後ろ姿を見つめていた。一真が、困ったようにため息をつく。

「今のが、竹村先輩です。文化祭当日は少しくらいやる気を出してくれるかなとも思ったんですけど」

「――一真君」

私は椅子から立ち上がった。ためらった後、意を決して口を開く。

「……その件は、もしかしたら、早急に対処した方がいいかもしれないわ」

かすれた声でそれだけ告げると、私は竹村を追ってドア口に向かった。

「え、菜月先輩？」

私の唐突な行動にふいをつかれた様子で、一真が珍しくうろたえた声を出す。

廊下に出ると、私は慌てて竹村の姿を捜した。――いた。少し離れた先を、彼が大股で歩いていく。

「待って」

思いきって声をかけると、竹村が足を止めた。肩越しに振り返り、私の姿を見てうろんな表情になる。

「――何？」

大柄な彼に正面から見下ろされると、少なからず威圧感があった。竹村が目をすがめ、無愛想に声を放つ。

「ていうか、アンタ誰」

私は緊張に息を詰めた。リプレイ【一回目】で、なぜか姿を現さなかった拓未の代わりに軽音部のステージに立っていた、竹村。

最初に一真から相談を受けたとき、私は「もう少し、様子を見た方がいいんじゃない？」と助言した。

――けれど、事態が私の予想よりも切羽《せっぱ》詰《つ》まっていたとしたら？

それは私が恐れ、懸念している可能性だった。拓未の身に起きた出来事が、不運な事故ではなかったとしたら。

仮に悪意を持って彼を狙う何者かがいて、意図的に危害を加えたのだとしたら、状況はより厄介なことになる。私が本来の時間と全く同じ行動を取り、何かのきっかけでたまたま転落死を未然に防げたとしても、今後も拓未の身が同様の危険に晒されない保証はないからだ。

もしそうであるなら、拓未が命を落とすことになる原因を突き止め、彼に殺意を持つ人物を思い止《とど》まらせる方向に軌道修正しなければ、拓未は救えないのではないか。

手のひらが湿った。他人に深く関わらない、目立つ行動を取らない。それは私が自らに定め、これまで守ってきたルールだ。こんなふうに他人の事情に首を突っ込むような行為は、決して私の本意ではない。だけどこの際、そんなことは云っていられない。この時間内の私の行動に、拓未の命がかかっているのだ。

私は、まっすぐに彼を見た。間近で竹村の無遠慮な視線を受けながら、口を開く。

「――上原菜月。一真君の姉の友人よ。それから、天野君とも」

拓未の名前を出した瞬間、竹村が身構える気配がした。反射的にビクッとしてしまう。彼の節くれ立った大きな手で力を込められたら、私の細い首など簡単にへし折れてしまいそうだ。

怯《ひる》みそうになるのをこらえ、私は率直に切り出した。

「実は、教室で天野君と一緒にいたとき、彼の携帯に無言電話がかかってきたことがあるの」

私の台詞に、竹村があからさまに顔をこわばらせる。気持ちを奮い立たせ、言葉を続けた。

「一真君に何気なくその話をしたら、思い当たることがあったみたいで、すごく驚いた顔をしたわ。それで……その、もしかしたら、天野君に無言電話をかけてるのはあなたかもしれないって話してくれたの」

一真が竹村の携帯を盗み見たなどという事実は伏せておいた方がいいだろうと思い、私はつっかえながら、辻褄を合わせて説明を試みた。逆上した竹村が一真に暴力を振るうような事態にでもなったら、大変だ。案の定、竹村が苛立たしげに低く唸る。

「西園寺……あの野郎、余計な口出しやがって」

「怒らないで」

今にも一真の元へ踵を返しそうな竹村に、慌てて云い募った。

「あなたを心配してるのよ。あなたが……もしかしたら、天野君に何かするんじゃないかって」

竹村がいよいよ不機嫌そうに顔をしかめる。私から視線を外し、吐き捨てるように云った。

「バカバカしい。何の証拠があるんだよ」

乱暴に話を打ち切り、竹村が足早に歩き出す。どうやら知らぬ存ぜぬで通すつもりらしい。

私はもどかしい思いで唇を噛んだ。一真が竹村の携帯を見たことは話せないし、仮に携帯を見せて欲しいと云っても、すげなく拒否されて終わりだろう。そもそもそんな履歴などとっくに消去されているかもしれない。これ以上、彼を引き止める術はなかった。

だけど、このまま竹村を行かせる訳にはいかない。無言電話という穏やかではない行為を仕掛け、拓未の現れなかったステージに【一回目】で代わりに登場した竹村。拓未の身に起きた出来事に、竹村が何らかの形で関わっている可能性は、大いに考えられる。

勇気を振り絞り、彼の背中に向かって声を発した。

「――軽音部を辞めたのは、天野君のせいなの?」

私の言葉に再び竹村が足を止める。振り返り、鋭い眼差しで私を睨んだ。そのただならぬ迫力に足がすくみそうになったが、必死で竹村を見つめ返す。目を逸らしちゃだめだ。

「お願い、教えて」

ここで退《しりぞ》く訳にはいかなかった。拓未を死の運命から回避させられるのは、私だけなのだ。

緊迫した睨み合いの後、竹村が諦めたように息を吐き出した。怖い顔でこちらに近付いてくる。とっさに殴られるのではと身構えたが、竹村は私の横を通り過ぎ、そのまま逆方向に歩き出した。ぶっきらぼうに顎《あご》をしゃくる。

「ついてこいよ」

濁った声でぼそりと云われ、私は目を瞬《しばたた》かせた。そこでようやく、周りがちらちらと不安そうに私たちの様子を窺っているのに気が付く。話をするのに、ここでは目立ち過ぎるということなのだろう。

慌てて竹村の後を追う。竹村はそのまま三階に上がると、迷いなく教室のドアを開けた。

彼のクラスは外で模擬店をしているらしく、室内には雑談をしていたと思しき男子が二人いるだけだった。竹村がじろりと睨むと、不穏な気配を察したのか、彼らは足早に教室を出ていく。去っていく彼らを、私は心細い思いで見送った。ためらってから、竹村に続いて、無人の教室に足を踏み入れる。

万一物騒な事態になったときを想定し、ドアからあまり離れないよう注意した。話の展開によっては、彼が私の言葉に激昂《げっこう》して危害を加えてこないとも限らない。乾いた唇を舐める。

竹村は、教卓に無造作に腰掛けた。制服のポケットを探り、煙草を取り出そうとしたが、思い直した様子でそれを戻す。開け放たれた窓の外から、生徒たちの歓声が聞こえてきた。

息を詰めて竹村の言葉を待っていると、彼は苦い表情で口火を切った。

「……確かに、退部した原因の一つは天野だよ」

それから私を見て、人の悪い笑みを浮かべる。

「天野のことが好きなんだろ。そんなに必死になるくらいだもんなあ？」

竹村の直截的《ちょくせつてき》な台詞に、どきりとした。どう答えていいかわからずにうろたえる私をよそに、竹村が顔をしかめて続ける。

「アイツには才能があるし、しょっちゅう周りと衝突するオレと違って部の奴らともうまくやれてた。そんなこと、わざわざ人から云われなくてもわかってる。だから天野と比較されると余計苛々するようになって、こっちも意地になっちまったんだよ」

そう云って荒々しく息を吐いた。

「――正直な話」

前髪の下からのぞく双眸《そうぼう》を険しく光らせ、竹村が云う。

「天野がどっかに消えちまえばいいと思ったことは、一度や二度じゃないかもな」

思わず身がこわばった。竹村の発した呟きからは、まぎれもなく本気の気配が感じ取れた。地面に叩きつけられた拓未を思い出し、急速に目の前が赤くなる。

「だから……だから天野君を、殺したの!?」

興奮して怒鳴った私を、竹村があっけに取られた表情で見た。ぽかんと口を開け、それから、眉をひそめて尋ねてくる。

「誰が誰を――なん、だって……?」

そう云われて我に返った。――そうだ。【二回目】の今この時間、拓未は死んではいないのだ。さっき目にしたショッキングな光景の印象が強過ぎて、つい取り乱してしまった。まずい。

焦りながら、口を開く。

「ごめんなさい。今のは、忘れて」

私はばつの悪い思いで咳払いすると、気を取り直し、ずばり尋ねた。

「その、天野君のことを、恨んでるの?」

私の直球の問いに、竹村が眉間にしわを寄せる。さすがに怒るかと思いきや、意外にも竹村はあっさりと答えてくれた。

「恨んでなんかいねえよ。オレより天野の方がうまいのは事実だしな。それにアイツ、いつもすげえ楽しそうに演奏すんだよ。間近でそーゆーの見てたら、なんか敵《かな》わねえな、ってちょっと思ったし」

竹村はふてくされたような顔つきで呟いた。

「……いいヤツだしな。オレが部の連中と揉めて孤立したときも、天野だけは間に入ってなんとか関係を修復しようとしてくれたんだ。最後までオレを引き止めてくれたのも、アイツだ」

遠くを見るような目つきになって語る竹村は、嘘を云っているようには感じられない。

「じゃあ、どうして天野君に無言電話をかけたりしたの？」

そう訊いた途端、竹村が口をつぐんだ。余程云いたくないらしい。頬をこわばらせ、ためらうように視線を動かしてから、渋々といった表情で答える。

「……見たんだよ」

あさっての方向を向いて、憮然とした口調で竹村は云った。

「オレの付き合ってる女が、天野と一緒にいるところ」

「沙織と？」

ふいをつかれて訊き返す。私の反応に意外そうな顔をして、竹村は頷いた。

「知ってんのか。——ああ」

竹村が顔をしかめ、重苦しい声で云う。

「日曜にたまたまバイトが早く終わったんで、駅前のショッピングモールをぶらついてたんだ。そしたら、沙織と天野が並んで仲良く歩いてた」

思いがけない展開に言葉を失う。沙織と、拓未が……？

「それは、偶然、道で会っただけとか……」

戸惑いながら私が口にすると、竹村は首を横に振った。

「違うな。雰囲気からして、あらかじめ二人で約束して会ってたって感じだった。オレには気付かないで、楽しそうに喋りながら歩いていったよ。……思い返せば、その前日の沙織の様子がなんかおかしかったんだよな。明日はどこにいるかとか、しきりにオレの予定を気にしてさ。天野とデート中に鉢合わせしたらヤバいと思ったんだろ」

竹村は苦い表情で吐き捨てた。

「頭にきて、よっぽど二人を問い詰めてやろうかと思ったよ。けど天野と話してたときの、沙織のあの嬉しそうな顔を見たら何も云えなかった。もしかしてマジで好きなのかって」

竹村が怒ったように眉根を寄せる。その横顔には、どこか傷ついた色がにじんでいた。

「……なんか疑心暗鬼になっちまってさ。用事があるからって沙織に誘いを断られたりすると、実は陰でまたこっそり天野と会ってるんじゃないかって疑ったり。それで、つい」

竹村が気まずい表情になり、云い淀む。そこでようやく、彼の云おうとしていることを理解した。不安になって、二人が一緒にいるのかどうか探りを入れるために、拓未の携帯に電話をしていたということらしい。

「恰好悪い話だよな。……天野に云いたきゃ云えよ」

どうコメントしたものかと迷う私を横目で見て、竹村は自嘲的に唇を歪めた。

「沙織がさ、よく天野のことを褒めるんだよ。爽やかで優しいとか、ギター弾いてるときめちゃくちゃ恰好いいとか」

そう云いながら、乱暴に髪を掻き上げる。

「天野はすごいヤツだよ。それは認める。――だけど、沙織のことは別だ。沙織がオレじゃなく天野を選んだら。オレと別れて天野と付き合うって、もし、そう云われたら」

竹村が落ち着きなく視線をさ迷わせた。思いつめた眼差しになり、独白のように云う。

「……ンなことになったら、オレ、マジでアイツに何するかわかんねぇよ」

ぼそりと呟いた竹村を見つめ、ある不吉な光景が思い浮かんだ。

たとえば、なんとかして恋人の心を取り戻そうとした竹村が、拓未を屋上に呼び出したとする。

拓未を屋上に閉じ込め、彼の代わりに自分が総合フェスティバルの最後を飾る晴れ舞台で演奏する。ステージを成功させて屋上へ戻ってきたところで、拓未と口論して摑み合いになり、拓未を屋上から転落させた――。

もしかしたら、【一回目】でそのような出来事があったのだろうか?

我ながら生々しい想像に、気分が悪くなってきた。拓未が殺される場面など、できることなら考えたくない。

だけど、と思う。

本来の時間で、私は拓未から好きだと告げられているのだ。その事実は間違いなく、私自身が知っている。それだけに、彼が沙織と浅からぬ仲だったらしいという竹村の話にはどうしても引っかかりを覚えた。

そもそも拓未が私に云ったことは、本当だったのだろうか？

なんだか急に不安になってくる。……もしかしてあの告白は拓未の本心ではなく、私は彼に、からかわれただけなのだろうか？

脳裏に、屋上での拓未の姿がよみがえった。息を切らし、頬を上気させて駆けてきた拓未。私に向けられたひたむきな視線。——違う。あの真摯な言葉に、嘘偽りはなかったはずだ。あれは彼の本心からの言葉だったと、少なくとも私には、そう感じられた。

迷っていても、仕方がない。心を決め、竹村に向かって云った。

「それなら、確かめてみましょうよ」

「は？」

竹村が困惑した表情になり、私に尋ねる。

「確かめるって、どうするつもりだよ」

「本人に直接訊くのよ」と、私はきっぱりとした口調で告げた。

「ちょ——おい！」

私の発言に、竹村がぎょっとした顔をする。

「いや、唐突過ぎだろ」

竹村は動揺した様子で私を見つめ、逡巡している。その表情には、真実を知りたいけれど知りたくない、というような葛藤がにじんでいた。

「いいわ。来ないなら、私一人で行く。……話を聞かせてくれて、どうもありがとう」

彼に礼を告げ、私は教室を出て歩き出した。するとややあって、背後から竹村が追いかけてくる。やはり気になってついてこずにはいられなかったらしい。

硬い面持ちで黙り込む竹村と並んで、校内を歩く。拓未がどこにいるかはわからないが、沙織の居場所なら知っている。私の記憶によれば、今の時間帯は一階でクラス企画の手伝いをしているはずだ。

窓の外から、金木犀の甘い香りがした。十月の匂いだ。拓未がこの香りを、懐かしい気がする、と云っていたのを思い出して切なくなる。

廊下を歩くと、多目的教室の前で作業をしている沙織を見つけた。『ホラーカフェ』と描かれたポスターと、得体の知れないモンスターのオブジェがやたら目立っている。どうでもいいが、ドリンクメニューにある〈格調の高いゲス野郎〉とはなんだろう。

私は息を吸い込み、「沙織」と声をかけた。ひらひらとした黒のワンピース姿の沙織が、こちらに気付いて目を瞠る。

「え、なんで菜月と浩平が一緒にいるの？」

よほど意外な組み合わせだったらしく、沙織はきょとんとした面持ちで尋ねてきた。なんだかばつの悪い気分になり、遠慮がちに問いかける。

「片付け中にごめんね。いま、少しだけ話せる……？」

真剣な表情の私と竹村を見比べ、ビラを抱えたまま、沙織は不思議そうに小首をかしげた。

「いいけど、二人ともあらたまっちゃって、なあに」

私は口ごもり、竹村に視線を向けた。当事者同士の込み入った話を、私が切り出していいものか、はばかられたのだ。すると緊張した表情の竹村が、思いきったように口を開いた。

「お前さ、こないだの日曜、天野とどっか出かけたろ」

いきなりの核心をついた発言に、沙織だけでなく隣の私も反射的に固まってしまう。

ついさっきまでは本人に事実を確かめられず悶々としていたはずなのに、思いがけない直球だ。いや、疑念をくすぶらせていたからこそ、本人を前にして抑えていたものが弾けてしまったのかもしれない。

沙織がぽかんと口を開けた。やがてその顔に、「まずい」という表情が浮かぶ。

明らかに狼狽している沙織に、竹村の纏う空気がいっそう鋭く尖るのを感じた。話をはぐらかそうとしてか、沙織はぎこちなく笑ってみせる。

「えっと、なんのこと。急になんなの？」

次の瞬間、こもった鈍い音が響いた。沙織が小さく悲鳴を上げる。竹村が、傍らの壁を力任せに殴りつけたのだ。

私は驚いて彼を見上げた。険しい表情の竹村が、苛立たしげな視線を彼女に向けている。

「見たんだよ。お前と天野が、二人で楽しそうに歩いてるとこ」

問い詰める竹村の声には、一片の甘さもなかった。下手にとぼけても無駄だと察したのか、沙織が表情を硬くする。唇を尖らせ、力なく反駁《はんばく》した。

「それは……たまたま会っただけよ」

「へえ？」と竹村はせせら笑った。

「じゃあ、なんで嘘なんかついたんだよ。次の日、オレが『昨日何してた？』って訊いたら、『一日中家にいた』とか云ったよな。お前」

容赦ない口調でなおも沙織を追い詰める。沙織は唇を噛み、ビラの束をぎゅっと胸にかき抱いた。

「はっきり云えよ」

竹村が剣呑《けんのん》な眼差しで近付く。身をこわばらせ、沙織が一歩後ずさった。

一気に場の空気が緊迫する。私ははらはらしながら、二人のやりとりを見守った。激昂した竹村が今にも沙織に手を上げるのではないかと心配になってくる。どうしよう、もしここで何かあったら、間違いなく私のせいだ。

いざとなったら身体を張ってでも二人の間に割り込まなければ、と悲壮な覚悟を決めていると、ふいに竹村が沈んだ声を発した。

「お前が天野に惚れてるのは知ってるよ。恰好いいとか、しょっちゅう騒いでるもんな」

苦い表情で笑い、竹村はゆっくりと視線を伏せる。真顔で床を見つめ、それから静かに呟いた。

「……でもさ、オレ、お前と別れたくないんだ」

ぽつりと漏れ出たそれは、驚くほど素直な本音の声だった。沙織が、大きく目を見開く。次の瞬間、その顔に憤りが浮かんだ。きっと彼を睨みつけ、怒鳴る。

「バカじゃないの!? ほんと、最低」

近くを歩いていた生徒が驚いたようにこちらを見る。沙織は憤然とした様子で私たちに背を向け、教室の中に入っていってしまった。

私は呆然とその場に立ち尽くした。心配になり竹村を見ると、彼は力なくうなだれたまま、動こうとしなかった。壁を殴ったときに擦《す》りむいたのか、指の関節が微かに赤くなっている。

この寂寥《せきりょう》たる展開に胸が痛んだ。

ああ——失敗した。よりによって私が二人の関係を悪化させ、いっそう竹村を追い詰めるような真似をしてどうするのだ。バカ。

落ち込んでいる竹村にどう声をかけたものかと案じていると、突然、教室から沙織が勢いよく戻ってきた。竹村を睨みつける沙織は、なぜか手に紙袋を持っている。

呆気に取られる私たちの前で、沙織は深々とため息をついた。

「もう……しょうがないなあ！」

怒ったような口調でそう云い、可愛らしくラッピングされた紙袋を竹村に乱暴に押し付ける。

手渡されたそれをしげしげと眺め、竹村は怪訝な顔をした。

「なんだよ、これ」

「バースデープレゼントよ」

え、と竹村が間の抜けた声を発する。私は驚いて沙織を見た。沙織は拗《す》ねたような顔で、早口にまくし立てた。

「明日は、浩平の誕生日でしょ？　付き合って初めての誕生日だから、絶対喜んで欲しくて。どうせなら浩平が欲しがってる、趣味関係の物をあげたいなって思ったのよ。でもあたし音楽とか全然詳しくないから、天野君に相談してみたの。そしたら天野君がわざわざ買い物に付き合ってくれて、プレゼントを一緒に選んでくれたのよ。浩平が喜ぶといいねって」

沙織の言葉に、竹村が戸惑ったようにまばたきをする。それから、渡された紙袋をぎこちなく開けた。中身をのぞきこみ、なにやら驚いた表情で呟く。

「あ、これ……もしかしてオレが前に探してた、廃盤になったヤツ？」

顔を上げた竹村にすかさず人指し指を突きつけ、沙織はわめいた。

「信じらんない、信じらんない、もう、ほんとバカなんだからっ」

可愛らしい目を吊り上げ、沙織が竹村をなじっている。思わずこちらがたじろいでしまうほどの迫力だ。

「大体、なんでいきなりそうなる訳？　本気で疾しい感情だの関係だのがあったら、彼氏の前でカッコいいとか堂々と云うはずないでしょ？　だから天野君は目の保養っていうかあ、爽やかな男の子を遠くからきゃあきゃあ云いながら見てるのが楽しいだけなんだってば！」

強い口調で云い放ち、沙織はぷいとそっぽを向いた。

「……それにあたしが好きなのは、浩平だけだし」

唇を尖らせる沙織の目元が、興奮のためか、うっすら赤く染まっている。

予想していなかった展開に啞然としていた竹村が、そこで初めて我に返ったように沙織を見た。何か云いかけて止め、それから、思いきったように口を開く。

「――沙織」

遠慮がちにおずおずと沙織の肩に触れ、竹村は申し訳なさそうに彼女の顔をのぞきこんだ。どうしていいかわからないというように、弱々しく首を振る。

「なんかオレ……マジで、ごめんな」

彼氏に殊勝な声で囁かれ、どうやら機嫌を直したらしい。まんざらでもない表情になり、沙織は上目遣いに竹村を見上げた。

「……ううん。あたしこそ」

竹村がふっと口元を緩めた。外見に似つかわしくない、優しげな眼差しを彼女に向ける。

「明日は二人きりでゆっくり過ごそうな」

「え、すごい楽しみなんだけど」

モンスターの幼虫の傍らで熱く見つめ合う二人。居たたまれない。

気が付けば、なんのアトラクションかというように周りが興味深げにこちらを見守っている。どうやら私たちのやりとりは先程から注目の的だったようだ。

私は大袈裟に咳払いをした。そこでようやく私の存在を思い出してくれたらしい二人が、気まずそうに身を離してこちらを見る。

「ええと――上原、だっけ。なんか、悪かったな」

ばつの悪そうな表情で、竹村が話しかけてきた。ためらうように視線をさ迷わせた後、神妙な面持ちになって呟く。

「……天野には、ちゃんと謝っておく」

その言葉を疑う理由はなかった。私は、微笑んで頷いた。

「そうしてあげて」

じゃあ、と二人に告げると、平静を装ってその場を離れる。歩きながら、じわじわと安堵の念が込み上げてきた。廊下の角を曲がり、ようやく彼らから姿が見えなくなったところで、右手で小さくガッツポーズを作る。――やった。うまくいった！

もしも前回の出来事が、竹村の行動が原因で起きた最悪な結果だとしたら、少なくとも拓未が誤解から逆恨みされ、〝竹村に殺される〟などというケースはもう決して起こらないはずだ。

……よかった。

一時はどうなることかと不安になったが、おそらく、これで大丈夫だろう。

ホッとした途端、先程写真部の展示室を慌ただしく後にしたことを思い出した。血相を変えていきなり飛び出したりして、一真はきっと何事かと心配しているに違いない。

壁時計を見ると、四時五十一分だった。残念ながら軽音部のライブはもう終わってしまった頃だし、一真にひと声かけてから、拓未と待ち合わせている屋上へ行こう。

喜びと緊張がないまぜになったような気分で、そっと胸のあたりを押さえた。これでようやく、拓末に会える。今度こそ、彼にきちんと自分の気持ちを伝えたい。

そわそわしながら写真部の展示室に引き返すと、私の姿を見て、一真が「菜月先輩」と声を上げた。こちらに歩み寄ってくる。

「さっきは、急にどうしたんですか？」

一真は私がいきなり消えてしまったので、気にしてくれていたらしい。このターンの出来事は上書きされるとはいえ、申し訳ない気分になる。

私の顔をのぞきこむようにして、一真は言葉を続けた。

「竹村先輩を追いかけていって戻ってこないから、もしかして何かあったんじゃないかって心配してました」

「その、ごめんね」

どう考えても不自然な行動の説明に困り、私は曖昧に笑った。

「そうだ。さっき相談してくれた件なんだけど、解決したから、もう大丈夫だと思う」

私の発言に、「え？」と一真が動きを止める。言葉の意味を咀嚼《そしやく》するようにしばし沈黙し、困惑した声で訊き返してきた。

「解決したって……それ、どういうことですか？」

思いがけず返ってきた強い反応に、しまった、と焦る。話を逸らそうとしたつもりが、余計なことを口走ってしまったかもしれない。

なんでもない口調を装って、慌てて答えた。

「なんていうか、ちょっとした行き違いだったみたい。彼、天野君に謝っておくって云ってたわ」

一真が信じられないという表情で私を凝視する。あまりにもまじまじと見つめるので、居心地が悪くなってきた。タネも仕掛けもあるマジックを本物の魔法だと云って子供に信じさせてしまったような、妙な感じだ。

気まずい思いでポケットから携帯電話を取り出し、画面を確認するふりをしてさりげなく一真から視線を外した。うつむく私に、一真が感心したような声を出す。

「菜月先輩、なんか、すごいですね」

「だから、本当に大したことじゃなかったの。ただの誤解で——」

云いかけて、小さな引っかかりを覚えた。……なんだろう。先程と何かが違う気がする。室内を見回し、すぐに違和感の正体に行きついた。棚に置かれていた拓未のスタジャンが、消えている。

怪訝な私の視線に気が付き、一真が口を開いた。

「そこにあった上着なら、天野先輩の忘れ物だったみたいですよ。橘先生が講堂に行くついでに届けてくれるって、ちょうどいま出ていったところです」

「……そう」

一真の話を聞きながら、なんだか落ち着かない気分になった。やはり何かが心に引っかかる。携帯を机の上に置き、軽く腕組みして考えた。

拓未に関する懸念事項は、もう解決したはずだ。他に心配することなんて、何も……。

そこで思い当たった。――そうだ、橘先生！

私は本来の時間で、橘先生が拓未の身に付けた衣服をいとおしそうに抱き締めるシーンを目撃したのだった。思い出した途端、嫌な予感に襲われる。

たとえば橘先生が、拓未がこれから私に告白するつもりだと知ったらどうなるだろう？

拓未は軽音部の活動を擁護してくれた橘先生に対し、感謝と信頼を抱いている様子だった。その橘先生になら、総合フェスティバルで優勝して好きな女の子に告白したいのだと、何かのきっかけに話していてもおかしくはない。

橘先生にそう打ち明け、照れくさそうに笑う拓未の姿が目に浮かぶようだった。仲が良い教師と生徒の、微笑ましい場面。しかし教師がその教え子に密かに片思いしているとなれば、話は違ってくる。

不安な思いで爪を噛んだ。

本来の時間で、私はここで橘先生に会い、軽音部が総合フェスティバルに出られるのは橘先生のお陰だ、と拓未が感謝していたことを告げた。だからこそ最高にいいライブにしたいと拓未が話していた、と。

そう口にしたとき、先生がいつになく動揺していたのを思い出す。

――あれが分かれ道だったとしたら？

私の発言が、もしかしたら、先生の行動になんらかの影響を及ぼしていたのかもしれない。

橘先生は自分の恋心が叶わないことを知り打ちのめされるが、それでも拓未に教師として純粋に慕われ、感謝されていたという事実に、ぎりぎりのところで自分を見失わずに済んだのではないだろうか。拓未が懸命に練習してきたステージを成功させてやりたいと、そう思ったのかもしれない。

しかしリプレイ【一回目】で、写真部の展示室を訪れなかった私は、橘先生には会っていない。先生の恋慕を思い留まらせるものは、存在しなかった。

……拓未に想い人がいることを知った先生は、思いあまって彼を屋上に連れ出す。そこで拓未に自らの恋心を打ち明けるが拒絶され、愛する拓未を誰かに奪われるくらいなら、と衝動的に彼を手にかけてしまったのではないか。まさか――。

そう考え出すと、居ても立ってもいられなくなった。迷ってから「ちょっと、ごめんね」と一真に告げ、廊下に向かって歩き出す。

再び慌ただしく教室を出ていく私に、一真があっけにとられている気配がした。だけど、そんなことを気にしている場合じゃない。

私は急いで校内を移動した。橘先生はどこにいるのだろうと周囲を見回し、ちょうど階段を下りたところで、廊下を歩く彼の姿を見つけた。……いた！　幸い、近くに人の姿はない。

「先生」

足早に駆け寄り、橘先生を呼び止めた。私の声に「どうした？」と先生が振り返る。

とっさにうろたえた。どうしよう。勢い込んで呼び止めてはみたものの、一体なんて切り出せばいいんだろう？

黙り込んでしまった私に、橘先生が不審な顔をする。そのとき、彼が大事そうに抱えている拓未の上着が見えた。それを目にし、唐突にある考えが思い浮かぶ。

私は先生を見上げた。意を決して、口を開く。

「私……見たんです。橘先生が、天野君のジャンパーを抱き締めるところ」

先生はぎょっとした顔になり、動きを止めた。

冷静沈着な彼がはっきりと顔色を変えるのを目にし、私は彼が、【二回目】の今も同じ行動を取ったのだと確信した。つまり、拓未の上着をいとしげに胸に抱いたことを。

こわばった表情の橘先生に見つめられ、苦い思いが込み上げてくる。自分が今しているのは、他人の胸の内に土足で踏み入るような下劣な行為だと思った。

けれど、これから悲劇的な結末を迎えるかもしれないとわかっていて放っておくなど、やはりできない。

「橘先生」

私は自身を奮い立たせるように、正面から彼を見据えた。言葉を選びながら、ぎこちなく問いかける。

「ものすごく失礼ですが、先生が軽音部の活動を熱心にサポートしたのって……そのう、あくまでも教師としての考えだけですか？　それとも、何か個人的な感情が入っていたり……」

先生は複雑な表情で唇を引き結んだ。私の不躾な質問にどう答えたものかと思案するような眼差しになり、仕方がないというふうに息を吐き出す。

「……私情が全く無かったといえば、嘘になる」

ぼそりとそう告げられ、私は思わずのけぞった。まさかあっさり認められるとは、予想外だ。

息を吸い込み、確かめるように彼に尋ねた。

「好き、なんですか」

「──ああ」

先生がふっと目を細める。今度ははっきりとした口調で、私に云った。

「好きだ」

頭を力任せに鈍器で殴られたような気がした。やっぱり、そうだったのか。予想してはいたものの、本人の口からあらためて明言されるとショックを隠しきれない。

つまり橘先生にとって私は、恋敵《こいがたき》ということになってしまう。くらくらと眩暈がしてきた。

「でも、だって先生は、教師で……」

動揺しながら私が云うと、先生は微かに眉をひそめ、きっぱりと告げた。

「教師らしくないと云われてしまうかもしれないが、好きなものは好きなんだ」

迷いのない先生の台詞に、気圧されて口をつぐんだ。鼓動が激しく鳴っている。

まさか、橘先生がここまで云い切るとは。それだけ拓未のことを真剣に想っているということなのだろう。きっと立場も性別も関係なく、先生は拓未を愛しているのだ。だからこそ、拓未に自分の想いを拒絶されたとき、あんな悲劇が起きてしまったのかもしれない。

私は緊張して唾を呑んだ。

「……本気で、好きなんですね」

私の言葉に、先生が一瞬遠くを見るような目をする。小さく微笑み、ためらいなく頷いた。

「そうだな」

胸が詰まるような思いで、先生を見つめた。複雑なこの状況に冷や汗が流れる。

……どうしよう。こんなにも拓未を想っている様子の彼に、どうすれば諦めてもらうことができるのだろう？

途方に暮れる私とは正反対に、先生は打ち明けたことですっきりしたのか、先程とは打って変わってすがしい表情になった。どこか誇らしげに笑う。

「なにせ、高校生の頃からずっと好きだったからね」

「……え？」

その言葉に、私は動きを止めた。思わず首をかしげる。高校生の頃から、好き……？

三十代前半の橘先生の高校時代といえば、少なくとも十年以上前だろう。とすれば、そのとき拓未は、まだ幼い子供ということになる。――え？

おかしい。決定的に何かがおかしい。

「あの、先生」

混乱しながら、橘先生に尋ねた。

「先生が好きなのって、その。……何ですか？」

唐突な私の問いに、先生が不思議そうに片眉を上げる。

「何って……」

橘先生は、アルなんとか、という海外のロックバンド名らしきものを口にした。

「――僕も、昔はアマチュアバンドでギターを弾いててね」

あっけに取られて固まる私に、やや照れくさそうな表情で語る。

「このスタジャンは、好きだったそのバンドが解散する直前の全米ツアーで販売された限定モデルで、今はもう入手できないんだよ。天野は、知人からたまたま貰ったと話してたが」

そう云いながら、鳥の片翼をモチーフにしたロゴがプリントされたジャンパーに、心底羨ましそうな視線を落とす。もしこの場に私がいなければ、今にも頬擦《ほおず》りしそうな勢いだ。

「自分の好きな音楽が不当な扱いを受けて、軽音部が文化祭に参加できなくなるのを黙って見ていられなかったんだ。天野たちが一生懸命に練習してるのも知ってたしね。それでつい、口出ししてしまった。……私情が混じっていたと云われれば、否定できないな」

ばつが悪そうに云って、先生が苦笑する。

「堅物だと思われてる僕がこういう趣味を持ってるって知られると、周りに意外がられるし、気恥ずかしいから学校では公言してないんだよ」

先生はいつもの生真面目な顔つきに戻り、わざとらしく咳払いをした。

「――まあ、とにかく、このことはあまり皆に云いふらさないでくれないか」

私は数回まばたきをし、慌てて大きく頷いた。

「はい、そうします」

そこでふと思い至り、先生の手にしている上着を指差す。

「これから天野君と会う約束をしているので、よかったらそれ、渡しておきましょうか？」

「ああ、頼むよ」

名残《なごり》惜しそうに見つめた後で私にジャンパーを手渡し、橘先生が教師らしく微笑んで歩き去る。私は拓未のジャンパーを抱えて廊下に立ち尽くした。

……どうやら、道ならぬ恋などというのは、完全に私の誤解だったらしい。

それにしても、先生がいとおしげに見つめていたのが拓未ではなく、まさか拓未の身に付けているジャンパーだったとは。勘違いの愛憎劇を先生に向かってまくしたてたりしなくてよかった、とあらためて冷や汗を拭う。いくら今回のターンがリセットされて〝なかったこと〟になるとはいえ、見当違いの思い込みで恥ずかしい思いをするところだった。

ともあれ、拓未と橘先生の間に解決すべき感情のもつれは存在しない。これで〝橘先生が拓未を殺す〟パターンも起こらないことが確認できた。それなら、拓未が死ななければならない要素はないはずだ。密かに胸を撫で下ろす。

と、焦って出てきたため、携帯を写真部の展示室に置いてきてしまったことに気が付いた。手元になくても別に困らないけれど、なんとなく落ち着かない気分になり、引き返すことにする。歩きながら、ジャンパーを抱く腕にぎゅっと力がこもった。しわにならないように、慌てて腕を緩める。

……落ち着かないのは、これから拓未に会うせいだとわかっていた。本来の時間では、無自覚だったから自然な態度で接することができたけれど、いざ告白されるとわかっていると、どうしても意識せずにはいられない。拓未の姿を見た途端、挙動不審になってしまいそうだ。

展示室に戻ると、室内はざわついていた。総合フェスティバルを観に行っていた部員たちが戻ってきたらしい。

私は、机の上に置きっ放しにしていた携帯を摑んだ。室内を見回し、あれ、と思う。

一真がいない。

「あの、一真君は……？」

受付をしている男子に尋ねると、「ついさっきまでいたんですけど、ちょっと出ていったみたいです」と答えてくれた。

どこに行ったのだろうと疑問に思ったが、もう屋上へ向かわなければいけない時間だと気付き、考えるのを止めた。……まあ、いい。

本来の時間で私と関わった一人とはいえ、一真は拓未とは部も学年も異なるただの顔見知りで、なんの利害関係もない。そもそも一真は、部の先輩が拓未と揉めることを心配して私に相談してきたくらいだし、彼が拓未を害する理由など何一つないはずだ。

私は教室を出て、賑わう廊下を歩き出した。窓の外に茜《あかね》色の空が広がっている。風に乗って、〈カーペンターズ〉の「トップ・オブ・ザ・ワールド」の旋律が切れ切れに聞こえてきた。秋の乾いた匂いを含んだ夕暮れの風が吹く。

もうすぐ、拓未に会える。そう思うと歩調が自然に速まった。不安と、それと同じくらいの期待に口元がほころぶ。

拓未に会ったら、何を話そう。私も炭酸いちごみるくが好きで、金木犀の香りを嗅ぐと、懐かしい気持ちになるの。あなたと同じ部分があることが、なんだか嬉しい。……そう素直に口にしても、許されるだろうか。

拓未が金木犀の香りから懐かしく思い出す記憶とはどんなものなんだろう。私のことをもっと知りたいと云った彼のことを知りたい。一歩踏み出してくれた彼に、私からも踏み出せるだろうか。

私はざわめく二階の廊下を歩きながら、校舎の窓に何気なく目を向けた。そのときだった。空間を一文字に切り裂き、窓の外を何かが上から下へよぎった。それが落下する瞬間、白いシャツが鮮やかに翻るのを見た気がした。続いて、大きな音が響き渡る。

目の前が真っ赤に染まった。鈍く重いその音を聞いた途端、自分の体が衝撃を受けたかのように動けなくなる。何が起きているのか、理解できなかった。

校庭からけたたましい悲鳴が上がる。人が落ちた、と叫ぶ声がした。大変だ、男子生徒が落ちたぞ。

「ちょっと、ねえ——嘘でしょ!?」

「やだ、落ちたって……!」

周りの生徒たちが取り乱して叫ぶ。窓際にいた女子が大きくよろめき、床にへたりこんだ。殺される動物みたいな声で誰かが泣いている。

私は呆然と立ちすくんだ。震える手から、拓未のジャンパーが滑り落ちる。

怖くて窓に近付くことができない。下をのぞきこんでその光景を見てしまったら、立っていられなくなると思った。

腕に、びっしりと鳥肌が立っている。嘘だ――こんなことがあるはずない。こんな残酷なことが起きるなんて。彼の死体がそこにあるだなんて。

苦しくなり、懸命に息を吸う。

どうして、拓未は再び屋上から転落した？　この最悪な結末は回避されたはずではなかったのか。私は、何か大切なことを見落としているのか――？

「うえはら、さん」

震える声で名を呼ばれ、凍りついていた私はそちらに目を向けた。

さやかだ。廊下に立つ彼女は走ってきたのか、息を切らしている。

こわばった顔で睨むように見つめられ、私は、とっさにたじろいだ。

バカみたいな考えだけれど、さやかが私のリプレイのことを知っていて、こんな事態を招いたことを非難しているかのような錯覚を覚えたのだ。

しかし、すぐにそうではないと気が付いた。

さやかは、おそらくは恐怖のために、顔を不自然に引きつらせていた。乱れた髪が頬にかかり、恐怖映画のゾンビみたいな動きで、ゆらゆらと近付いてくる。

「わ、わたし、わた——どうしよう」

要領を得ない、上ずった言葉がさやかの口から発せられた。よく見れば彼女の唇は血の気を失い、まるで何かの発作を起こしたみたいに震えている。

「ど、どうしよう」

もう一度自問するように呟き、さやかが顔を歪めた。そこで初めて、私は彼女が必死に何かを訴えようとしているらしいことを理解した。

「どう……したの……？」

混乱しながら尋ねると、さやかはひどく怯えた表情で私を見た。嫌な予感がした。

さやかの華奢な喉が、微かな音を立てて唾を呑み下す。

「わたし、屋上で天野君が突き落とされるところ、見ちゃった」

思いがけない発言に、目を瞠る。愕然とする私の前でさやかは突然顔を覆い、しゃがみこんだ。

「見ちゃったのお……っ」と堰《せき》を切ったように泣き出す。しゃくりあげながら、いやいやをするみたいにかぶりを振った。

「わたし、怖くなって、逃げて。ねえ——ねえ、どうしよう！」

パニックを起こすさやかを見つめながら、鼓動が激しく脈打つのを感じていた。喉元を強く押さえこまれたように、急速に息ができなくなる。

ただの事故ではなかった。拓未は、誰かによって殺されたのだ。

背中を冷たい汗が伝い落ちる。周りの喧騒がひどく遠くに聞こえた。乱れる呼吸をどうにか整え、さやかに向かって尋ねた。

「誰が、突き落としたの……？」

震える指の隙間から、さやかの赤く充血した目がのぞく。涙が彼女の手のひらを伝い、その手首を濡らした。

息を詰めて彼女の言葉を待つ。さやかが、緊張した様子で唇を動かした。

「それ、は――」

第四章　深まる謎

灰色の天井が、目に飛び込んできた。

上半身を起こした勢いで、大きく揺れた髪の毛が頰をかすめる。

「痛……っ」

後頭部が鈍く痛み、私は顔をしかめた。薄暗い体育用具室に座り込んだまま、ショックで、すぐに立ち上がれない。

ほのかにカビ臭いような、こもった空気の中で息を吐き出した。ついさっきの騒乱とはあまりに対照的な、外から聞こえてくる平和な賑わいがいっそ怖かった。

どうして、という疑問が込み上げる。なぜ、どうして？

私は、本来の時間と同じように『写真部・展示販売会』に行ったはずなのに。私の行動の何が、拓未を死に導いた——？

頭が混乱していた。拓未が誰かに突き落とされたというさやかの台詞が、耳の奥で生々しくよみがえる。そう——さやかは確かに、そう云った。

あれは、事故ではなかった。殺意を持った何者かが、拓未を屋上から転落させたのだ。それは誰？

さやかの口から犯人の名前を聞けなかったのが、心の底から悔やまれた。せめて、あと数秒あれば。

と、窓に緑色の影が映り、騒々しい掛け声が聞こえてきた。私たちの次に出演するクラスが、舞台に使う龍の張りぼてを運んでいる。……とにかく、こうしてはいられない。私は乾いた唇を舐めると、足に力を込めて立ち上がった。

【三回目】の今度こそ、拓未を死なせる訳にはいかない。

勢い込んで歩き出した途端、床に転がるひしゃげたバスケットボールをあやうく踏みつけそうになった。危ない、と一瞬ひやりとする。また転倒して、怪我でもしてはたまらない。

私は体育用具室のドアを開けると、賑わう廊下を歩き出した。陽気な音楽や呼び込みの声がひっきりなしに耳に飛び込んでくる。すれ違いざま、女子の楽しげな会話が聞こえた。

「それでね、自棄になった主人公が、ウッドチャックを強奪して車ごと崖から飛び込むの」

「何じゃ、それ！」

不安に駆られながら校内を進んだ。拓未が誰に、どうして殺されるなどという事態になるのか、正直わからない。だけど、本来の時間で起こらなかった出来事がリプレイで生じた以上、それは私の行動が原因だとしか考えられない。なんらかの形で私の行動の影響を受けた人間が、拓未を殺したのに違いなかった。歩きながら、懸命に思考を巡らせる。

まずは拓未を捜そう、と思った。

犯人の見当が皆目つかない以上、拓未本人を見つけて、事件が起きるのを防ぐのが最も有効な方法ではないだろうか。私が拓未の側《そば》を離れずに注意していれば、彼が殺されるようなことはないはずだ。

拓未はどこにいるのだろう。

ポケットから携帯を取り出しかけたものの、私は彼の携帯番号すら知らない。

ライブの出番を控えているのだから、もう講堂にいるかもしれない。取り返しのつかないことが起こる前に、急がなければ。私は早足で講堂へ向かった。

講堂の中は、観客でごった返していた。文化祭特有の熱に浮かされたような空気が、建物内に満ちている。苦心して人込みを抜け、通路からバックステージに移動した。そちらもまたスタッフが雑然と動き回り、準備に追われる生徒や、出番を控えた生徒たちで客席とは違う張り詰めた熱気が漂っていた。

私は周囲を見回した。ほの暗いバックステージで拓未を捜すものの、彼らしき姿は見当たらない。

「菜月」

ふいに声をかけられ、振り返る。……友加だ。背後に立つ彼女の顔を見た途端、なぜか一瞬、どきりとした。

緊張しているためなのか、それとも単に薄暗いせいか、私を見る友加がいつもより険しい眼差しをしているように見えたのだ。いや、私の気が立っているため、そんなふうに見えるだけかもしれない。今はそれどころではない。

私は、焦る思いで彼女に尋ねた。

「ねえ、天野君を見なかった？」

「天野君……？」

友加は硬い表情のまま、出番に向けてスタンバイする生徒たちでひしめき合っているバックステージを見回した。

「そういえば、少し前にその辺にいたような気もするけど——バタバタしてたし、よく覚えてないわね」

「どこにいるか、知らない？」

友加が「さあ」と困ったように首を横に振った。それから、不安にこわばっているであろう私の顔をじっと見つめる。

「天野君が、どうかしたの？」

私が口を開きかけたとき、離れた場所からクラスメイトの女子が切羽詰まった声で友加を呼んだ。

「友加！ やばい、やばいって。始まるよ」

「わかってる」

友加が表情を引き締め、返事をする。

私は壁時計を見上げた。四時十分。まもなく被服ショーが始まる時間だ。私たちの前に出番を終えた生徒たちが、興奮冷めやらぬ様子でバックステージに戻ってきた。

「ごめん菜月、いま取り込んでるから、また後で」

友加が詫びるように云い、急ぎ足に歩き出す。薄暗い中で目を凝らすと、衣装を身に付けた出演者たちが落ち着かない様子で舞台の袖にスタンバイしていた。こちらに背を向け、緊張気味に何やら囁き合っている。ちょうどステージに出ていくところらしい。さすがに本番直前の彼女たちから、拓未の居場所を訊くことはできなそうだ。

諦めきれない私は、慌ただしく動いている裏方のクラスメイトを何人か呼び止め、拓未を見なかったかと尋ねてみた。しかし皆、自分の作業に手いっぱいの様子で、拓未が今どこにいるかを知っている人はいなかった。

拓未と親しい男子たちを捜してみるも、所属する運動部の模擬店などで忙しくしているのか、ここには見当たらないようだ。ざわざわと不安が広がっていく。まもなく拓未が何者かに殺されるかもしれないのに、何もできないまま無為に時間だけが過ぎてしまう。泣きたい思いで必死に考え、そうだ、と思い当たった。——さやかだ。

さやかは、【二回目】で拓未が殺害されるシーンを目撃している。

もちろん、【三回目】となった今、既にその出来事は〝なかったこと〟になっているため、犯人が誰かをさやかに尋ねたところで答えが得られるはずはない。しかし彼女と行動を共にしていれば、事件が起こる前に拓未を見つけられるのではないか。

慌てて周りに視線を走らせるが、さやかの姿が見当たらない。

衣装スタッフとして積極的に関わってきた彼女が、肝心のショー本番に講堂を離れるとは考えにくかった。それに本来の時間で、私は彼女とここで会話をしている。近くにいるはずなのに、一体どこにいるのだろう。

しばらく付近を探してみたものの、やはり拓未もさやかも見つからない。……妙だ。

困惑し、私はバックステージを出て歩き出した。拓未は必ず学校のどこかにいる。早く彼を見つけて、どうにかしてあの恐ろしい展開を回避しなくては。

気持ちがはやり、つい小走りになりながら通路を進むと、すれ違いざまに誰かと強く肩が当たった。きゃっ、と向こうが声を上げる。

慌てて「ごめんなさい」と謝り、ぶつかった相手の顔を目にして固まった。――愛美だ。

そういえば千佳と愛美も講堂にいて、総合フェスティバルを観覧していたことを思い出す。手洗いにでも行って戻ってきたところだろうか。向こうも、驚いたように私を見ている。彼女がいつもつけている甘い香りが、ふわりと鼻先をかすめた。

何か話しかけるべきかと迷い、すぐにそんな場合ではないと思い直す。もう一度「ごめん」と口にすると、私は急いでその場を離れ、講堂から出た。

騒がしい校内を移動し、南校舎の三階にある自分たちの教室に向かう。拓未の席を確認すると、鞄はあるものの、本人の姿は見当たらなかった。

焦る思いで、拓未がいるかもしれない場所を片端から捜して回る。

校庭に面した特別棟に、軽音部の部室があったはずだ。もしかしたら、そこにいるのかもしれない。

もどかしく上履きを履き替えて校舎を出ると、私は特別棟に向かった。息を乱しながら、立ち並ぶ模擬店や仮設ステージのイベントで盛り上がる敷地内を駆ける。秋空に、色とりどりの旗やのぼりが揺れていた。どこかでトランペットが高らかに鳴る。

募っていく不安に唇を噛んだ。——お願い、どうか無事でいて。

あの笑顔でもう一度、名前を呼んで欲しかった。善良な彼が、あんな恐ろしい目に遭う未来があっていいはずがない。

特別棟に着くと、案内図を確認した私はまっすぐに軽音部の部室を目指した。《来たれ、軽音部！》というポスターが貼られた部室のドアは開け放たれたままで、雑然とした室内には、誰もいない。落胆が胸に広がった。

仕方なく、再び南校舎に引き返す。拓未はどこにいるのだろう？　せわしなく辺りを見回しながら、ざわめく一階の廊下を歩いていたとき、「菜月先輩」とふいに誰かが私を呼んだ。

振り返ると、一真がこちらに向かって足早に歩いてくる。この時間、一真は写真部の展示室にいるはずなのに。私はふいをつかれて尋ねた。

「どうしてここにいるの？」

「先輩が外を走っていくのが窓から見えたので。何かあったのかなって、気になって」

そう答え、一真が心配そうに私を見る。

「姉に電話してみたら、本番直前に菜月先輩が慌てて講堂から飛び出していくのを、愛美先輩が見たって。どうしようか迷ったんですけど、お客さんの撮影用に持ってきてたカメラを自分のロッカーにしまって出てきちゃいました。何か、トラブルでもあったんですか？」

「電話……」

その言葉に、私はハッとして訊き返した。

「ねえ、天野君の携帯番号を知らない？」

「え？」

一真が戸惑った声を出す。

「天野先輩の番号、ですか……？」

「事情があって、今すぐ天野君と連絡を取りたいの。お願い、もし知ってたら、教えて」

頼み込むと、一真はやや考えてから口を開いた。

「……僕は知りませんけど、うちの部の竹村先輩なら知ってると思います。訊いてみましょうか？」

私は勢いよく頷いた。祈るような思いで、携帯を取り出す一真を見つめる。

電話をかけるとすぐに竹村が出たらしく、「先輩、いま平気ですか？」と一真が話しかけている。息を詰めて見守る私の前で、一真は急に意外そうな声を発した。

「——え？　待ってください、それ、本当ですか？」

私は不安に駆られて一真を見つめた。竹村がどうしたのだろうか？

短いやりとりの後で通話を切った一真が、戸惑ったような表情になって私に告げる。

「竹村先輩、講堂のバックステージにいるそうです。よくわからないけど、天野先輩がいないらしくて。さっきから軽音部の人たちも必死で連絡を取ろうとしてるけど、電話にも全然出ないみたいだって」

私は驚いて訊き返した。

「天野君が、いない……？」

「はい。それで急遽《きゆうきよ》竹村先輩が代役を頼まれたらしくて。今、大騒ぎで打ち合わせしてるそうです。相当バタバタしてるみたいで、後にしろって怒鳴られて切られました」

一真の言葉に、ざわりと胸騒ぎがした。反射的に校舎の壁時計を見る。針は四時半を指していた。あと十分で軽音部の出番なのに、拓未がいない……？

ひどく嫌な予感がする。これはもしかして、リプレイの【一回目】と同じ状況ではないのか。

「もしかして、何か心当たりがあるんですか？」

不思議そうに尋ねる一真を、私はすがるような思いで見上げた。

「お願い、一真君。一緒に天野君を捜して」

もはや取り繕う余裕もなく懇願すると、一真がますます訳がわからないという表情になる。

「構いませんけど……本当に、どうしたんです？」

「ごめんなさい、事情はきっと後で話すから」

一真は私の言葉に首をかしげながらも、すぐに、「わかりました」と頷いてくれた。できるなら後輩を巻き込むような真似はしたくなかったけれど、今はとにかく、切羽詰まっていた。

私と一真は別れて校内を捜すことにした。あちこち見て回るものの、拓未は見つからない。クラスメイトに会うたびに尋ねてみたけれど、やはり拓未の居場所を知っている人はいなかった。

懸命に捜しながら歩いていると、南校舎の二階で再び一真と遭遇した。一縷《いちる》の期待を込めて「天野君はいた？」と尋ねる。

「いえ、残念ながら」

一真が首を横に振る。思わず泣きそうになった。どうしよう、早く拓未を見つけなければ。このままじゃ、もしかしたら、また――。

恐ろしい光景を思い出し、冷たい汗が背中を伝う。一真が、催しに使われていない教室の並ぶ方向を指差し「一応、向こうも捜してみましょうか」と私を促した。

生徒でごった返す場所から外れて歩き出すと、喧騒が嘘みたいに人の姿がまばらになった。周囲を見回す私に、一真がぽつりと云う。

「そんなに心配ですか？」

ふいをつかれ、「え？」と彼を見上げた。一真が首をかしげて呟く。

「菜月先輩がそんなに動揺するなんて思わなかったな。正直、ちょっと意外です」

「動揺、っていうか……」

私は口ごもり、目を伏せた。まさか本当のことを説明する訳にはいかない。

困って黙り込んだ私をどう思ったのか、一真は小さく微笑んだ。

「本番前にいなくなるなんて、確かに天野先輩らしくないですけど。でも、小さな子供じゃないですし、さすがにそこまで心配しなくても大丈夫じゃないですか?」

一真がなだめるように云う。それから微かに目を細め、独白のように呟いた。

「まあ、でも」

冗談めかしたその声は、どこか冷たい響きを伴って私の耳に届いた。

「ああいう裏表のないまっすぐな人って、本人の自覚がないところで逆恨みを買って、いきなり背後から刺されたりしそうですけど」

一真の発言に、動きを止める。首すじに氷の塊《かたまり》を当てられたような気がした。

ふいに、いつか一真の部屋で見た写真が頭をよぎった。猫の死骸や、割れた人形。歪んだものや壊れたものに執着を抱く、一真。

次の瞬間、思い浮かんだ可能性に息を呑む。

――本来の時間で、私は待ち合わせ時間の直前まで一真といた。そのとき拓未は無事だった。

しかしリプレイの【一回目】で私が写真部の展示室に行かず、一真に会わなかったときは、拓未が屋上から転落死するという恐ろしい出来事が起きてしまった。そして【二回目】で私が特別活動室を離れ、携帯を取りに再び戻ってきた際には一真の姿は見当たらず、またしても拓未は悲惨な死を遂げた。

思い返せば、拓未の身に悲劇が起きるとき、私はいつも一真を見ていない。

不穏な考えに、頬が引きつるのを感じた。前を歩く一真の背中を凝視する。

……常識的に判断して、ほとんど接点のない一真が拓未に危害を加える理由など存在しない。しかし、一真にはある秘めた面がある。

周りには決して見せない、私には理解しがたい暗部を持っているであろう彼が、拓未になんらかのねじれた感情を抱いていたとしたら？

たとえば、明るい健全さを持つ拓未が壊れるところを見たいというような、屈折した残酷な欲望が動機だったとしたら。

そもそも、なぜ一真は拓未の件を私に相談したのだろう。賢い彼なら、わざわざ私などを頼りにしなくても事態を収拾できたのではないのか？

もしかしたら一真は、〝竹村が拓未に対して不審な行為を仕掛けている〟という情報を私に与えたかったのではないだろうか。そうすることで、竹村に疑いの目を向けさせたかったのかもしれない。事実、私は【一回目】で拓未が転落死したとき、真っ先に竹村を怪しんだ。

一度そんなふうに考え出すと、際限なく疑念が膨らんでいく。手のひらが汗で湿った。

「……天野先輩、本当にどこに消えたんでしょうね」

一真が近くの教室をのぞきながら、呟いた。そのままどんどん人気の無い方向へ進んでいく。

不安は徐々に募っていった。

一真は、拓未の死に関わっているのだろうか？　私と一緒に拓未を捜すふりをして、まさかもう拓未をどうにかしてしまったのでは？

私の疑念に気付く素振りもなく、一真は慣れた様子で化学準備室のドアを開けた。中に入ると、薄暗い室内の壁際には薬品棚が並び、段ボール箱や計測器などが雑然と置かれている。人の気配はないようだ。

「やっぱりいないな」と一真が低く呟いた。

「授業をサボった生徒が、たまにここで休憩してたりするんですよね。あ、そこが写真部の暗室になってるんです。まさかこんな場所にはいないだろうけど……」

部屋の奥にある小さなドアを指差して、一真がそちらに歩いていく。ノックしてから、併設された暗室のドアを開けた。中をのぞきこみ、すぐに私の方を振り向いて首を横に振る。

「誰もいませんね」

一真の背中に遮られた暗室へと視線を向けた。緊張に喉が上下する。

本当に、拓未はそこにいないのだろうか。実はその暗い部屋の片隅に、自由を奪われた拓未が監禁されていたりするのではないか。一真は、私に嘘をついているのでは?

とっさに小走りで近付き、一真の脇から暗室の中をのぞいた。窓がなく狭い室内には、流しや乾燥台、プリント現像に使用すると思われるバットや引き伸ばし機などがあった。

小さな暗室のどこにも、人一人が隠れられるスペースはありそうにない。

私の唐突な行動に、「菜月先輩?」と一真が驚いた表情をする。

私は一真の顔を見返した。彼の眼差しは、純粋に不思議がっているようにも、わざととぼけているようにも見えた。

緊張しながら、意を決して口を開いた。

「か……一真君は、天野君のことが嫌いなの？」

私の言葉に、一真が真意を探るように問いかけてきた。

「急にどうしたんです？」

「……私、知ってるの」

一真の言葉を遮るように、勢いに任せて云う。

「一真君、轢死体《れきしたい》とか、戦争で殺された人の遺体とか——そういう写真、たくさん集めてるよね。そういうものに、特別な関心があるんでしょう？」

一真が目を瞠った。衝撃を受けたように、まじまじと私の顔を見つめている。

激しい後ろめたさを覚えながら、私は不安をぶつけるように言葉を続けた。

「怪我をした友達や、翅のちぎれた生き物に優しかったのも、可哀想だからじゃなくて、本当は一真君が見ていたかったからなんでしょう？　一真君は、傷ついたものや、壊れたものに特別な執着を感じてる。だから……」

そこで言葉を切った。その先を口にするのが怖かった。

私は、一真に否定して欲しかった。怒鳴られても呆れられても構わないから、バカなことを云うな、と反論して欲しかったのだ。ただ拓未の無事を知りたかった。

すがる思いで一真を見つめる。すると、黙っていた一真が静かに口を開いた。

「……だったら、どうします？」

思いがけない一真の台詞に、とっさに「え？」と訊き返す。困惑する私を見下ろし、一真はうっすらと笑った。

「たとえば、僕が危険なサイコパスで、天野先輩に何かしていたら？」

思わず顔がこわばるのを感じた。動揺し、すぐに言葉が出てこない。

「僕が天野先輩をどこかに監禁して、とっくに殺したと云ったら……？」

目を細めた一真が、淡々とした口調で云う。

「そんな人間とこうして二人きりでいるのは、危険だと思いませんか」

私は息を詰めた。凍りつく私に向かって、一真がにこりと微笑む。

「――冗談ですよ」

唇に笑みの形を浮かべているけれど、一真の目はまるで笑っていない。どこか暗く冷たい光を宿すその眼差しに、ぞくっ、と寒気が走る。

私の知る一真は、こんな不穏な目をする男の子だったろうか。

「どうしたんですか、菜月先輩」

私の怯えを見透かしたように、一真が笑いかけてきた。いつもと同じ穏やかな口調。でも今は、それが逆に怖かった。底知れない沼に、無防備に足を踏み入れてしまったような錯覚を覚えた。一真がからかうように続ける。

「いつもはかわすの、得意でしょう？」

一真が身を屈めたと思った次の瞬間、唇に吐息がかかるほど間近に彼の顔があった。ぎょっとして飛び退《の》いた拍子に、開いたままの暗室のドアに背中がぶつかり、うっかり中に入り込んでしまう。

「一真、君……？」

信じられない思いで一真を凝視する。口元を押さえる自分の手が、微かに震えていた。

私の反応に、一真がくすっと笑みを漏らす。面白がるような口調で囁いた。

「こういうの、本当に全然駄目なんですね」

身を縮こまらせる私を見つめ、ぼそりと呟く。

「――菜月先輩の屈折の仕方だけは、よくわからないや」

私は耳を疑った。一真は、私が他人に触れられるのが苦手なのを知っている。知っていて、これまでそ知らぬふりをしていたのだ。いつも私の側にいた千佳たちでさえ、おそらく気が付いていないはずなのに。

喉が、ごくりと音を立てた。自分が失敗したことを悟る。私はうかつに境界を踏み越えた。彼のスイッチを、押してしまったのだ。

「ねえ、先輩」

端整な面立ちで、一真が残酷に笑う。まるで追い詰めた鼠《ねずみ》をなぶる猫みたいだ。初めて一真を本気で怖いと思った。

「他人に触れられて、過去に嫌な思いでもしたんですか」

一真が再び近付いてくると同時に、私は身をかわした。彼から距離を取るようにと、本能がけたたましく警告を鳴らす。私は藪《やぶ》をつついて蛇を出してしまった自分の愚かさを責めた。混乱する私に向かって一真が囁く。

「こんなふうに……？」

一真の手が、ゆっくりと私の首元に伸びてきた。伸ばされた手を避けようとして、反射的に後ろに下がる。「やめて」と引きつった声が喉から漏れた。

かぶりを振りながら後ずさった拍子に、足がもつれた。体勢を崩し、暗室の中に倒れ込む。腰をしたたかに床に打ちつけ、痺れたような痛みが走った。

「つ……っ」

私は顔をしかめて呻いた。顔を上げた瞬間、驚愕する。

私を室内に残したまま、音を立てて暗室のドアが閉ざされた。外の明かりが遮断され、突然、視界が闇に覆われる。慌てて立ち上がり、手探りでドアを開けようとした。しかし、開かない。

「嘘、でしょ……？」

震える声が漏れた。ドアの向こうから、離れていく一真の足音が微かに聞こえた気がした。

暗い室内で立ち尽くし、すぐさま我に返ってドアを叩く。

「待って！　一真君、ここを開けて！」

泣きそうな思いで呼びかけた。

「いや。バカな真似はやめて、お願いだから、ここから出して……！」

懸命に声を張り上げても、応答は無い。ドアにぴたりと耳をつけて外の様子を窺ってみたが、近くに人がいる気配はしなかった。背中を冷たい汗が伝い落ちる。暗がりの中からふいに得体の知れない手が伸びてきて、私を捕まえるような錯覚に襲われた。

子供の頃に耳にした、都市伝説に近い噂話が頭をよぎる。夏休みの前日にうっかり学校の暗室に閉じ込められた生徒が、一ヶ月近く経ってようやく発見されたときには、飢えと恐怖で凄惨な死体となっていたという話。

私はすがるようにドアを探った。外は文化祭で盛り上がっているのに、自分の置かれた状況が信じられない。このままでは、拓未の身に最悪なことが起こってしまう。こんなことをしている場合じゃないのに。

「誰か、いないの？　ドアを開けて！」

大声で叫んだ。拳で必死にドアを打つ。誰か、誰か来て。ここを開けて。

真っ暗な中で、どれくらいそうしていたのだろう。

突然、ドアの外でカタンという音がした。ハッと動きを止める私の前で、暗室のドアが開かれる。

暗闇から解放され、まばたきをした。明るくなった視界に、驚いた表情でこちらを見つめる小柄な女子が映る。

「だ……大丈夫ですか？」

私はふらつきながら暗室の外に出た。動揺を抑え、彼女の問いにぎこちなく頷く。

「あり、がとう」

大声を張り上げたせいか、発した声がかすれた。振り返り、開け放たれたドアに視線を向ける。

「鍵がかかってたの……？」

「え、いえ」

私の問いに、女子が戸惑いながら首を横に振った。手にしたモップを見せながら云う。

「これがつっかい棒になって、ドアが開かなくなってたんです。きっと、そこの壁に立て掛けてあったのが倒れて、運悪く引っかかっちゃったんですね」

彼女は、ドアの脇に無造作に置かれている掃除用具を指差した。

本当に偶然かもしれないし、不躾に彼の領域に踏み込んだ私にお灸《きゅう》をすえるために、一真が意図的にやったことかもしれなかった。けれど今は、それどころではない。

私は急いで廊下に出た。

屋上だ。こうなったら、犯人が屋上で拓未を襲う現場に止めに入るしかない。

校内を走りながら、壁時計を横目で見る。四時五十五分。どうか、間に合って。祈る思いで屋上を目指す。早く、早く。

二階の廊下を駆け抜け、屋上まで一気に階段を上ろうとしたときだった。

——校舎の外で、凄まじい音がした。何かが勢いよく地面に叩きつけられたような音だった。

次の瞬間、地鳴りのように悲鳴や叫び声が上がる。人が落ちた、という誰かの裏返った声を聞いた途端、凍りついたように足が動かなくなった。

呼吸が浅く、速くなっていく。きいんと耳鳴りがした。嫌、やめて。こんなの嘘——。

よろめきながら、私は窓に近付いた。恐怖に意識が遠のきそうになるのをこらえて、見下ろす。


——夕空の下、拓未と思われる男子が地面にうつぶせに倒れていた。

遠目にも、手足がありえない方向に曲がり、周囲に赤い血溜まりが散っているのがわかった。それはもはや、私の知る拓未ではなく、折れてひしゃげた、無残な物体だった。

残酷な光景に耐えられなくなり、視線を逸らす。強烈な吐き気が込み上げ、口元を覆った。頰に触れた指先が濡れているのに気付き、初めて自分が涙を流しているのを知る。

目の前の光景が信じられない。こんな……なんて、ひどい。

明るく周りを気遣える拓未。なんでも話して欲しいと、私なんかに、そう云ってくれた人。

——その拓未がどうして、あんなむごい姿にならなければいけない？

引きつった嗚咽が漏れた。たとえ百回同じ場面をやり直せるとしても、私はいま目にした光景を絶対に忘れられないだろう。

ここから逃げ出したい気持ちと、今すぐ駆け寄って彼の身体に取り縋《とすが》りたいという、相反した衝動に駆られた。

周囲は大騒ぎになり、教師が取り乱しながら動き回っているのが見える。泣いている人や、呆然と立ち尽くす人。明るく飾り立てられた文化祭の場に、それらの光景は別々の映像を重ねたかのようにちぐはぐだった。

吐きそうになるのを我慢しながら、力の入らない足を引きずるようにして、歩き出す。必死で自身に、云い聞かせる。——まだだ。まだ、座り込んで子供のように泣きじゃくる訳にはいかない。しっかりして。

【三回目】が終わるまで、あと数分、残されている。

私のリプレイは、【五回】繰り返される。しかし【五回目】の出来事は、〝この時間に起きた出来事〟として否応なく確定されてしまうため、絶対に失敗してはいけないのだ。

なんとしてもそれまでに拓未の死を食い止める方法を見つけ、犯人を突き止めなければならない。二度と、彼をこんな目に遭わせないために。

胸の中に、これまで感じたことのない激しい怒りが生まれる。——絶対に、殺させない。

自らを奮い立たせ、混乱の最中《さなか》にある生徒たちの間を、ふらつきながら移動した。もしかしたら、まだ屋上に拓未を突き落とした人物がいるかもしれない。

痛いほどに動悸が激しくなり、眩暈がする。それでも私は、どうしても犯人に辿り着かなければならなかった。必死に階段を上っていた、そのときだった。

上の階から、叫び声が聞こえた。ビクッとして顔を上げる。それは外の騒ぎに対する野次馬の反応ではなく、今まさにそこで何かが起きている、という感じの切羽詰まった声だった。

混乱しながら、急いで階段を駆け上がった。見ると、屋上へ続く階段の所に多くの人が群がっている。一人の男子が壁際に走り寄り、げえっ、と苦しげに嘔吐した。悲鳴を上げて逃げ出す女子。場は、完全にパニック状態に陥っていた。

私は息を切らしながら、近くに立ち尽くしている女子に尋ねた。

「何が、あったの……？」

青ざめた顔で彼女が振り向く。本気で怖がっているときの人間の目というのは、野生動物のように強くくっきり輝くものなのだと、そのとき私は初めて知った。彼女は微かに上唇を震わせただけで、私の問いに答えなかった。いや、きっと答えられなかったのに違いない。

私は、周囲が遠巻きに視線を向ける方へと近付いた。その光景が視界に入った瞬間、口から悲鳴がほとばしる。

——階段の途中に、さやかが仰向けに倒れていた。

さやかは頭を下にした恰好で階段に倒れており、制服のスカートが太腿の辺りまで大きくめくれ上がってしまっている。しかし、それをはしたないと咎める者は誰もいないに違いなかった。

のけぞるような姿勢のさやかの白い喉には、裁ちバサミが突き立てられていた。鈍く光る柄の部分が、一瞬、彼女の身体を苗床《なえどこ》にした奇妙な植物みたいに見えた。鮮やかな血が、喉の生生しい傷口から耳元へぽたぽたと伝い落ちる。

もはやまばたきをしないさやかの両目は、驚いたように見開かれたまま天井を向いていた。触れなくても、完全に絶命しているのがわかった。

頭の中が真っ白になる。

「ど——どうして」

この状況が、信じられなかった。拓未だけでなく、さやかまでもが殺された……？ 私の取った行動が原因で、二人の人間が命を落とすことになってしまったというのか。どうして、まるで訳がわからない。

頭がどうにかなってしまいそうなのに、さやかの無残な死体から視線を外せなかった。階段には、彼女のものと思しき血液の飛沫が点々と散っていた。片方の靴が脱げ、少し離れた場所に転がっている。

上方の、屋上へ続く扉が半分ほど開いているのが見えた。もしかしたら、拓未を殺した犯人に刺され、階段から転げ落ちたのかもしれない。

血の匂いに混じって、微かに、甘い香りが鼻腔をかすめる。その香りをどこかで嗅いだことがあるような気がした。どこだったろう……？

そのとき、背後に人の気配を感じ、反射的に振り向いた。

立っていたのは、葉子だった。食い入るように、さやかの変わり果てた姿を見つめている。

「委員長……」

私は、ざわめきの中で立ちすくむ葉子を見た。葉子の顔からは血の気が失せ、今にも倒れてしまいそうだ。それは私も同じに違いなかった。

葉子がだらりと両腕を下げた拍子に、持っていた物が手から滑り落ちて足元に散らばる。東條祭のパンフレットと、笑顔の葉子が大きなクマのぬいぐるみと並んで写る写真。のほほんとしたクマの表情と、葉子が作ったピースサインが笑い出したくなるほどこの状況に不似合いだった。

背景に色とりどりの風船が写るファンタスティックな写真は、喉にハサミを突き立てられた同級生の死体の側で、まるで何かの悪い冗談みたいに思えた。

――ありえない。

その場に固まったまま、私は息を呑んだ。カオス理論。蝶の羽ばたきが天気を変えることもある。些細な出来事が大事件を引き起こすという、数学理論を知っていた。

だけど、こんなのは、絶対おかしい。

寒気がした。ショックのあまり痺れたようになった頭で、必死に考えようとする。

一体なぜ、拓未とさやかがこんな目に遭わなければならないのだろう？　私の些細な行動の変化で次々と人が殺されるだなんて、そんなことがあるだろうか。

本来の時間では無事だったはずの拓未が、リプレイの【一回目】では転落死した。そして【二回目】で、拓未を屋上から突き落とす犯人を見たとさやかは私に告げた。しかし【三回目】のこのターンでは、そのさやかまでもが殺された。

これは本当に、私の行動が元で起きている出来事なのだろうか？　彼らを殺してしまったのは、私なのか。

息が苦しくなり、視界が揺らぐ。周囲の悲鳴や泣き声が遠くで聞こえた。おい、早く救急車を呼べ。何があったの。嘘でしょ、誰か――。

私は混乱の中で、立ち尽くした。

◇

灰色にくすんだ天井が、いきなり視界に入ってきた。

ハッと目を見開く。興奮して勢いよく上半身を起こしたせいで、体育用具室の床に打ちつけた後頭部がいっそう強く痛んだ。

「つぅ……っ」

顔をしかめ、両手で頭の後ろを押さえる。触れた場所に鈍痛があり、微かに熱を持っているような気がした。

立ち上がろうとしたけれど、すぐには動けなかった。時間は戻っているはずなのに、全身に疲労感が残っている気がする。きっと精神的なダメージのせいだろう。用具室の外から、賑やかなざわめきが聞こえてきた。はしゃぎ声や明るい音楽、陽気な呼び込みの声。

これが、リプレイの【四回目】だ。起きた出来事が〝なかったこと〟になる、最後のターン。

ぐったりと座り込んだまま、私は大きく息をついた。疲弊した頭で考える。

どうして……？　なぜ、拓未は殺されたのだろう。それどころかさやかまであんな死に方をするなんて、本当に理由がわからない。

どこで間違えた？　私はもしかして、何か大切なことを見落としているのだろうか。

必死になって問いかけても、答えは一向に思いつかない。とんでもない状況に放り出されたことへの心細さに、泣きたくなった。

この際、事件が起こらなかった本来の時間と全く同じ行動を取ってみるのはどうだろう？でも……もう、最初のときとは明らかに異なる事態が色々と起きてしまっている。それを考えると、事件を防ぐ努力すらせずにただ同じ行為をなぞることは、限られた時間を無為に消費してしまうことにならないだろうか？　今この状況下で、そんな高すぎるリスクは冒せない。

いっそこのまま何もしないでいたらどうなるだろう、などと、半ば自棄気味な考えも頭をよぎる。……バカ。そんなことをしたって、なんの解決にもならないのに。

自分を叱咤《しった》し、目の前のドアを睨んだ。心も身体もひどく重かったけれど、なけなしの気力を振り絞る。——行かなきゃ。

なんとかして、今度こそ、この恐ろしい事件が起きるのを止めなければ。

小さな窓に、緑色の物体が映った。窓の外を張りぼての龍の巨大な頭部が通っていく。オーライオーライ、と威勢のいい掛け声がした。「後ろ、ちゃんと持て」「ぶつけないよう周りに気を付けろよー」などと声を張り上げながら、男子たちが講堂へそれを運んでいく。

焦燥に駆られて立ち上がった。急がなきゃ、あんな光景を目にするのは二度と嫌だ。

もう、失敗は許されない。この【四回目】で、なんとしても悲劇を防ぐ手立てを見つけ出さなければいけない。

薄暗い室内を、小走りにドアへ向かう。そのとき、ふいに何か弾力のある物を踏みつけた。

足が滑り、身体が大きくバランスを崩す。

考えに集中していたせいでとっさに反応が遅れた。慌てて体勢を整えようと腕を振り回すも、間に合わず、視界が勢いよく反転する。

ぐしゃっと卵が割れるようなこもった音がするのと、頭の後ろに強い衝撃が走るのと、どちらが先だったろう。わからない。

私の意識は、そこで乱暴に断ち切られた。

第五章　彼女の時間

——目を開けると、薄汚れた天井が見えた。

私はゆっくりとまばたきをした。背中に、硬い感触を感じる。

怪訝な思いで視線を動かし、体育用具室の埃っぽい床に仰向けに寝ていることに気が付いた。

外から、軽快な音楽と浮かれたざわめきが響いてくる。

室内のこもった空気に、カビ臭いようなにおいを嗅いだ。スカートの裾がだらしなく乱れている。

慌てて身を起こそうとし、ズキンと後頭部に痛みが走った。

「痛……っ」

思わず呻き、頭を押さえる。

とっさに状況が理解できず、涙目で周囲を見回した。微かに錆の浮いた得点板に、古い跳び箱。壁の近くに、空気の抜けかけたバスケットボールが転がっている。

あれで足を滑らせて転倒したに違いない、と思い当たる。

恐る恐る、倒れた拍子にぶつけた箇所を撫でてみる。痛みはあるが、特に血が出たりはしていないようだ。結構強く後頭部を打ったように感じたのだが、実際はそれほどでもなかったのかもしれない。

なんてドジをやらかしちゃったんだろう。情けない思いで、頭をさすった。

どれくらいの時間、私は伸びていたのだろう。ほんの一瞬？ それとも、数分やそこらは起き上がれずにいたのだろうか。いずれにせよ、こんな所で時間を無駄にしている場合じゃない。

急がなければ。この【四回目】で、どうにかして拓未たちの死を回避する方法を見つけるのだ。ふらつく足で立ち上がり、私は今度こそドアを開けようとした。――そのときだった。

用具室の窓いっぱいに、ぬっと緑色の龍の頭が現れた。ぎょろりとした作り物の龍の両目がのぞく。驚いて後ずさった。

窓の外で、オーライオーライ、と力強い掛け声がした。男子たちが、ぶつけないよう気を付けろ、と声を発しながら、巨大な龍の張りぼてを講堂の方へと運んでいく。

私はぽかんと口を開けた。

「……え？」

それは毎回決まって、ターンの始まりに目にする一シーンだった。口元が、ほとんど無意識に半笑いの形を作る。

「え――え」

自分の見たものが信じられなかった。混乱して、立ちすくむ。

「どういう、こと……？」

次の瞬間、思い浮かんだ考えにぞくっと鳥肌が立った。

反射的に、頭がそれを考えるのを拒否した。けれど一度思いついてしまった答えを忘れ去ることは、もはや不可能だった。顔から一気に血の気が引いていく。まさか、もしかして――。

私は、【四回目】のターンで死んでしまったのではないか？

「あ、あああ……っ」

引きつった悲鳴が口から漏れた。

そうだ――【三回目】のターンで拓未とさやかのむごたらしい姿を目にして動転した私は、【四回目】が始まった直後に走り出し、落ちていたボールを踏んで転倒したのだ。おそらく、その勢いで頭を強打したに違いなかった。打ちどころが悪かったのかもしれない。

とっさに、自分の胸に手を当てる。間違いなく心臓が脈打ち、呼吸が続いていることを確かめずにはいられなかった。確認してもなお、震えはなかなか収まらなかった。

――死んだ。私が。ショックのあまり白くもやがかかったような頭で、考える。

リプレイが始まれば前のターンに起きたことは全てなかったことになるというのはわかっていたが、今こうして私が生きているところをみると、それはどうやら、リプレイヤー自身が死んでしまっても有効のルールらしい。

つまり、私は、【四回目】のターンを無駄に失ってしまったのだ……！

両手で口元を覆った。なんてことをしちゃったんだろう。だが、いくら自分を責めても手遅れだ。拓未たちを救うための貴重なターンを、焦りから失敗し、無為に終わらせてしまった。自分を思いきり殴りたい衝動に駆られる。

もう、後がない。私のリプレイは、このターンで終わる。時間の上書きをすることはもうできない。

これが、〝この時間に起きた出来事〟として確定される、最後の【五回目】だ。

喘ぐように息を吸った。涙ぐみながら、しっかりして、と必死で自分に云い聞かせる。

まだ終わりじゃない。私はなんとか犯人に先んじて、拓未を助けなければならなかった。力の入らない足で歩き出し、用具室のドアを開ける。

目の前に、活気に満ちた文化祭の光景が広がった。仮装をした人や、プラカードを持って呼び込みをする人。夕日の差し込む校内は楽しげな生徒たちの姿であふれていた。

前に進もうとした瞬間、ふらりと足がもつれた。足だけでなく、全身にうまく力が入らない気がした。やり直しの利かないこの時間に失敗することが怖い。でも、この状況を止められるのは、私の他に誰もいない。

人込みに視線を走らせながら、祈るような思いで拓未を捜す。彼はどこにいるのだろう。

広い校内を歩き回り、共通の知人と会うたびに「天野君を見なかった?」と尋ねてみたものの、芳《かんば》しい答えは一向に返ってこなかった。

ライブに出るんだから講堂にいるんじゃない? いないの? ごめん、じゃあ知らないや。お昼にうちに買いに来てくれたよ。あれ、一時間くらい前に教室で見たと思うけど。

──拓未の姿は、どこにもない。

不安が胸の内でひたひたと水位を上げていくのを感じた。

　風に乗って、金木犀の香りがした。甘く懐かしいその香りを嗅いだ途端、また泣き出しそうになる。どこにいるの……？

そのとき、拓未と親しい男子が廊下を歩いていくのが見えた。慌てて駆け寄り、「阿部《あべ》君」と彼の名を呼ぶ。模擬店に使用したらしい道具の入った箱を抱えた阿部は、「おう」とのんびり振り返った。焦る思いで尋ねる。

「ねえ、天野君がどこにいるか知らない？」

「えー？　天野？」と阿部が面食らったように訊き返す。

「アイツなら総合フェスでもうすぐ出番じゃん？　バックステージあたりで準備してんじゃねえの？」

「それが、いないの」

何度も繰り返したやりとりにもどかしさを覚えながら訴えると、「マジ？」と彼が目を見開いた。片方の手で器用に携帯電話を取り出し、すぐさまどこかに電話をかける。電話の向こうが騒がしいのか、大声になって話し出した。

「なあ、なんか天野がいないらしいんだけど、そっちにいるか見てくんない？　うん、そうそう。……そっか、サンキュ。ああ、頼むわー」

阿部が手短に電話を切り、私に向き直る。

「橋本《はしもと》たちがいま、特別棟のラウンジにいてさ。軽音部の部室を見てもらったんだけど、いないらしい。ちょっとその辺捜してみるってさ。見つかったら、上原が捜してたって天野に云っとくわ」

「ありが……」

礼を口にしかけて、ふいに表情がこわばった。彼の手にした段ボール箱の中に、鋭く光る大きなハサミが見える。喉にハサミを突き立てられて絶命していたさやかの姿が思い浮かび、思わず吐き気が込み上げてくる。

「上原？」

いきなり黙り込んだ私を、阿部が心配そうにのぞきこむ。

「なんか、顔色悪いぜ。大丈夫か？」

肩に伸ばされた彼の手を避け、反射的に後ずさった。

「ご――ごめんなさい」

うろたえながら詫び、口元を押さえて逃げるようにその場を離れる。荒く息を吐きながら、校内を必死にさ迷った。こんなにたくさんの人がいるのに、何かに阻まれてでもいるように、肝心の拓未は見つからない。

すがる思いで周囲を見回した。呼吸が苦しくて、身体がひどく重かった。

どうしようもなく焦りばかりが募っていく。他に、捜していない場所はどこだろう。どこに行けば彼に会えるの？

どんな行動を取れば正解なのかがわからなかった。拓未とさやかを手にかけた犯人は誰なのか、いくら考えても答えは出ない。頭がおかしくなりそうだ。

これが私に与えられた最後のターン。もう、二度とやり直しは利かない。なのに拓未を見つけられず、状況は少しも変わっていない。このままでは、また惨劇が起こってしまう。

私はなんとかして、この展開を変えなければならなかった。――なんとかして。

意を決し、一階の廊下を足早に進んだ。迷っている時間はなかった。

こうなったら、文化祭を、強制的に終わらせる。

私は、廊下の壁に設置された火災報知機の前に立った。大きく息を吸い込み、ためらいなくボタンに指を叩きつける。

次の瞬間、一階のフロアにけたたましい非常ベルの音が鳴り響いた。

あちこちで驚いた声や悲鳴が上がる。廊下に飛び出してきて周囲を見回す女子や、出口に向かおうとする男子。場が騒然とした空気に包まれた。

ここぞとばかりに、私は叫んだ。

「火事よ、逃げて!」

騒ぎが起こって文化祭がここで中止にでもなれば、これまでのターンとは必然的に流れは変わる。学校内で殺人が起こる展開を、もしかしたら防げるかもしれない。そう思った。

「早く! 皆、早く逃げて!」

私の叫びに、一部の生徒たちが血相を変えて走り出す。私はとにかく必死だった。混乱に乗じてなおも声を張り上げようとしたそのとき、叱責するような声がした。

「上原！」

驚いて振り返ると、担任の布川先生が、呆然とした表情で私を見つめている。どうやら、今しがたの行動を見られてしまったようだ。冷たい汗が腋を流れた。——まずい。

動揺する私に駆け寄り、布川先生は小鼻をふくらませて叫んだ。

「上原——どうしたんだ、落ち着け」

それから近くにいた教師に何か指示すると、周りに向かって声を張り上げる。

「騒ぐな、火事じゃない。大丈夫だから、走るな！」

すると、どこからも火の手が上がる様子がないのに気が付いたのか、周囲の混乱が徐々に収まり出した。戸惑ったように、ざわついた空気が漂い始める。え、誤作動？　誰かの悪戯なの？　早く逃げなくていいの、ヤバくない？

「お前……お前、何やってるんだ。なんで、こんなこと」

事態を収拾すべく動き回っていた布川先生が、苦々しい表情で私を見る。懸命に何か話しかけてくるが、私の耳には何も入ってこない。

しばらくして、大音量で鳴っていた警報がふつりと止まった。スピーカーから、学年主任の冷静な声が流れ出す。

『えー、只今の警報は誤りです。皆さん、落ち着いて行動してください。繰り返します。警報は誤りです。学校の敷地内で火は出ていません。どうか皆さん、慌てずに行動してください』

私は立ち尽くしたまま、ざわざわしながらも次第に平常を取り戻していく周りを見つめた。自分の撃った弾が標的をかすりもせず、あっけなく落ちていくさまに、顔から血の気が引いていく。

文化祭は、中止にならない。これから起こるであろう最悪の展開を止められない。

いつのまにか側にいた養護教諭に、布川先生が声をひそめて話している内容が切れ切れに聞こえてきた。

「外部受験する生徒で……最近、仲のいい女子生徒と揉めたりも……」

布川先生の説明を受け、養護教諭の女性が同情するような目つきで頷く。布川先生が私に向かって妙に優しげな口調で告げた。

「上原、来るんだ」

そう云いながら私の腕を摑み、どこかへ歩き出そうとする。その感触に、ぎょっとして身をよじった。

「上原！」

急に抵抗を始めた私に、布川先生が驚いたような、子供をなだめるような声を出す。

「大丈夫だ、いいから落ち着け。な？　とにかく、先生たちと来なさい」

養護教諭と一緒になって、私をどうにかこの場から連れていこうとする。私は慌てて教師たちの手から逃れようとした。

「やめてください、違うんです。悪戯じゃなくて――」

どう云えばわかってもらえるのだろう。今、ここで拘束される訳にはいかない。もう時間がないのに。

「お願いだから、放してください」

もがきながら、必死に声を張り上げる。

「早く止めないと、このままじゃ——また人が死んじゃう」

どれだけ真剣に訴えても、彼らが耳を貸してくれる気配はなかった。互いに顔を見合わせ、むしろ、いっそう心配げな眼差しを向けてくる。

「わかったから、ひとまず保健室に行って落ち着こう。な？」

布川先生が強引に私の腕を引く。周りの生徒たちは、何事かというように私たちに注目していた。好奇心や不審を露《あら》わにした無遠慮な視線を一身に浴びながら、もどかしい思いに駆られる。

彼らの目に、私はどう映っているんだろう。受験ノイローゼでおかしくなった生徒とでも思われているのかもしれない。異物を見るようなその視線を、私は昔から知っていた。それは初めてリプレイを経験したとき、おばあさんを助けようとした幼い私に向けられた目だった。

ますます息が苦しくなり、うつむいて荒い呼吸をした。涙が浮かぶのを感じながら、きつく唇を噛みしめる。

——どう見られたって構わない。今は、彼を助けなければ。

無言でうなだれた私に、教師たちが警戒を緩めるのがわかった。その隙をついて、摑まれていた腕を思いきり引く。どうにか彼らの手から逃れ、「ごめんなさい」と身を翻した。

布川先生が慌てたように何か叫ぶのが聞こえたが、振り返らず、走り続ける。全力で人混みの間を駆けた。

取り乱しながらも、とにかく屋上へ行かなければ、と思った。これまでのターンで、犯人は屋上で拓未を手にかけている。そこを待ち伏せするのだ。

……できれば、この手段は取りたくなかった。なぜなら、危険な状況を寸前で回避させられる自信が、私にはない。

私が知る限り、拓未は運動神経のいい健康な男子高校生だ。その拓未が殺されたということは、相手は力の強い男性か、物騒な凶器を持っているか——もしくは、複数犯という可能性も大いに考えられる。現に、さやかはあんなむごたらしい殺し方をされているのだ。

できることなら、犯人が拓未に接触して不穏な事態になる前に、事件を食い止めたかった。でも、もうそんな悠長なことは云っていられない。

移動する途中、スポーツ用品が雑然と投げ込まれた箱が目に入った。どこかの催しで使われた物だろう。その中に一本の金属バットを見つけ、ためらってから、グリップを摑んだ。勝手に借りることを持ち主に心の中で詫び、金属バットを手にして一歩ずつ階段を上がっていく。

握り締めたそれは、手のひらに冷たい感触と重みを伝えてきた。慣れないその感覚がいっそう私の緊張を煽る。

これから起こるであろう出来事を思うと、指先が小刻みに震え、摑んでいる金属バットを取り落としそうだった。こうして武器になるものを手にしているだけで、なんだか怖くなってくる。これを使って人を殴打することを想像すると寒気がした。

人どころか、人の物を壊すことだって、正直私にはできる気がしない。力の問題じゃなくて、心の問題だ。他人に危害を加えることへの激しい抵抗感。私だけじゃない、きっとほとんどの人がそうだ。だけど犯人は、それをやった。

拓未とさやかのむごたらしい姿を思い出し、足がすくみそうになる。私が今から対峙《たいじ》しようとしているのは、普通ではない相手なのだ。

もう、後は無い。もしこのターンで拓未や私が犯人に殺されるようなことになれば、全てが終わりだ。怖い、でも逃げる訳にはいかない。彼を、守らなければ。

必死で自らを奮い立たせ、金属バットを握り直した。

屋上に上ってくるのを待ち伏せ、そこで犯人と対決する。こんな物で、非力な私がどれほど抵抗できるのか心許なかった。それでも、やるしかない。

息を切らして階段を駆け上ると、二階と三階の間で、急に目の前がくらっとした。あやうく足がもつれそうになり、壁に手をついてとっさに身体を支える。ぬるりと生温かい感触を上唇の辺りに感じ、手をやった。

一瞬、汗かと思ったが、指に付着したのは鼻血だった。喉の奥で、不快な鉄の味がする。さっき興奮して大騒ぎしたせいかもしれない。ぐいと手の甲で血を拭い、前方を睨む。

――来るなら、来い。

鍵のかかっていない屋上の扉を開けると、そこには誰もいなかった。走ったせいで膝が笑っている。

十月の空は、不安をかき立てるような深い夕暮れに染められていた。茜色と群青《ぐんじょう》の入り混じった空が頭上に広がる。

私は校舎の時計を見た。——午後四時四十分。身体に、力がこもった。大丈夫、今度こそ間に合う。きっと犯行を止めてみせる。

屋上の柵に近付き、賑わう校庭を見下ろした。祭りの終わりを惜しむように、熱っぽいざわめきが敷地内に漂っている。模擬店のテントや、派手な装飾。平穏な文化祭の風景がそこにあった。

校庭にいる生徒たちの姿が、とても小さく見えた。——ここから、この高さから、拓未は落ちたのだ。残酷な光景を思い出し、口の中が苦くなった。汗ばんだ手で、金属バットをぎゅっと握る。まもなく犯人がここにやってくるはずだ。緊張に呼吸が速くなっていく。

もう失敗はできない。これが私にとって、最後のターンだ。

心臓が激しく脈打つのを感じた。集中して、そのときを待つ。まだ誰も上がってこない。

突然、わあっと声が上がった。驚いて顔を向けると、夕方の空に色とりどりの風船が飛んでいくのが見える。

文化祭が終了する五分前になったので、実行委員が正門のアーチから風船を外し、空に放ったのだ。揺れながら屋上の柵をかすめていった赤い風船が、黄昏に呑み込まれ、やがて小さなシルエットになった。

東條祭の終了を告げる〈蛍の光〉が流れ出し、校庭で拍手と歓声が起こる。

再び、校舎の時計に目をやった。午後五時一分。屋上には、私以外に誰もいない。あと四分でリプレイが終わる。不安と期待がせめぎ合った。もしかして、回避できたの……？

私は、正しい行動を選択できたのか。拓未は死なず、何も起こらないまま、無事にこの時間を終えられるのだろうか？

祈るような気持ちで思った。どうか何も起こらないで。お願いだから、このまま終わって。

午後五時二分。あと三分。早く、早く。焦る思いで分針を見つめる。

時計が、午後五時三分を刻んだ。じっとしていられず、私は踵を返して屋上の扉を開けた。

階下をのぞきこむが、誰かが上ってくる気配はない。

安堵が込み上げ、口元が緩んだ。ああ、とため息に似た声が漏れる。……やった。

文化祭の夕方に、拓未は屋上から転落死しない。不幸な出来事は起こらない。それが〝この時間に起きた出来事〟として確定される。

胸を撫で下ろした、そのときだった。

悲鳴が空気を震わせた。先程の浮かれた騒ぎとは比較にならない、切羽詰まった叫び声があちこちで上がる。

驚いて振り返った。何が起きたのか、わからなかった。急いで屋上の柵に駆け寄り、そこから身を乗り出すようにして下を見る。

大勢の生徒が上を指差し、興奮した様子で校庭から何か叫んでいる。半泣きのような女子たちの声が聞こえる。教師が必死で何か怒鳴っている。彼らの注目する先に顔を動かした瞬間、ひっ、と引きつった悲鳴が漏れた。

向かい合う北校舎の三階の窓から、一人の男子がぶら下がっていた。かろうじて窓の桟《さん》に手をかけ、這い上がろうとしているのか、もがくように足を動かしている。思わず心臓が凍りついた。

——拓未だ。三階から今にも落ちそうになっているのは、間違いなく拓未だった。

彼がぶら下がっているのは、北校舎の図書室の窓らしかった。文化祭の催しに使用されていない場所だ。

信じられない思いで、その光景を凝視する。どうして、どうして彼があんな所にいるの。リプレイのこれまでのターンで、拓未はいずれも南校舎の屋上から転落している。なのに、なぜ。

一気に血の気が引いていく。手から金属バットが滑り落ち、足元で硬い音を立てた。下の方から、取り乱した声が届く。あのままじゃ落ちちゃう。危ない、手を放さないで。早く誰か助けてあげて、誰か。

「天野君……!」

かすれた声で名を呼ぶ。窓の縁にかろうじてかけられた拓未の指は、今にも離れてしまいそうだ。嫌、嫌。うわごとのように、自分がそう繰り返しているのに気が付いた。

本来の時間では、いま立っているこの場所で、拓未は私にまっすぐ想いを告げてくれたはずだった。なのになぜ、私は息が止まる思いでここに立ちすくみ、目の前で彼があんな危険に晒されているのだろう。

混乱しながらかぶりを振る。まるで悪夢だ。ガチガチと歯の根が嚙み合わなかった。拓未の恐怖が、直接私の中に流れ込んでくるみたいだ。私はまだ何一つ、彼に伝えていない。嫌だ、こんなのは嫌。柵から大きく身を乗り出し、必死で叫んだ。届かないとわかっていながら、それでもなお、手を伸ばす。

「天野君！」

私の声をかき消すように、秋風が強く吹き抜けた。

拓未の身体がぐらりと揺れ、身体を支えていた手の片方が、窓から外れる。地面から大きな悲鳴が上がった。

拓未はもはや、片手一本のあやうい体勢で三階の窓にぶら下がっていた。周囲の叫び声がひときわ高くなる。私は言葉にならない泣き声を上げた。ああ、やめて。お願いだから、落ちないで。心の中でそう叫んだとき、拓未の手がずるりと窓から離れた。そのまま三階から、落下する。

甲高い悲鳴が辺りを覆った。喉から自分のものとは思えないような絶叫がほとばしる。

「いやあー！」

両手で顔を覆った。耐えきれず、その場に膝からくずおれる。

拓未がどうなったのか、下を見なくてもわかった。怖くて直視できなかった。泣きじゃくりながら叫び続ける。天野君、天野君。

平和な文化祭の風景は、一瞬にしてかき消された。飛び交う悲鳴がひどく遠くで聞こえた。ぐうっと吐き気が込み上げる。

信じられない。信じたくない。

【五回目】のターンは終わってしまった。時間はもう戻らない。私は彼を、助けられなかった。

震える拳で思いきり床を叩く。何度も、何度も叩く。手の皮が裂け、血がにじんだ。しかしこんな痛みがなんだというのだろう？

幼い子供のように私は泣き続けた。涙に濡れた顔を上げ、すがる思いで校舎の時計を見る。

助けて、と誰に対してなのかもわからないまま乞い願った。

お願い、助けて。彼を死なせないで。こんな結末は嫌……！

私は空に向かって泣き叫んだ。悲痛な声が、黄昏に空《むな》しく吸い込まれていく。

◇

時計の針が、午後五時五分を指していた。

――ハッと目を開けた。

反射的に、ビクンと大きく身体が跳ねる。息が詰まり、私は思わず咳き込んだ。

「かは……ッ」

意識的に息を吸って、吐き出し、どうにか呼吸を整える。

深い水底から急激に浮上した深海魚のように、全身が拒否反応を起こしている気がした。興奮しながら、息苦しさに喘ぐ。

咳き込んだ拍子に涙がにじんだ目に、夕暮れの空ではなく、見覚えのある天井が映る。とっさに何が起きたのかわからなかった。

背中に硬い感触を感じ、そこでようやく、自分が床の上に横たわっているのに気が付く。こもった空気に、微かにカビ臭いようなにおいがした。薄暗い部屋の外から、楽しげなざわめきが聞こえてくる。

混乱しながら視線を動かすと、古びたマットや得点板、跳び箱やひしゃげたバスケットボールなどが見える。……南校舎の、体育用具室だ。

「え……？」

呆けたような声が、口から漏れた。状況が理解できないまま、恐る恐る身を起こす。

途端、後頭部にズキッと鈍い痛みが走った。痛い、と思わず顔をしかめる。しかし、そんなことはどうでもよかった。

呆然とし、あらためて周囲の様子を窺う。

聞こえてくる明るい喧騒は、今しがたの悲惨な出来事など起こっていないかのようだった。

平和な文化祭そのものだった。

ふいに、小さな窓いっぱいに緑色の物体が映った。張りぼての龍の、ぎょろりとした目がのぞく。オーライオーライ、という力強い掛け声が窓の外で響いた。「後ろ、ちゃんと持て」「ぶつけないよう周りに気を付けろよー」と声を張り上げながら、男子たちが講堂へとそれを運んでいく。

どういうことだろう……？　私は、動揺しながら立ち上がった。何がなんだかわからない。

私のリプレイは、同じ一時間を五回繰り返す。本来の時間を含めると、計六回で終わることになる。つまり、私のリプレイはもう終了しているはずだった。それなのに、なぜ？　何が起きているの？

パニックを起こしそうになりながら、懸命に考える。疼痛に何気なく頭の後ろを押さえ、突然、ある可能性に思い当たった。

そうか――【四回目】のターンだ！

【四回目】のターンで、私はてっきり、自分が頭を強打して死んだものと思い込んだ。失敗してターンを無駄に失ったと、自分を責めた。

しかし、あのとき、やはり私は死んでなどいなかったのだ。

転倒した拍子に頭を強く打ちはしたものの、ほんの数秒か数分か、とにかく、その衝撃で脳《のう》震盪《しんとう》でも起こしたに違いない。それで一ターン分、カウントを思い違いしたのだ。

思い返せば、前回のターンで足がもつれたり、急に鼻血が出たりしたのも、頭をぶつけたせいだったのかもしれない。今となっては確かめようがないが、リプレイの性質がいきなり変わったと考えるよりは、合理的に説明がつく気がした。

それが意味することを理解し、興奮に吐息が震える。

——つまり、拓未が三階から落下するという悲劇は、まだ起こっていないのだ。

拓未は生きている。生きて、学校のどこかにいる。そう思っただけで、さっきとは違う種類の涙がにじんだ。

情けなく嗚咽を漏らしそうになるのを必死にこらえ、自分に云い聞かせる。だめ、泣いている場合じゃない。今度こそ、きっと彼を助けてみせる。

これが【五回目】のターン。

涙を拭い、急いで歩き出そうとした。しかし、ドアの手前で足が止まってしまう。これまでの失敗による恐怖が、じわじわと胸に広がっていく。

どうすれば、拓未を助けられるのだろう？

これまで何を選択しても、どうあっても、悲劇は防げなかった。私には、本当にどうすればいいかがわからなかった。わかっているのは、今までと同じ方法では拓未を救えないということだけだった。私一人の力では無理だ。そう、私だけでは——。

そこまで考え、あっと声を上げた。……思いついたとんでもない考えに逡巡する。どうする、やってみるか——？

迷いに終止符を打ったのは、もう時間がないという焦りだった。私は覚悟を決め、体育用具室のドアを開けた。

その瞬間、目の前に再び文化祭の喧騒が広がった。

模擬店の食べ物を手にした生徒や、元気よく呼び込みをする生徒。仮装した男子が、派手なプラカードを持って練り歩く。校内は祭りの空気に沸いていた。

二人連れの女子が、喋りながら私の側を歩いていく。

「それでね、自棄になった主人公が、ウッドチャックを強奪して車ごと崖から飛び込むの」

「何じゃ、それ！」

私は人のあふれる校内を進んだ。まっすぐに向かった先は、講堂だ。多くの客で賑わう講堂の中、懸命に目的の人物を捜して歩く。

必ず近くにいるはずだった。リプレイの【一回目】で、私はその人物の顔を、ここで見ている。

と、人込みの中で、微かに果実に似た甘い香りがした。覚えのあるその香りに、慌てて振り向く。

通路の反対側から、飲み物を手にした彼女たちが歩いてきた。私が捜していた人物——愛美と、千佳だ。どくんと鼓動が跳ね上がる。

ざわめきの中、私は二人に近付いた。愛美と千佳の正面で足を止める。突然現れた私に、彼女たちが驚いたような顔をした。

こんな状況なのに、一瞬、ひどく懐かしい思いに駆られた。彼女たちの顔を真正面から見るのはどれくらいぶりだろう。

そんな私の感慨とは正反対に、二人の眼差しに不審げな色が浮かぶ。

「……何？」

抑揚のない冷めた口調で千佳に尋ねられ、身がこわばった。私を見返す二人の表情には、明らかな拒絶があった。

背すじに緊張が走る。心が挫《くじ》けそうになり、慌てて自分を叱咤した。逃げちゃだめ。何があっても拓未を助ける。――私は、そう誓ったのだ。

震え出しそうな手のひらを強く握り込む。私は心を決め、深呼吸をした。

おもむろに両腕を広げ、高らかに声を発する。

「レディース、アンド、ジェントルメン！」

突然大声を出した私に、二人がぎょっとした顔をする。直後、講堂のステージ上で進行係の男子が芝居がかった口調で叫んだ。

『レディース・アンド・ジェントルメン！』

マイクの残響がきいんと鳴る。千佳と愛美がふいをつかれたようにそちらに視線を向けた。

壇上の彼が、会場内を見回す素振りをする。私はそれを横目で確かめながら、自身の記憶をたぐり寄せた。そう――本来の時間の記憶を。

戸惑った様子の二人の前で、私は再び、口を開いた。

「さて」

すると私の後を追うように、進行係も『さて』と客席に向かって話しかける。私は間髪を容れずに続けた。

「各国の魅力ある歴史と文化が、わが校の生徒たちの手によって今ここに集結します」

すぐさま壇上で進行係が、またもや私と同じ台詞を口にする。

『各国の魅力ある歴史と文化が、わが校の生徒たちの手によって今ここに集結します』

飼い主を真似るオウムみたいに、進行係が私の発した言葉を繰り返す。あっけに取られて立ち尽くす千佳たちの前で、私は深く息を吸い込んだ。

タイミングを合わせ、叩きつけるように、彼と同時に声を発する。

「『めくるめく美の世界をとくとご堪能あれ！』」

私の声と、マイクを通した音声がユニゾンみたいに重なる。

私は顔の前に拳を突き出すと、手のひらを上にして握ったそれを勢いよくパッと開いてみせた。「バン！」と私が叫んだ途端、客席でバンとはじけるような大きな音が響く。誰かの持っていた風船が割れたのだ。観客の間から驚きの声が上がる。

──私はそこで言葉を止め、真顔で二人を見つめた。

千佳と愛美はぽかんと口を開け、何が起こっているのか理解できないという面持ちで私を凝視したまま、固まっている。大きく見開かれたその目には、まるで化け物でも見るような驚愕の色が浮かんでいた。愛美の手から紙コップが滑り落ちる。残っていた中身が床にこぼれ、彼女の足に飛沫が跳ねたが、それすら意識の外にあるようだった。

千佳が、呆然とした表情で呟いた。

「なに、今の……」

そのまま、言葉が出てこない様子でまじまじと私を見る。私は乾いた唇を舐めた。私自身、まだ心臓がどきどきしている。――これは、拓未を救うための賭けだ。

二人の視線が痛かった。立ち尽くす彼女たちに向かい、私は張りつめた声で云った。

「――お願い。力を貸して欲しいの」

壇上で進行係が何か喋っている。しかし私の耳には届かなかった。それは、立ち尽くす千佳も愛美も同様らしかった。

と、ステージから賑やかな音楽が流れ出した。蝶ネクタイをした二人の男子が壇上で漫才めいた駆け合いをし、和やかに会場の笑いを取っている。ファッションショーの準備が調うまでの前説《まえせつ》という形らしい。

あれ、と私はその光景に小さな違和感を覚えた。

……本来の時間で、こんな演出はあったろうか？

そのとき「菜月」とこわばった声で呼ばれた。千佳だ。

千佳は、やや青ざめた表情で私を見た。下唇を噛み、なおもためらうような素振りをした後で、彼女がぽつりと口にする。

「……話を、聞かせて」

◇

私たちは取り急ぎ、南校舎の一階にある生徒指導室に移動した。

さすがに人目のある場所で、こんな話はできない。室内に他に誰もいないことを確認してから鍵を掛けた。

それから意を決し、二人に大まかな事情を説明する。私が体験した時間の繰り返しのこと。文化祭の今日、またそれが起こり、ターンごとに大変な出来事が起きてしまうこと。なんとか阻止しようとしたけれど、なぜかどうやっても叶わないこと。

喋りながら、実際に経験したはずの自分でさえ信じ難いような突拍子もない話だと、あらためて冷や汗が出た。仮に自分がいきなりこんな話を誰かに聞かされたら、からかわれていると思って間違いなく一笑に付したことだろう。

千佳と愛美はまばたきもせず、無言で私の話を聞いていた。質問したり、横槍を入れたりすることもせず、時折困惑したふうに互いに目を見交わしている。

一通りの経緯を話し終わっても、二人はまだ黙ったままだった。もどかしい思いで口にする。

「このままじゃきっとまた事件が起こる。なんとかして、それを止めなきゃ。だけどもう、どうしていいかわからないの」

もういくらも時間がない。胸に焦りが込み上げる。

「信じられないかもしれないけど、本当のことなの。天野君を助けたいの」

私は必死に訴えた。二人は身動きしないまま、こちらを見ている。

やはり、こんなやり方は無理だったのだろうか。第三者に助けを求めるなんて、バカげた行為だったのかもしれない。

泣き出しそうになるのをこらえながら、懸命に言葉を続けた。

「違う大学に進学することを怒ってるの、わかってる。こんなこと頼める義理じゃないって。だけど——」

そう口にした瞬間、千佳が目を見開いた。その眼差しに、一瞬、息を呑むほど強い感情がよぎる。

「——こっの、バカ!」

千佳の口から、鋭い怒声が発せられた。私は驚いて千佳の顔を見た。千佳が火のような目で私を睨みつけ、大声で怒鳴る。

「あたしらはねえ、あんたが別の大学に行くから怒ってんじゃないわよ! あんたが何も話してくれなかったことを怒ってんの!」

睨み据える彼女の目には、怒りと共に、深く傷ついたような色がにじんでいた。隣で愛美が聞こえよがしのため息をつく。

とっさに言葉を失い、悔しげに私を睨む千佳と、ふてくされたような視線を向けてくる愛美を、戸惑って見つめる。

――その瞬間、私はようやく、自分のしたことを理解した。

（私が彼女たちの気分を損ねちゃったってだけ）

自分がいつか口にした台詞を、思い出す。どうせ卒業するまでの間柄？　何かが皆と違ったら途端に壊れる？

……違う。他人を舐めていたのは、私だ。拒絶される前に、拒絶していた。

「ごめ、ん」

喉の辺りが熱くなる。恥ずかしくて、そして情けなかった。居たたまれない気持ちでいっぱいになりながら、私はかすれた声で呟いた。

「ごめんなさ……」

ぽろ、と涙がこぼれた。視界が不鮮明に歪み、鼻の奥がつんとする。私は息を吸い込み、もう一度、彼女たちに詫びた。

「ごめんなさい」

千佳と愛美が顔を見合わせる。しばらくして、千佳がぶっきらぼうな口調で呟いた。

「……云っとくけど、まだ許してないから」

唇を突き出し、不機嫌そうにそう告げる。

「後でネチネチ文句云うし、上原菜月は冷たい性格で天然でひどいヤツだって皆に悪口も云うから。簡単に許したとか勘違いされたら頭くるから」

まくしたてるように千佳は云った。真顔で腕組みし、「けど」と正面から私を見る。

「よくわかんないけど、今は非常事態で困ってて、助けを必要としてる。だから手を貸す。──それだけだからね」

私は目を瞠り、彼女を見た。自分から持ちかけたことなのに、千佳の返答がとっさに信じられなかった。考えるより先に、「千佳」と自然に口が動いていた。

「千佳のそういうところ、好きだ」

「な……っ」

千佳が赤面し、それから慌てた様子でそっぽを向く。

「告《こく》る相手、間違えてますけど!?」

わめく千佳の横で、愛美は考え込むような表情をしたまま、さっきから喋ろうとしない。彼女にとっては到底信じ難い話なのかもしれない。……無理もない。そう思いながらも、胸が鈍く痛んだ。気を取り直すように千佳が咳払いをする。

「──その、今の、菜月の話だけどさあ」

困惑気味に眉を寄せながら、千佳はつっかえつっかえ喋り出した。

「つうか、よくわかんないけど……何をしても事件が起こるって、そう云ったよね。それってさ、ほんとに菜月のせいで起こってるわけ?」

「──え?」

私はふいをつかれて動きを止めた。戸惑いながら、千佳に尋ねる。

「どういう意味?」

感じている違和感を自分でもうまく説明できないのか、千佳は「んー」と唸って思案するように首をかしげた。千佳は元々、論理立てて考えるのがあまり得意なタイプではない。

しかし、だからこそ、彼女の動物的な直感は時として本質をついていることがあった。

「つまりさ、菜月が何をしても、結局事件は起こっちゃう訳でしょ？　だったらそれって、菜月の行動が原因じゃないんじゃないの？」

さらりと云われ、言葉を失う。千佳の発言が、とっさに理解できなかった。

あっけに取られて千佳を見る。

「私の行動が原因じゃ、ない……？」

動悸が速くなっていく。それが何を意味するのかはっきり理解すると同時に、悪寒《おかん》が走った。

「まさ、か……」

私の口からかすれた呟きが漏れる。頭に浮かんだのは、恐ろしい可能性だった。

すぐには信じ難かった。けれど、そう考えれば、この事態の説明がつく気がした。まさか。

もしかして。

「私以外にも、い、い、い、い、リプレイヤーがいる――？」

私と同じように、時間を遡行《そこう》している人間がいる。同じ時間を繰り返して、その度に、違う行動を取っている人間が。

……これまで私がどんな行動を取っても、拓未の死は防げなかった。ならば原因は私の行動そのものではなく、別にあるのではないか。それは千佳らしい、シンプルで明快な回答だった。

私以外のリプレイヤー。その人物こそが拓未を殺し、さやかも手にかけた犯人……？

それならば、本来の時間では死ななかったはずの拓未が死に、さらにそれを目撃したさやかも次のターンで殺されるというこの変則的な状況が説明できる。拓未の殺害された場所が途中で変わったのも理解できる。だけど、もし、そうだとしたら。

額に汗がにじんだ。小刻みに足が震え出す。

――これまで私は、自分が関わった人間の中に拓未を死に追いやった犯人がいるに違いないと考え、それを阻止すべく動いてきた。あくまでもリプレイにおける私の行動が原因で、この時間の何かが狂ったのだと信じていたからだ。

しかし、仮に私以外にも同じ時間を繰り返している存在がいるとしたら、その前提条件は根底から覆《くつがえ》ってしまう。

なぜなら、犯人は私と関わりのある人物とは限らない。今この時間に学校にいる、全ての人間が容疑者になりうるのだ。

そのとんでもない事実に行きついた瞬間、眩暈を覚えた。

夕日に染まる窓の外で、生徒たちは賑やかに文化祭を楽しんでいる。呆然とする思いで彼らを見つめ、息を呑んだ。この大勢の中の誰かが、拓未を殺した犯人――。

「ちょっと、大丈夫？」

ショックのあまりふらつく私に、千佳が驚いたように声をかける。頭の中が真っ白になった。

この絶望的な状況を、どうして平静に受け止めることなどできるだろう？

泣きそうな思いで二人を見る。

「どうしよう——千佳、愛美」

もし、犯人が私と同様にこの時間を繰り返すことのできる人物だとしたら、これから起こる出来事はまた大きく変わってしまうかもしれない。私にアドバンテージは、ない。

自分の置かれた最悪な状況に、あらためて目の前が暗くなった。と、千佳の隣でずっと難しい顔をしていた愛美が呟く。

「……でもさ。なんか、おかしくない？」

あからさまに不審げなその声の響きに、顔がこわばるのを感じた。弱っていた心を落胆が貫く。

……やはり、こんな異常な話を信じてという方が無理なのかもしれない。嘘つきだと思われても仕方がない。私の暗い表情を見て、愛美が顔の前で手を振った。

「——じゃなくて。犯人のこと」

「え？」

予想外の言葉に、戸惑った。千佳が片眉を上げる。

「どういう意味よ、愛美」

愛美は人差し指をこめかみに当て、「だからさあ」と口を開いた。

「菜月と同じ、その……リプレイヤー？　とやらがもし別にいるとして、そんな行動を取ってる理由って、何？」

私は驚いて愛美を見た。千佳が、訝しげな目つきで云う。

「だから——そいつは、天野を殺そうとしてるんでしょ」

「そこよ」

サスペンスドラマの探偵みたいに、愛美は人差し指の先端を千佳に突きつけた。千佳がたじろぐ。

「菜月の話によれば、その時間遡行とやらは、最後のターンで起きたことが〝その時間に起きた出来事〟として決定されるんでしょう？　犯人が何かの理由で天野君を殺したいなら、確定事項になる最後のターンだけ殺せばいいんじゃないの？　毎回毎回天野君を手にかけて、さらには目撃者まで殺す理由ってなんなのよ？」

愛美の言葉に、私は目から鱗《うろこ》が落ちる思いだった。

……拓未の死を目の当たりにしたショックから、それを阻止しなければという気持ちばかりが先立っていたが、云われてみれば、確かに愛美の指摘はもっともだ。困惑しながら「そういえば……変、よね」と頷く。千佳が勢い込んで口を開いた。

「予行演習、とか。犯人は完全犯罪を狙ってて、本番で失敗しないために何度も練習してるのかもよ」

千佳の予想に、愛美が呆れ顔でかぶりを振る。

「自分の犯行を完全に隠蔽しようと目論《もくろ》む人間が、屋上から転落させるだの、喉にハサミを突き立てるだの、そんな目立つ殺し方をする？　犯人は死体を隠そうともしてないのよ？　そもそも、文化祭なんて人が大勢集まる日にわざわざ学校で犯罪を犯すかなあ」

　その口調には、悲愴感よりもむしろゲームか何かの攻略法を話しているような冷静さがあった。彼女たちは屋上から落下した拓未の姿も、喉を刺されたさやかの無残な死体も目にしていないのだから、現実味が乏しいのは当然かもしれない。或いは、クラスメイトのむごたらしい死に方など生々しく想像したくなくて、敢えてそう振る舞っているのかもしれなかった。

「……たとえば、犯人の目的が天野君を殺すことそのものだったら、どう？」

　愛美の台詞に、驚いて彼女の顔を見た。考え込むような表情になり、愛美は続ける。

「天野君が憎くて憎くて仕方ない。彼を苦しめて、存分に死の恐怖を味わわせてやりたい。だから毎回彼を殺す、とか」

「天野君は、人から殺されるほど恨まれる人じゃ……」

　むきになった私を、「わかってる」と愛美が制した。

「でもね、考えたことない？　菜月のそれって、もし本当ならすごいことだよ。だって同じ時間を何度もやり直せるんでしょ？　たとえばさ、ホストクラブ行って豪遊して百万円使っても、次のターンではそのお金は戻ってる訳じゃない？　全校朝礼で皆の前でいきなり全裸になって叫んでも、ターンが終わればその事実はなかったことになるのよねえ？」

「そんなの、したことないってば！」

いきなり何を云い出すのだ。思わずがなった私に、愛美がわざとらしく耳を押さえる。

「だからあ、つまりあたしが云いたいのは、そのリプレイっていうのがすごく特殊な時間だってこと。普通に生活してたら絶対に実行しないような行動でも、やり直しが利く、リセットされるんだって思ったら、ついやっちゃうこともあるんじゃないかなって思ったのよ。だって極端な話、気に食わない相手を何度殺しても、確定事項になる最後のターンさえ殺さなければ、その行為は自分以外の誰にも知られないままで、殺人罪に問われることもない訳でしょ？　やり直しの利く時間だからこそ、嫌いな相手を密かに殺して溜飲《りゅういん》を下げる、なんてことがあってもおかしくないと思ったのよ。特殊な状況を利用して、人知れず欲望を満たすとかさ」

そう云って愛美は口の端を吊り上げた。

「菜月にはそういう覚え、全然ないわけ？」

幾分含みのある愛美の台詞に、どきりとした。告白される場面を繰り返し体験することで、拓未の反応を確かめたり、心の準備ができると考えたのを思い出す。自分の狡《ずる》い気持ちを見透かされたようで、微かな羞恥と後ろめたさを覚えた。

千佳が真剣な表情で横から口を挟む。

「ねえ、それってつまり、最終的に天野は殺されないかもしれないってこと？」

その言葉に息を呑んだ。期待を込めて愛美を見ると、「そうだったら、いいんだけど」と彼女が困ったように顔をしかめる。

「でも菜月の話を聞いて考えてたんだけどさ、犯人が天野君を憎んでいて、目的が彼を殺す行為そのものにあるとしたら、毎回高所から転落するって死に方が妙にストレートだって気もするの。なんていうか、不必要に痛めつけたり、相手を苦しめるために殺害するって感じじゃないわよね？　むしろ、天野君が突き落とされる現場を目撃したさやかの方がよっぽどひどい殺され方だったんでしょ。裁ちバサミで刺されるなんてさ」

そう云って、リアルにその光景を思い浮かべてしまったのか、二人が同時に眉をひそめる。

「それに、なかったことになるはずのターンでわざわざ目撃者を殺す必要はないでしょ。やっぱり、犯人の行動は色々と矛盾してる」

「じゃあ、なんなのよ」

焦れたような千佳の問いに、愛美がふっと表情を曇らせる。黙り込んだ愛美をもどかしい思いで見つめた。ややあって、ようやく愛美は口を開いた。

「……可能性として、一つ思いついたことがあるの。でも、もしその予想が当たってたら、かなり厄介かもしれない」

「なに。勿体ぶらないで早く云いなさいよ」

急かすように千佳が尋ねる。愛美は、真剣な顔で私たちに云った。

「その犯人は、もしかしたら、時間の繰り返しにおけるルールを知らないのかも」

「どういうこと？」

驚いて訊き返した。千佳も、ぽかんとした表情を浮かべている。愛美は続けた。

「つまり犯人にとって、これが初めて体験するリプレイなんじゃないかってこと。そう考えたら、衝動的に思える犯行も、行動の辻褄が合わないことも、納得できる気がしない？」

私は言葉を失った。それは、全く思いもよらない指摘だった。

……確かに犯人がこの現象のルールをまるで知らないとすれば、これまで全てのターンで拓未が殺害されたことや、なかったことになるはずのターンで事件を目撃したささやかまでもが命を奪われたことの、説明がつくかもしれない。

音を立てて唾を呑み込む。……もし、そうなら。

「もしそうなら、犯人が〝確定事項〟となる最後のターンだけは天野君を殺さないかもしれない、なんて安直な期待はできないってことよ」

私の思考を読みとったかのように、厳しい口調で愛美は告げた。

「きっと犯人は、いきなり不可解な状況に置かれてパニック状態に陥ってるんじゃないかと思うの。自棄になって暴走しているとしたら、むしろ危険よ。何をするかわからないわ」

千佳が愕然としたように目を瞠る。

愛美の言葉に、私は胸を貫かれるような痛みを覚えた。初めてリプレイを体験したときのことを思い出すだけで辛くなる私には、その気持ちが少しは理解できる気がした。

自分の見ていた世界が突然大きく姿を変えた、恐怖の時間。

周囲の全てから自分だけが隔絶されたようなあの恐ろしい感覚は、体験した人間でなければ絶対にわからないだろう。

でも、だからといって、目の前で殺人が行われるのを黙って見ている訳にはいかない。なんとしても助けなければ。私は唇を噛んだ。

「……どうすればいいの？」

呟いた途端、無性に息が苦しくなる。

「どうやって犯人を見つけたらいいの。いま学校にいる全員に、犯人の可能性があるってことでしょう？　そんなの、見つけられるはずない」

限られた時間内に、そんなにも多くの人間の中から犯人を特定するなんて、不可能だ。まして犯人が時間の繰り返しにおけるルールを知らず、その犯行に一貫性がないとしたら、先の行動を読むことも難しい。

涙ぐむ私の横で、千佳が難しい表情になる。すると愛美はきっぱりとした口調で宣言した。

「――あるわよ。犯人を見つける、いたってシンプルな、菜月にしかできない方法がね」

驚いて愛美を見る。いきなり何を云い出すのだろう。

不思議がる私と千佳に向かって、愛美は力強い声で云った。

「単純なことよ」

挑むような眼差しで微笑み、言葉を続ける。

「本来の時間で起こった出来事と、リプレイで起きた出来事を比較してみるの。要するに、菜月の行動以外の変化をたどれば犯人につながるってことでしょ？」

「私以外の、変化……？」

私は困惑して繰り返した。愛美が真顔になり、頷く。

「思い出してみて、菜月。事件の前後に変わったことや、違和感を覚えたことはなかった？　どんな些細な変化でもいいの」

愛美の言葉に、混乱しながら考える。変わったことや、違和感……？

前回までのターンを懸命に思い返す。本来の時間と、リプレイが起こってからの出来事を反芻する。集中しなきゃ、よく考えて。起きたことと、起こらなかったことは何？　私が不審に感じたことは？

二人の真剣な視線を感じながら、細部を思い出そうと試みる。けれど、緊迫した状況に心がかき乱されてうまくいかない。ああ、だめ。落ち着いて。

私は、息を吸い込んだ。

最初から思い出してみよう。リプレイが起きたとき、いつも一番最初に見えたのは体育用具室の天井だった。それから——。

集中しようと焦る私の目に、そのとき、窓の外を移動する数人の男子の姿が映った。

彼らは巨大な緑色の物体を運びながら、講堂の方へと歩いていく。

ふと、看過できない引っかかりのようなものを覚えて、私はその光景を見つめた。頭の片隅で何かが強く明滅する。

ああっ、と突然大声を上げた私を、千佳と愛美が驚いた表情で見る。

「何よ。どうしたのよ」

私はぱくぱくと口を動かした。運ばれていく龍の張りぼてを凝視しながら、とっさに言葉が出てこなかった。衝撃のあまり、上ずった声で呟く。

「龍の、頭……」

唐突にそう口にした私に、千佳と愛美がぎょっとした顔をする。その目に私の精神状態を懸念する不安げな色がよぎるのに気付き、慌てて口を開いた。

「私たちの次のクラスが演目で使う、大道具よ！　ターンの始まりに、いつもあれが窓の外を通っていったの」

リプレイが起こるたびに、毎回小さな窓に現れた龍の頭部。怒ったような大きな目玉が横切っていくのを、私は確かに覚えている。

「――そうよ。【四回目】のターンで、てっきり自分が死んだものと勘違いした理由は、転倒して目が覚めたとき、あれが講堂に運ばれていくのが窓から見えたからだわ」

……あのとき私は、自分が一度死んだかもしれないという事実に打ちのめされ、激しく動揺した。しかし、私が本当に注意を向けるべきだったのはそこではなかった。

肝心なのは、なぜ【四回目】のターンが終わったと思い違いをしたかだったのだ。

状況が理解できず、呆然と呟く。

「……あの龍は、もうとっくに講堂に運び込まれてるはずよ。どうして、今？」

そうだ、少なくとも、本来の時間ではそうだった。

小道具の日傘を捜して欲しいと頼まれ、用具室を確認してから講堂のバックステージに向かった私は、そこでスタッフが「次の演目の龍、会場の外で待機中でっす！」とユーモラスに報告するのを確かに聞いている。その台詞に周りがおかしげにクスクス笑っていたことも、私ははっきりと思い出した。

なのになぜ、彼らは今、また龍の張りぼてを運んでいるのだろう……？

「ああもう、そんなの直接訊いてみればいいじゃない。時間、ないんでしょ？」

千佳がじれったそうにわめいて踵を返した。「ちょっと、千佳」という愛美の慌てた声にも振り向かず、そのまま生徒指導室を飛び出していく。

私はあっけに取られて立ち尽くした。

「まったく、後先考えないで突っ走るんだから」と愛美が大きなため息をつく。

戸惑いながら、恐る恐る、愛美に尋ねた。

「……信じてくれるの？」

私の問いに一瞬黙り込んだ後、愛美は小さく首をかしげた。

「正直、まだ半信半疑ってとこかなー」

困ったように云い、それからぽつりと呟く。

「まあ、でも、ちょっと嬉しかったし」

え、と驚いて彼女を見た。愛美が無造作に髪を掻き上げ、「無自覚か」と苦笑する。

「この学校にいる全員が容疑者。……なのにあんたは、あたしと千佳に迷わず助けを求めた。それってつまり、少なくともあたしたちは犯人じゃないって、無条件に信用してるってことじゃない」

そう云い、愛美はにやっと微笑んでみせた。どう反応すればいいかわからずにいる私に向かって、外を指差す。

「行きましょ。——今度こそ、止めるんでしょ」

◇

校舎の外に出ると、不穏な黄昏の空が広がっていた。周囲を見回しながら歩く私と愛美を、性急な声が呼ぶ。

「こっち、こっちよ」

見ると、講堂の近くで千佳が見知らぬ男子の腕をしっかりと摑んでいる。龍の張りぼてを運搬していたうちの一人を見つけて、さっそく捉まえたらしい。……相変わらずの行動力だ。

千佳に強引に腕を引かれた彼は、まるでならず者に絡まれた時代劇の町娘のごとく悲愴な面持ちをしている。思わず同情しかけるも、非常事態なのを思い出し、慌てて尋ねる。

「ねえ、あの龍の張りぼて、さっき講堂に運んでなかった？　どうして、また運んでたの？」

「え？　——ああ」

私の問いに、ようやく自分が呼び止められた理由を理解したらしい。どうしてそんなことを訊くのだろうという顔をしながらも、男子は安堵した様子で喋り出した。

「確かに講堂に運び込んだよ。でも、一旦戻してくれってスタッフから指示されて、仕方なく元の置き場に持ち帰ったんだ」

思いがけない彼の台詞に、私たちは顔を見合わせた。

「一旦戻してくれって……どうして？」

私の問いに、「どうしてって」と彼が困惑げな顔をする。

「前の出番の被服ショーが、準備中にちょっとトラブルがあって、予定時間より開始が遅れるってアナウンスがあったからだろ。だからうちのクラスの出番も、やむなくずれ込むことになったんだよ」

私は身を硬くした。物云いたげな視線を向けてくる千佳と愛美に、首を振る。

そんなはずはなかった。本来の時間で、私たちのクラスの被服ショーは問題なく行われ、大成功に終わっている。

「トラブルって、何があったの……？」

「さあ、そこまでは。ただ、誰かがいないらしいとかなんとか、バックステージが妙に騒がしかった気はするけど」

私たちの間に、今度こそ緊迫した空気が走った。私はぎこちなく男子に礼を告げた。

「ありがとう。すごく、助かった」

ああ、と不思議そうな面持ちで頷いた彼がその場を去ると同時に、千佳がこちらに向き直る。

「……どういうこと。まさか、うちのクラスの被服ショーに関わってる誰かが犯人てこと？」

「天野君とさやか。殺されたのが二人ともクラスメイトっていうのを考えても、その可能性は高いわね」

愛美は真顔で頷いた。背中に、ぞくっと冷たいものが走る。

——同じクラスに、あの残酷な行為を行った人物がいる。本来の時間とは違う行動を取った、ショーの始まる前に姿を消したその人物こそが、犯人かもしれない。

千佳が勢い込んで云った。

「そいつがいなくなって開始が遅れるってことは、少なくとも裏方スタッフじゃないわよね。ショーの出演者の誰かが、リプレイヤー!?」

「でも、モデルの子には犯行は無理よ」

固まっている私の横で、愛美は首を振った。

「あんな派手な衣装を着て校内をうろついてたら、いくらなんでも目立つはずよ。天野君と一緒にいるのを絶対に目撃されてるはずだわ。犯行前にこっそり着替えようとしても、ショーで使う衣装はどれも脱ぎ着するのに手間がかかるものばかりで、特に婚礼衣装なんか、苦労して二人がかりでようやく着せてたじゃない。覚えてるでしょ?」

友加ができる限り史実に沿ってデザインしたという、凝った衣装の数々を思い出す。確かに、あんな着脱に時間がかかりそうな衣装を素早く一人で着替えて、誰にも気付かれずに出ていくのは難しいだろう。

だとしたら、いなくなってショーの進行が滞《とどこお》る、モデル以外の関係者とは……?

千佳が顔を上げる。

「ここでうだうだ云っててもしょうがないよ。教室に行ってみよう。クラスの子に訊けば、何が起きたのかわかるはずだわ」

「だね」と愛美も即座に頷いた。教室に向かって、夕日の差す廊下を早足で歩きながら、いよいよ緊張が高まってきた。

犯人は同じクラスの人物。それは一体、誰なの――？　息を吸い込み、縮こまりそうな背すじを伸ばす。

もうすぐだ。今度こそ、犯人に辿り着く。

ドアを開けると、教室は出番を終えた出演者や裏方スタッフの生徒たちでざわついていた。小道具を回収したり、結い上げた髪をほどいたりと、おのおの忙しそうだ。

その中に、作業の中心となるはずの友加の姿が見当たらなかった。あちこちで引き止められてでもいるのだろうか。

「あ、上原さん、お疲れー」

ふいに声をかけられ、振り向いた。――さやかだ。道具類を片付けながら、さやかが話しかけてくる。

「さっきは日傘、捜してもらっちゃってごめんね」

私はまじまじとさやかの顔を見つめた。脳裏に、喉から血を流して絶命していた彼女の姿が鮮明に浮かぶ。しかし、目の前の彼女は、なんら変わりない笑みを浮かべていた。

あれはこのターンで起きた出来事ではないと頭ではわかっていても、生きて動いている彼女を目にすると、深い安堵が込み上げてくる。

さやかに歩み寄り、「……よかった」と思わず笑みが漏れた。

「え、何が？」と首をかしげたさやかが、私の後ろにいる千佳と愛美を見て、驚いたような顔をする。喧嘩中のはずの私たちが一緒にいるとは思わなかったらしい。

さやかは、千佳を見てなぜかばつが悪そうに目を伏せた。と、彼女が片付けている備品の中にある物を見つけてぎくりとする。

裁ちバサミだ。被服ショーのスタッフなら誰でも自由に使えるようにと置いてあった、備品の一つらしい。おそらくこれが、【三回目】のターンでさやかの命を奪った凶器だ。

……やはり犯人がうちのクラスの誰かなのでは、という推測は当たっているのかもしれない。

動揺を抑え、意を決して、さやかに尋ねた。

「ねえ——どうして、被服ショーが始まるのが遅れたの？」

私の問いに、さやかが意外そうに目を瞠る。

「どうしてって……え、もしかして上原さん、うちのクラスの本番、観てなかったとか？」

困惑した表情で訊き返され、「ごめんなさい。ちょっと、その、急ぎの大事な用があって」と私はしどろもどろに弁明した。あらためて、尋ねる。

「それで、どうして……？」

さやかは一瞬口ごもり、視線をさ迷わせた。それから不機嫌そうに目を細めて呟く。

「委員長よ」

「——え？」

私はとっさに問い返した。さやかが軽く唇を尖らせて云う。

「オープニングでスピーチするはずの委員長が、時間になってもバックステージに戻ってこなかったからよ。それが、開始を遅らせてもらった直接の理由。モデルとかナレーター役は一応、代役も決めてあったんだけどさあ、さすがに委員長がいないときのことまでは想定してなかったのよね」

「委員長が……？」

先程の、講堂での光景がよみがえる。

——そうだ。千佳たちに向かってこれから起きる出来事を口にしてみせた直後、蝶ネクタイをした男子二人が、壇上で漫才めいた駆け合いを始めた。

しかし本来の時間では、葉子が準備期間のエピソードなどを客席に向かって語り、彼女の合図で照明が暗転してショーが始まるという流れだったはずだ。

そういえば文化祭の前日、講堂に最終リハーサルに向かうとき、葉子は私に思わせぶりな台詞を囁いた。

(——私ね、実は天野君の秘密、知ってるんだ)

(私だけが知ってる秘密。彼、あんな爽やかそうな顔して、実はね——)

鼓動が大きく跳ね上がった。喉から血を流したさやかの死体が思い浮かぶ。その近くに立ち尽くし、食い入るように死体を見つめていた葉子。……まさか。

「ちょっと菜月、大丈夫？」

私がよほどショックを受けた顔をしていたのか、千佳が会話に割り込んできた。さやかが戸惑った様子で、「ちょ……っ、何よ、わたし、何もしてないからね？」と千佳を睨む。

愛美がすかさず「わかってる」とさやかの肩を軽く叩き、さりげなく会話を打ち切った。そのまま私と千佳を教室の隅に移動させ、真剣な顔で尋ねてくる。

「何か、思い出したのね？」

愛美の問いに、緊張しながら頷いた。声をひそめて二人に告げる。

「委員長、文化祭の前日に変なことを云ってたの。自分は、誰も知らない天野君の秘密を知ってる、って」

「天野の秘密……？」

「何よ、それ」

二人が同時に反応する。私は「わからない」とかぶりを振った。ためらった後、やむなく続ける。

「――関係ないかもしれないけど、魚住さんが殺されたとき、委員長がすぐ近くにいたの」

二人は表情をこわばらせた。信じられないというふうに、愛美が呟く。

「まさか……委員長が犯人ってこと？」

直後、千佳がよく通る声で怒鳴った。

「誰か、委員長がどこにいるか知らない？」

千佳の声に、周囲の生徒が驚いたように注目する。ちょうど教室に戻ってきたところらしい女子が、ドアの所から教えてくれた。

「委員長なら、ついさっき、二階の特別活動室のとこで見たわよ」

ありがとう、と告げて教室を出る。廊下を駆けていく私たちを、クラスメイトがあっけに取られた様子で眺めていた。

走りながら校舎の時計を見る。午後四時五十分。まずい、急がなければ。

校内はまだ騒がしく、どこか名残を惜しむような非日常の空気に包まれていた。

人込みの間を抜け、私たちは階段を駆け下りた。周囲に視線を走らせ、二階の廊下で見知った後ろ姿を発見する。——葉子だ。

慌てて、「委員長！」と呼んだ。葉子が驚いた顔で振り返り、息を切らして駆け寄ってきた私たちを見て、戸惑った様子で尋ねた。

「どうしたの？　そんな顔して」

何事かというように、私たちを見つめる。私は、緊張しながら葉子の顔を凝視した。

……本当に、彼女がクラスメイトを手にかけた犯人なのだろうか？　これから拓未を殺すつもりなのか？　そして——私と同じ、リプレイヤーなのか？

張り詰めた空気が流れた。葉子が訝るような眼差しを向けてくる。

私は息を吸い込み、口を開いた。

「訊きたいことが、あるの」

真剣な表情の私に、葉子が首を傾ける。

「何かしら」

私はまっすぐに葉子の顔を見つめたまま、思いきって尋ねた。

「――委員長にとって、これは、何回目？」

え、と葉子が困惑の表情を浮かべて私を見る。

「どういう意味……？」

私の心臓が、早鐘のように鳴っていた。葉子の態度が、本当に訝っているのか、それともとぼけたふりをしているのか判断がつかなかった。

まどろっこしい駆け引きをしている場合じゃない。焦る思いに駆られ、ストレートに問いを投げてみる。

「委員長……前に、天野君の秘密を知ってるって云ったわよね？　その秘密って、何？　委員長と天野君の間には、他人の知らない何かがあるの？」

私の質問に、葉子が目を瞠った。唖然とした表情で私たちを見つめる。私たちは息を詰めて彼女の答えを待った。すぐに口を開く様子のない葉子に、千佳と愛美がじれったそうに詰め寄る。

「どうなのよ、委員長」

「天野の秘密ってなんのこと？　お願い、教えて」

葉子はゆっくりとまばたきをした。訳がわからないという顔をしながら、困惑げに声を発する。

「……席替えのくじ引きよ」

「——は？」

千佳がすっとんきょうな声を上げた。予想外の台詞に、動きを止める。

「委員長……今、なんて？」

私は混乱して訊き返した。才女らしく、すぐさま落ち着きを取り戻した葉子が、いつも通りの口調で答える。

「だから、席順を決めるくじ引きよ。実は、上原さんの隣の席を引いたのは私だったんだけど、内緒で取り替えて欲しいって天野君に頼み込まれたの。彼、見かけによらず情熱的なところあるのよねって、そう云おうとしたのよ」

葉子が悪戯っぽい眼差しで呟き、クスッと含み笑いをする。

「あーあ、云っちゃった。でも、彼もそろそろ伝えるつもりだと思うから、まあいいかな」

私は言葉を失い、立ち尽くした。どういうことだろう。葉子は、リプレイヤーではないのか？

ふいに、窓の外から派手な歓声が上がった。反射的に視線を向ける。

風船が揺れながら、幾つも夕空を飛んでいくのが見えた。文化祭が終了する五分前になったので、正門のアーチから外した風船を空に飛ばしているのだ。

——それを目にした瞬間、ある記憶がよみがえった。

【三回目】のターンで拓未が屋上から転落する、直前。閉じこめられた暗室から出て、急いで屋上へ向かう途中で時間を確認したとき、時計は四時五十五分を指していた。

さやかの死体の側で立ちすくんでいた葉子。そのとき動揺した彼女が、手に持っていた物を床に落としたことを思い出す。

落とした物の中には、微笑む葉子が大きなクマのぬいぐるみと並んだ写真があった。飛んでいく色とりどりの風船が背景の窓に写る、ファンタスティックな印象の写真。

……そうだ。窓の外に風船が飛んでいたということは、あれは四時五十五分に撮影されたものに違いない。

のほほんとした表情を浮かべたあのクマに、見覚えがあった。『写真部・展示販売会』で、来場者と一緒に撮影して写真をプレゼントしていると一真が話していたぬいぐるみだ。

【三回目】のターンで、拓未を捜し回る私の姿を見つけた一真は、何かトラブルがあったのではと心配して駆けつけてくれた。その際、学校に持ってきたカメラを自分のロッカーにしまってきたと云っていた。それならあの写真は他の誰かではなく、私と別れた後で写真部の展示室に戻った一真が撮影したものと考えるのが自然だ。

拓未が屋上から落下したまさにその時間、二階の特別活動室にいた彼らに、拓未を突き落とせるはずがない。

――つまり、一真と葉子は、拓未を殺した犯人ではないということになる。

大変だ。私はよろめきそうになりながら、かすれた声で尋ねた。

「委員長——どうして、被服ショーが始まるとき、講堂にいなかったの？」

私の問いに、葉子が微かに表情を曇らせる。それから、云いにくそうに口を開いた。

「本番前に急にいなくなった氷室さんを、捜してたのよ」

千佳たちが息を詰める気配がした。愕然として、葉子を見る。

「氷室さんを——？」

葉子は、深刻な面持ちで頷いた。

「ええ、そう。氷室さんが戻ってこなかったから、急遽代役で野田《のだ》さんが出たの。何かあったんじゃないかって心配で、ショーが始まる直前まで校内を捜してたんだけど、結局見つからなくて。外履きはあったから、学校にはいるはずなんだけど」

困ったように眉間にしわを寄せ、葉子が囁く。

「氷室さんてちょっと摑みどころがないっていうか、周りから少し浮いちゃってる空気、あるでしょ。私たちもつい、よそよそしく接してたところがあるし。そういう雰囲気、あまりよくないなって感じてたの。実を云うと、これを機に彼女が少しでもクラスの人と打ち解けてくれればいいなって思ってた。だって、最後の文化祭だから」

声をひそめて云いながら、葉子はため息をついた。

「……それにしても、どうしていきなりいなくなったのかしら。無事に盛況で終わったからよかったけど、素人の舞台なんてバカバカしくてやってられないってサボったんじゃないか、って云い出す子たちもいて、なだめるのに苦労したわ。氷室さんがメインモデルで出演するって話したら、写真部の友達もすごく楽しみにしてたの。被服ショーの写真を撮りに来てくれるって云ってたから、一言、謝っておこうと思って」

葉子の話を聞きながら、私は頭の中で疑問が次々と氷解するのを感じた。本来の時間では現れなかったはずの葉子が写真部の展示室を訪れた理由は、それだったのか。

察するに、落ち込む葉子を一真が優等生らしく慰めてあの写真を撮り、プレゼントしたのに違いなかった。

先程教室で、さやかが千佳を見て、不機嫌そうに目を逸らしたのを思い出す。

(オープニングでスピーチするはずの委員長が、時間になってもバックステージに戻ってこなかったからよ。それが、開始を遅らせてもらった直接の理由。モデルとかナレーター役は一応、代役も決めてあったんだけどさあ、さすがに委員長がいないときのことまでは想定してなかったのよね)

さやかは何かにつけて、仲の悪い千佳に反発していた。

理奈をメインモデルに、と推薦する意見が出たときもそうだ。反対意見を述べた千佳に対し、その後もあてつけるように「やっぱり氷室さんにお願いして正解だったよね」などと嫌みを口にしていた。

その理奈が本番直前に姿を消したとあっては、それ見たことかと千佳に非難されるのではと思い、敢えて理奈への言及を避けた云い方をしたに違いない。

私は、喉を刺されたさやかの死体を目にしたとき、血のにおいに混じって嗅いだことのあるような甘い香りが微かにしたことを思い出した。ようやく、あれが何の香りだったのかに思い至る。

バロック期の貴族女性の装いをした理奈が、手袋をはめた手でゆっくりと仮面を外してみせる、ショーの中の一シーン。

（これ、なんかいい匂いしない？）

小道具の手袋を手に取り、そう云った私に友加が答えた。十六世紀のフランスでは、革手袋の匂いがきついために、香料を染み込ませることが流行したと。

（小道具もなるべく忠実に再現したいと思って香水をつけてみたの）

――あれは手袋を身に付けた理奈に移った、香水の残り香だったのだ。

さらにある光景が浮かぶ。本来の時間で写真部の展示室に行った際、一真の撮影したアルバムの写真の中に、理奈を盗み撮りしたものがあった。歪んだものや、欠落したものを眺めるのが好きな一真。屈折したものを愛する一真。私は、無意識に息を詰めた。

……一真が興味を惹かれた彼女の歪みとは、どんなものだったのだろう。

私の中で、ばらばらだったパズルのピースがつながっていく。そこに一つの図を浮かび上がらせる。

と、愛美が口を開いた。

「でも、さっきも云ったけど、あんな恰好で校内をうろついてたら絶対に目立つはずでしょ。おかしいわよ。一人で脱ぎ着できないような衣装を身に付けてるモデル役の子に、そんなことをするのは無理だわ」

愛美の言葉に首をかしげながら、葉子が遠慮がちに口を挟む。

「……よくわからないけど、衣装のことを云ってるのなら、問題ないわよ」

ふいをつかれて葉子を見た。葉子が苦笑しながら説明する。

「マジックテープで簡単に着脱できるようにしたのよ。ほら、モデルへの負担が大きいと大変だし、当日、他に部活の企画と掛け持ちしてる子も多いでしょ？　さすがに手が回らないんじゃないかってことで、デザインを修正してもらったの。まあ、友加は最後まで嫌がってたけどねー。マジックテープで止めると生地がそこだけ不恰好に浮いちゃってドレスのラインが美しく見えないとか、世界観が台無しだとかなんとか」

私は驚いて目を瞠った。文化祭前日のリハーサルで、友加がステージを歩く理奈の背中を睨むように凝視していたのを思い出す。

冗談じゃないわよ、と苛立たしげに呟いていた友加。てっきり、理奈がモデルを務めるのが嫌なのかと思っていた。――そうではなく、マジックテープを付けたことが気に入らなくて、せっかくの衣装が損なわれたと不機嫌だったのか。

私は慌てて「氷室さんがどこにいるか知らない？　それから、天野君も」と葉子に尋ねた。

葉子が小さくかぶりを振る。

「ごめんなさい、見てないわ。天野君がどうかしたの？」

「……ううん、ありがとう」

忙しそうに歩き去る葉子の背中を見送った。いつのまにか、口の中がからからに乾いている。

——氷室理奈。彼女が拓未とさやかを殺した、犯人……？

その事実を突きつけられてもなお、どう反応していいのかよくわからなかった。私の中で彼女と拓未が、そしてあんな恐ろしい行為が、実感として結びつかないせいかもしれない。

本心を云えば、まだ信じられなかった。……理奈が、私と同じかもしれないという事実を。

呆然とする私の側で、千佳がぼそりと呟いた。

「——菜月とあの子ってさあ、たまに、ちょっと似てるなって思うときあるよ」

唐突な台詞に、「え」と千佳を見る。愛美も驚いたようにまばたきをした。

千佳は、自分でも何を云いたいのかはっきりしないというように軽く頭を振り、不愉快そうな顔つきで云った。

「だから、顔とかそういうのじゃなくて……雰囲気？　嫌いなヤツが自分の親友と似てるとか、なんか腹立たしいじゃない。いま思うと、それがむかついたっていうのもあって氷室さんに絡んでた部分、ある気がするんだよね」

私は意表をつかれて固まった。私と理奈が、似ている……？

千佳が教室で私と間違え、理奈を呼び止めたことがあるのを思い出す。まるで論理的ではないが、実感のこもった千佳のその呟きは、妙な真実味を持って私の耳に届いた。

心臓が激しく鳴り出す。拓未と理奈は、今どこにいるのだろう。二人は一緒にいるのだろうか？

取り返しのつかない事態が起こる前に、早く彼らを見つけなければ。

動揺していると、「菜月」と千佳が鋭い口調で云う。

「もう時間がないよ、別々に捜そう。うちらは天野を捜すから、菜月は氷室さんを追うことに集中して」

とっさに逡巡した。私の不安とためらいを見抜くように、愛美が口にする。

「大丈夫。天野君は、あたしたちが絶対に見つけるわ」

バレーボールの試合で重要な局面に立つたびにこのような表情を浮かべてきたのだろうと思わせる、挑むような眼差しで愛美は続けた。

「氷室さんが本当にそんな時間の繰り返しの中にいるのなら、彼女を止められるのはたぶん、菜月だけなの」

私は言葉を失った。本当にその方法が正しいのか、私はそれをやり遂げられるのか？

ふいに何もかもが恐ろしくなり、足がすくむ。……怖い。このターンに、やり直しはもう利かない。

動けないでいる私を、千佳が見据えた。突然つかつかと歩み寄り、私の眼前に指を突きつける。戸惑う私に向かって、きっぱりと云い放った。

「舐めんな」

驚いて、千佳を見た。舐めるな、という言葉が彼女たちを指すのか、私自身か、或いはその両方なのかわからなかった。けれど、毅然としたその声には、有無を云わせない強い響きがあった。

私は唇を嚙み、それから深く息を吸い込んだ。彼女たちの言葉に、大きく頷く。

「――わかった。天野君を、お願い」

そう伝えると同時に、私は動き出した。焦りで胸が押し潰されそうになるのをこらえ、走る。

理奈を見つけなくては。今度こそ、必ず悲劇を止めてみせる。

壁時計に素早く視線を走らせる。午後四時五十七分。……もう、時間がない。

私は理奈を捜して校内を移動した。人混みの中に彼女と拓未がいないか、祈るような思いで視線を巡らせる。しかし、どこにも見つからない。

肩が大きく上下した。理奈はどこに行ったのだろう。今度は何をするつもりなのだろう？

私のしていることは、もう手遅れなのか。

正面玄関に向かい、理奈の下駄箱を確認してみた。葉子の云っていた通り、外履きはまだそこにある。彼女は校内にいるはずだ。

早く見つけなければ、拓未が殺される。私は息を乱しながら、校舎の中を懸命に捜し回った。

そのときだった。廊下を歩く生徒たちの中に、見覚えのある後ろ姿を見つけた。少年めいた短い髪に、アンバランスなほど華奢な手足。

どくん、と大きく鼓動が跳ね上がる。間違いない。

――理奈だ。

大勢の人の中にいても、その後ろ姿が彼女だと、すぐにわかった。そこだけ空間が切り取られたみたいに見えた。講堂で、舞台に立ったときみたいに。

彼女を捜し求めていたはずなのに、その姿を目にした途端、なぜか足が動かなかった。緊張か、恐怖心からか、喉を塞がれたみたいに声が出てこない。

だめ、怖気づいてる場合じゃない。自身を叱咤するように、強く手のひらを握り込んだ。ざわめきの中、思いきって彼女を呼ぶ。

「氷室さん！」

賑わう廊下で、理奈が足を止める。固唾を呑んで見つめていると、ほんの一瞬、肩越しに理奈がこちらを振り返った気がした。しかしすぐに前を向き、再び早足で行ってしまう。

「待って」

私は慌てて声を放った。私の声が聞こえているのかいないのか、理奈は立ち止まることなく人込みの中を進んでいく。このまま逃げられる訳にはいかない。彼女を止めなければ。

息を切らし、彼女の後を追った。あと少しで追いつくかと思われたとき、突然、理奈が廊下の突き当たりの階段を駆け上がった。ふいをつかれ、一瞬遅れて、私も階段を上る。さっきから動き回っているせいで疲労し、全身が軋むようだった。

階段の踊り場を曲がろうとしたそのとき、いきなり足がもつれた。きゃっ、と口から悲鳴が上がると同時に、私は勢いよく踊り場に転倒した。

硬い床に膝をまともに打ちつけ、痺れるような熱と衝撃が走る。転んだ拍子に両膝を派手に擦りむいたらしく、ひりひりとした痛みが広がっていく。痛い。足が、信じられないほど重い。

呻き、それでも痛みに耐えてなんとか立ち上がろうとしたけれど、足が云うことを聞かずつんのめった。不様《ぶざま》に、床に手のひらをつく。

焦りながら顔を上げると、階段の向こうに遠ざかる理奈の後ろ姿が見えた。

喧騒の中、消えていくその背中を呆然と見つめる。懇願するように、口からかすれた呟きが漏れた。だめ、お願い、行かないで。

「待って——」

呼ぶも空しく、理奈の姿を完全に見失ってしまう。その場に膝をついたまま、動けなかった。周囲のざわめきがすうっと遠のいていく。冷たい汗が伝う。

……もう、時間がない。

唐突に、目の前が暗くなった。喉の奥が熱くなり、嗚咽のように吐息が震える。必死に保っていた何かが、ついに形を失い、無残に崩れ落ちていく。それを自覚した途端、涙があふれた。

——なんで、なんで私はこうなんだ。

悔しくて悲しくて息ができなかった。先の展開を知っていながら、何もできなかった自分が憎い。

間に合わない、何度繰り返しても助けられない。私は結局、何も変えられなかった。

唇の隙間から、弱々しい呻き声が漏れた。無力感に打ちのめされる。

だめだ、時間はもうやり直せない。どうせもう、無理だ。どれだけ必死にあがいたって、どうせ今さら結果を変えることなんかできない。私に取るべき手段は残されていない。どうせ、きっと——。

……その瞬間だった。

脳裏に、祖母の顔が鮮明に浮かんだ。それから、拓未の顔が。

私は動きを止め、かすれた息を吐き出した。突然思い出されたのは、祖母が亡くなる少し前の出来事だった。

すみれ色の、傘を見た。雨降りの寒い日、小学校から足早に帰る途中で、風邪気味のはずの祖母が傘を差して歩道を歩いていた。「お祖母ちゃん、どうしたの？」と駆け寄った私に、喉が痛いからのど飴を買いに行ってきたのだと祖母が笑った。買ってきてって、家族に頼めばいいのに、父と母に遠慮して云えなかったから。

母が包丁の角で、風邪薬を砕くのを見た。まな板の上で白い錠剤を細かく刻んで、祖母の夕食に内緒でそれを入れていた。数日前から体調を崩している様子の祖母を心配して、でも、素直に「大丈夫？」って訊けなかったから。

お互いを嫌ってなんかいないのに、気にかけてるのに、意地を張ってすれ違った。幼い私はそれを見ていた。見ていたのに、何もできなかった。しなかった。

——なんて楽な生き方だ。

自分の中の深い場所から、激しい感情が込み上げる。

奥歯を噛み締めたそのとき、頭上のスピーカーから軋むようなノイズが聞こえた。続いて、大音量のアナウンスが校内に流れる。

『緊急連絡です』

わあんとひときわ大きく響いた音声に、私はふいをつかれて顔を上げた。

私だけではない。ざわついていた生徒たちも動きを止め、設置されたスピーカーを見上げている。明るいざわめきの中で、そのアナウンスは明らかな違和感を伴って私たちの耳に届いた。

……何？

思いがけない事態にうろたえる。こんな出来事は、本来の時間でも、リプレイのこれまでのターンでも起こらなかったはずだ。

心臓が激しく脈を打つ。知らない。こんな展開を、私は知らない。これは一体なんなのだろう？

混乱しながら耳をすませていると、思いがけないアナウンスが降ってきた。

『――三年二組、天野拓未君。大至急、二階の放送室までお越しください』

目を見開いた。驚きのあまり、頭が真っ白になる。

聞き覚えのある男子の声が、マイクを通して再び同じ内容を呼びかけた。熱のこもった真剣なその声は、今やはっきりと、敷地内にいる多くの人々の注意を引き付けていた。

『繰り返します。三年二組、天野拓未君。大至急、二階の放送室までお越しください。また、校内で天野君を見かけた方は、お手数ですが放送部までご連絡ください』

私は、呆然とスピーカーを仰いだ。拓未の所在について情報を求める呼びかけは、なおも熱心に続いている。

何が起きているのだろうと不思議に思い、直後にハッとした。

いつかの放課後、愛美が廊下を歩く男子に向かって、「おーい、あなたの恩人がここにいますよー」と冗談めかして声をかけていた光景がよみがえる。

この借りは、卒業までに必ず返す、目を潤ませて愛美にそう語ったという村田祐次。生徒の私的な放送を許さない、放送室の番人。

——愛美はとびきりのタイミングで、彼に借りを返してもらったのだ。

あっけに取られ、すぐには動けなかった。私が巻き込んだのは厄介で小賢しくて、そして何より、この荒唐無《こうとうむ》稽《けい》な話を信じてくれた頼もしい友人たちだったという事実を思い出す。

私は唇の端を上げた。

拳を握り込み、そのまま床に叩きつける。ぐぐっと力を込めて地面を押し、身を起こした。

顔を上げ、まっすぐ前方を見据える。

「どうせ、って」

自らに云い聞かせるように、口の中で呟いた。

「自分で口にした時点で、終わっちゃう——」

乱れる息を吐き、どうにか立ち上がると、再び階段を上り出した。

足が熱を持ったように痛み、喉の奥で血の味がした。はあはあと息が上がって、ひどく苦しい。それでも立ち止まることなく、理奈を追う。胸の内で叫ぶ。

諦めない。何度悲劇を突きつけられてもこの足を止めない。私は、残酷な結末を変えてみせる。

荒い呼吸を繰り返しながら走り続け、ようやく屋上への扉の前まで辿り着いた。扉を開けて屋上に出た瞬間、目を瞠る。――いた。理奈だ！

ついに見つけた。

理奈は柵に手をかけ、こちらに背を向けて立っていた。ひんやりとした秋風が吹き、スカートの裾が揺れている。

その後ろ姿は、いつかの昼休みにここで会ったときと同じだった。あのとき、触れられそうになり、とっさに彼女の手を拒んでしまったことを思い出す。

千佳たちと喧嘩して一人きりで昼食をとっていた私に、「そういうものだから」と理奈は云った。人の気持ちは変わると。そういう仕組みの生き物なのだと。

私は周囲を見回した。屋上には、理奈の他に人の姿はない。

……拓未は一緒ではないのだろうか。彼は、無事なのか？　急速に不安が込み上げてくる。

意を決して、「氷室さん」と声をかけた。理奈が柵に手をかけたまま、ゆっくりと私の方を振り返る。こちらを見つめる透明な眼差しに、思わず息を止めた。

ひときわ強い風が吹き抜け、私たちの髪をなぶる。

そのとき、下からわあっと騒ぐ声がした。顔から血の気が引いていく。まさか、遅かったのか。

屋上の端に駆け寄り、柵に飛びつくようにして下をのぞきこむ。吹き上げる風がスカートの裾を翻した。

怯えながら見下ろすと、そこに拓未の姿はなく、校庭で生徒たちが盛り上がっている。どうやら今のは、東條祭の終了を告げるアナウンスに沸いた歓声や拍手だったらしい。

放心状態で眺める私の制服のポケットで、携帯電話が鳴った。反射的にビクッとし、急いで取り出す。——千佳からだ。

理奈の様子を窺いながら、もどかしい思いで通話状態にした。と、電話の向こうから、いきなり千佳の大声が聞こえてくる。

『天野、見つかったよおー!』

私は弾かれたように顔を上げた。とっさに言葉の意味が理解できず、それから、信じられない思いで目を瞠る。

拓未が、見つかった——?

「本当、に……?」

尋ねた声は、ほとんど言葉にならなかった。まだ大声で何か喋っている千佳に代わって、愛美が告げる。

『放送室に連絡があったの。もうすぐここに来るって。天野君は無事みたいだから、安心して』

それを耳にした途端、視界がにじんだ。安堵のあまり、その場にへたり込みそうになる。ああ、と涙声の混じった吐息が漏れた。

——生きている。拓未は、殺されなかった。私は今度こそ、彼のあんなむごい姿を見ずに済んだのだ。

すぐには言葉が出てこなかった。濡れた頬を拭うことすら、頭になかった。自然と泣き笑いのような表情になりながら、バカみたいに何度も頷く。

ありがとう、とかすれた声が、ようやく私の口から発せられた。ありがとう。

「ほんと、に……ありがとう」

震える声でたどたどしく伝えて、通話を終える。彼女たちは成し遂げた。……次は、私の番だ。

顔を上げ、あらためて、目の前の理奈を見る。

やり直しの利かないこの状況が怖かった。けれど、彼女を止められるのは私しかいない、という愛美の言葉が重く響いた。

黄昏の空の下、理奈は柵を背にして静かに立っている。

犯人はいきなり不可解な状況に置かれてパニック状態に陥っているはずだと、自棄になって何をするかわからないと、愛美はそう云っていた。

しかし、こうして対峙している理奈に興奮した様子は見られなかった。彼女は泣きもわめきもせず、ただ、黙ってそこに立っていた。

……私の中には、少し前から小さな違和感があった。

もし、誰かの身に突然リプレイ現象が起こり、異常な時間の繰り返しを生まれて初めて経験したらどうなるだろう？

常識的に考えるなら、その人物は混乱し、激しく動揺するのではないだろうか。少なくとも、「同じことが何度も起きている。おかしい」などと周りに異変を訴えたり、助けを求めたりするはずだ。幼い頃、私がデパートで騒ぎを起こして、問題のある子供だと認識されたように。

けれど、私の知る限り、リプレイ中にそうした騒ぎは起こらなかった。

リプレイにおける〝私の行動以外の変化〟を見つけ出すようにと愛美に云われたとき、その事実が私の胸に引っかかった。なぜ、騒ぎは起きなかったのか。

——理奈だったから、ではないか。

誰とも親しい関係を持たない、周りから距離を置かれる理奈だったからこそ、彼女の様子がおかしいことに周囲は気付かず、また、彼女自身が助けを求めることもなかったのではないか。騒ぎが起こらなかったというその事実こそが、理奈が犯人であるという推測を裏付ける一つの証拠であるように、私には思えた。

次第に鼓動が速くなる。脳裏に、屋上から転落した拓未の姿がまざまざと浮かんだ。それから、ハサミを突き立てられて絶命したさやかの死体が思い浮かぶ。

しかし、こうして向かい合ってもなお、私はまだ半信半疑だった。あの残酷な光景と、目の前で佇む理奈は全く結び付かない。

……本当に、彼女がクラスメイトにあんな恐ろしいことをしたのだろうか？　そして私と同じ、リプレイヤーなのか？

スピーカーから、〈蛍の光〉の澄んだメロディが流れていた。生徒たちが、模擬店や看板などの片付けに入っている。

橙《だいだい》と群青色の混じり合った空が頭上に広がっていた。夏の間はどこまでも膨れ上がるような存在感を見せつけていた雲が、分離したみたいにぽつぽつと秋の空に浮かび、桃色がかって美しくまだらに染められている。

乾いた唇を舐め、私はぎこちなく口を開いた。

「……今日、この光景を見るのは、実は初めてじゃないわ」

そうだ。本来なら、私はここに拓未と一緒にいるはずだった。ごくりと唾を呑み、彼女に向かって口にする。

「氷室さんも、そうなんでしょう？」

私の言葉に、理奈が身を硬くする気配がした。思いきって、決定的な言葉を告げる。

「──私も。同じ時間を、繰り返してるの」

理奈は微かに目を見開いた。動揺したように、まじまじと私を見つめる。

「嘘じゃないわ」

私は続けた。一瞬ためらってから、低く呟く。

「……あなたがしたことを、知ってる」

その瞬間、理奈がすうっと目をすがめた。それは私の発言の真偽を見定めているようにも、こちらを警戒するふうにも見えた。問い詰める言葉が、とっさに口をついて出る。

「どうして、天野君を殺したの？」

そう口にした途端、自分でも驚くほどの勢いで感情があふれ出してきた。落下の恐怖にあがく拓未。無残に損傷した彼の身体。地面に広がった赤い血溜まり。

吐き出した息が揺れ、感情の昂りを自覚する。——ああ、そうだ。私は、彼女のしたことを、怒っている。

「天野君だけじゃない。魚住さんまで、あんなひどい——」

私が云いかけて声を詰まらせると、黙っていた理奈が唇の端を引いた。

「……そうね」

憂《うれ》いを含んだ表情で微笑を浮かべ、理奈が云う。意外なことに、その声はあくまで平静だった。戸惑う私の前で、理奈は視線を遠くに向けて呟いた。

「——魔法をかけられた女の子がいました」

唐突に、何を云い出すのだろう？　たまりかねて口を開く。

「氷室さん、ふざけないで……」

私の言葉を遮るように、理奈はどこか淡々とした口調で続けた。

「魔法をかけたのは、女の子の母親でした」

理奈の横顔が夕暮れの色に染められる。その姿が、一瞬まるで知らない人みたいに見えた。

「母親は、女の子に云いました。あなたは〝特別〟だと。自分にとって他の何物にも代えがたい、大切で特別な存在なのだと」

彼女の細い肢体が、深い赤に呑み込まれる。そのまま溶け出してしまいそうな錯覚を覚え、息を詰めて彼女を見た。

「──女の子は」

言葉にしがたい、ひどくあやうい空気を纏ったまま理奈が語る。

「その言葉が、とても嬉しかった。なぜなら女の子にとっても、母親は〝特別〟だったからです。離婚して父親がいなくなってから、女の子と母親は二人きり、いつも一緒でした」

話を続ける理奈の目は、悲しむような、いつくしむような色を宿して、ここではないどこかを見つめていた。

「母親は、父親がいないことで女の子が引け目を感じないよう、必死でした。あるとき、母親は気が付きました。女の子が、周囲から人一倍容姿を褒めてもらえるということに。母親は女の子を綺麗に飾り立てることに熱を入れ、歌や演技を習わせたり、芸能事務所に所属させてオーディションを受けさせたりするようになりました。そして、女の子にこう云いました。あなたは〝特別〟だと。他の子と違うからと。それが、女の子を守ってくれるたった一つの呪文みたいに」

理奈の目に、微かな翳《かげ》りがよぎった。冷たい夕暮れの風が前髪を揺らす。

「……いつからか、女の子にとって、母親が囁いてくれる〝特別〟の意味が変わりました。だけど女の子は母親を信じて、云う通りに努力しました。〝特別〟であることが母親を喜ばせ、自分を守ってくれる正しいことだと信じてたから。テレビや雑誌に出た途端、それを妬んだ友達が離れていっても、好奇の目で見られても、嫌がらせを受けても、母親が女の子のことを誇らしげに自慢し、喜んでくれるなら、そんなことは全然平気でした」

理奈はそこで言葉を切った。私は動けないまま、ただ彼女を見つめていた。

ややあって、理奈が再び口を開く。

「――しばらくして、母親は再婚しました」

感情を伴わない声が、彼女の口から発せられた。

「新しい伴侶《はんりよ》を得た母親はもう、女の子に〝特別〟であることを望まなくなりました。その必要がなくなったからです。女の子は魔法をかけられたまま、忘れ去られてしまいました。女の子は知りました。……強い愛情は、呪縛《じゅばく》にもなりうるのだということを」

乾いた声が、淡々と先を続ける。

「女の子は、もう、〝特別〟であり続けるための情熱を持ちませんでした。でも長いあいだ他の子たちと違う存在であろうとし、壁を作り上げてしまった女の子は、元には戻れませんでした。皆と同じではありませんでした」

そこで、理奈がゆっくりと視線を私に向けた。その目を、そっと細める。

「……でもね、もしかしたらって、夢見ちゃったんだ」

普段の口調に戻り、理奈は自嘲めいた声で告げた。

「クラスの人たちが被服ショーのモデルに推薦してくれて、天野君がさりげなく背中を押してくれた。皆で一緒に文化祭に向けて準備して、そういうのが、自分でも意外なくらい楽しかったの。高校生活でいいことなんて何もなかったけど、最後に一つくらい、思い出ができたと思った。普通に、皆の中に、ちょっと交ざれた気がしたの」

そう云って、「……ただの夢だったけどね」と呟く。暗い光を含んだその表情に、どきりとした。

「——何があったの?」

「別に」

私の問いに、理奈がふっと笑う。

「ただ、最終リハーサルが終わった後に偶然聞いちゃっただけ。魚住さんたちが笑いながら喋ってた。私がメインモデルをやることになって、むきになって反対してた西園寺さんが悔しがってるだろうから、いい気味だって。……魚住さん、天野君の肩を持って彼に好かれたかったみたいね。私のことを、こう云ってたわ。『何考えてるかさっぱりわかんないけど、見栄えだけはいいじゃん』て」

「それ、は……」

とっさに口ごもった。さやかが口にしたというその台詞は、確かに心ないものだった。

しかしおそらくさやかにとってはあくまで冗談めかした軽口であり、まさか自分の発言がそんな形で理奈を否定することになるとは思いもしなかっただろう。

千佳に対するあてつけと、拓未への打算。それが理奈のクラス企画への参加を積極的に促した理由の全てではないと思うが、その言葉は、理奈の中の何かを壊すのに十分な引き鉄《がね》となった。

　――そして理奈は、お喋り女の喉を切り裂いた。

　喉に突き立てられて赤く汚れたハサミが思い浮かび、一瞬、固く目をつぶった。喉の奥で、軽い吐き気がする。

「結局、皆と同じつもりになってたのは私だけ。本当は一度だって、その中に入れたことなんてなかったのにね。……わかってたのに、バカみたい」

　自嘲的に唇の端を上げる理奈に、どう云えばいいかわからなかった。

　本来の時間で、鮮やかな色彩を纏う少女たちの中、一人きり黒いドレスを身に付けてステージを歩いた理奈の姿が思い出される。照明を浴びて、静かに理奈の目からこぼれ落ちたひとすじの涙。さすが元芸能人、舞台を観ながら私はそう思った。誰にも頼らない彼女のスタイルを見せつけられたような気がして、軽い嫉妬すら覚えた。

　けれど、あのとき理奈が見せた涙は、本当に演出だったのだろうか？

　会場が拍手と喝采に沸いたあのとき、彼女は一人きりで絶望していたのだろうか。そこにいた誰にも、知られぬままで。

　呆然と佇む私の前で、理奈はすっと表情を消した。

「……ステージに立つ天野君を、見てた」

　宙を見つめながら、抑揚のない声で続ける。

「軽音部のライブで、皆で演奏するのが嬉しくて仕方ないって感じだった。バンドの人たちと、ものすごく楽しそうに笑い合ってた」

私はその光景を思い浮かべた。拓未はきっと会場の熱気を受け、眩い照明を浴びながら活き活きと仲間たちと演奏していたに違いない。

理奈が短く息を吸い、独白するように云った。

「一瞬、あの光の中に行きたいと強く思ったの。だけど、私はどこにも属せない。ああはなれない。私の居場所はたぶん、どこにもない。私、天野君を見てた。軽音部が優勝して、目を輝かせた彼が会場から走り去っていくまで。――それから」

そこで初めて、理奈は不安げに視線をさ迷わせた。唇がきつく引き結ばれる。

「……何が起きたのか、わからなかった。ショーは終わったのに、総合フェスの演目は全て終了したはずなのに、気が付いたら、ざわついたバックステージにいたの。本番頑張ってねって、笑顔でクラスメイトから声をかけられた。ショーは、これから始まるところだったの」

そう告げる理奈の声が、硬くこわばった。

「自分の頭がおかしくなったんじゃないかって、そう思ったわ。だって、そんなことありえない。訳がわからないまま促されて、ステージに出たら、さっきとすべて同じだった。観客の反応も、私の前を歩いてた子がターンの際にヒールで軽く足をふらつかせるところまで、何から何まで全く一緒なの。そんなのって信じられる？　怖くなった。ぞっとしたわ。混乱して、ステージを降りてすぐに衣装を脱ぎ捨てて、逃げ出したの。もしそのままそこにいたら、誰かが『本番頑張ってね』って話しかけてきて、また同じショーが始まるんじゃないかって気がして恐ろしかった。ここから逃げなきゃって、それしか考えられなくて、恐怖で頭がいっぱいだった」

理奈がそこで言葉を止めた。気持ちを整えるように、呼吸する。

「……そしたら、軽音部の出番に向けて準備してた天野君が追いかけてきたの。私が血相を変えて出ていくのを見て驚いたんですって。屋上まで追ってきて、どうしたのかって心配そうに訊いてきたわ。取り乱した私を懸命になだめようとした。私、身をよじって天野君の腕から逃れようとしたの。他意は無かった。ただ怖くて、普通じゃない状況にパニックを起こしてた。『放して！』って叫んで、振り向きざま、とっさに彼を突き飛ばしたの。そうしたら――」

理奈の細い喉が動いた。見えない苦痛に耐えるかのように、顔を歪める。

「天野君が体勢を崩して、ぶつかった勢いでそのまま柵から下に落ちた」

口調は平坦なままだったが、そう告げた理奈の顔は青ざめていた。緊張が伝播したように、私もまた息を呑む。

「すぐに、悲鳴が聞こえた。下は大騒ぎになってた。私は呆然とそれを見てた。……信じられなかった。だって、だってあんなことで人が死ぬなんて。いきなり世界がおかしくなって、私のせいで天野君が死んで、もう何がなんだかわからなかった。私は泣きながらうずくまって、耳を塞いだ。なのに」

理奈が一瞬、息を震わせた。

「――気が付いたら、また薄暗いバックステージに立ってたの」

引きつったその声に、寒気を覚える。

「本番頑張ってねって、周りが前と全く同じに私に声をかけてきたわ。何が起きてるのか、全然理解できなかった。放心状態で立ち尽くしてたら——そこに、天野君が現れたの」

私の顔を見つめながら話す理奈の眼差しが、揺らいだ。半ば無意識のように、胸の辺りを押さえる。

「驚いて、とっさに動けなかった。凍りついたわ。だって、私はこの手で、彼を屋上から突き落としたのよ？　天野君はいつもと変わらない様子で皆と笑い合ってた。ホッとするよりも、ただひたすら怖かった。私は確かに彼を死なせて、手足がありえない方向に曲がって血を流すのを見たのに、なのに天野君は、何事もなかったみたいに笑ってる」

理奈は、不安定にかすれた声で云った。

「吐き気がして、立っていられなかった。どうすればいいかわからなかった。本当に、気が狂いそうだったの。周りの全部がおかしいのに、他の人は誰もそれに気付かない。私が、私一人だけが、めちゃくちゃな世界にいるの」

何かから身を守るように、理奈が自身の両腕を抱く。うつむき、こわばった声で告げた。

「固まったまま、仲間に囲まれて楽しそうに喋る天野君を見てた。……そのうち、だんだん、どうしようもないほど強く何かが込み上げてきたの」

私はハッとした。理奈の目に、暗い絶望がよぎる。

「怖くて、何もかも訳がわからなくて、なのに天野君は明るい顔で仲間と笑ってる。私が望んでも得られないその場所に、当たり前みたいに立ってる。私は取り返しのつかないことをしたはずなのに、彼は傷一つつかないままそこにいるの。苦しかった。彼が妬ましくなった。私の世界はずっとずっとこのままなのか、この悪夢みたいな場所で手の届かないものを見せつけられて、どうすることもできずに羨み続けるのかと思ったら、たまらなかった。——それで、衝動的に思った」

顔を上げた理奈が、震える息を吸い込む。

「だったらいっそ私の手で、目の前から消してやろうって」

私は言葉を失い、目を見開いた。憎悪と愛情の入り混じったような苦しげな眼差しで、理奈は先を続ける。

「前と同じように、何も云わずに飛び出したら、天野君がまた屋上まで私を追ってきたわ。驚いた様子で、具合でも悪いのかって心配して色々話しかけてきた。それも前と同じ。……その先どうすればいいか、私にはもう、わかってた」

理奈が、泣き笑いのような表情を浮かべる。

「——そんなことをされるなんてまるで警戒していない無防備な彼の肩を、振り向きざま、思いきり突き飛ばしたの」

思わず耳を塞ぎかけた。彼女が口にするその生々しい話を、それ以上聞きたくなかった。あくまでも静かな声で、理奈が告げる。

「彼は大きくバランスを崩して、何が起きたのか理解できないって顔で、背中から柵の向こうに落ちていった」

その光景を想像しただけで腕の表面に鳥肌が立つ。――私は、拓未の身体が地面に叩きつけられる音を知っていた。耳に残る、あの嫌な音を。

「天野君は、私の視界から一瞬で消えたわ。あっというまに下が騒がしくなった。私は放心状態で、そこに立ってた。ふと人の気配を感じて顔を上げたら、扉のところに魚住さんがいたの」

そのときの状況を思い起こすように、理奈は目をすがめる。

「魚住さんは、信じられないものを見る目で私を見てた。目が合った途端、得体の知れない化け物に遭遇したみたいに彼女の顔が恐怖に歪んだのが見えたわ。それからものすごい悲鳴を上げて、階段を転がるみたいに走って逃げ出したの」

その瞳に冷ややかな色が宿った。凍りつく私の前で、どこか投げやりにも聞こえる口調で、ぽつりと呟く。

「……煩《うるさ》いな、と思った。目障りだったの」

私はショックを受けながら、理奈を凝視した。やっとの思いで口を開く。

「だから、魚住さんも、殺したの……？」

「そう。それも知ってるのよね。やっぱりあなた、本物なんだ」

理奈が薄く笑った。私の背中を、ぞくっと冷たいものが走る。

「その直後、私はまた、ショーが始まる前のバックステージに戻された。全てが前と同じだった。私もまた同じようにその場を後にしたの。天野君が私を追ってくることも、そしてそれを見た魚住さんが私たちを捜しに来ることも承知の上で。ただ一つ、前と違ったことは、備品の入った箱の中から裁ちバサミを持ち出したこと」

淡々とした理奈の言葉に、嫌な汗が流れてくる。

「彼女の目の前で、私、天野君を突き落としたわ。それから、震える足で必死に逃げようとする彼女を追いかけて、裁ちバサミで」

「やめて——もう、やめて」

とっさに理奈の言葉を遮り、かぶりを振った。目の奥に焼きつくあのひどい光景を、懸命に記憶から追い出そうとする。大きくのけぞった形の、傷つけられた白い喉。首すじを、耳元をいびつに伝って床を汚す赤い色。思い出すだけで息が苦しい。

そんな私を見つめたまま、理奈は続けた。

「……その次に場所を変えたのは、邪魔が入らないようにするため」

その言葉に、すがるような思いで理奈を見た。もしかしたら、あんなふうにさやかを手にかけたことを理奈は後悔したのかもしれない。そう思ったのだ。

しかし私のそんな思いに反して、理奈は抑揚のない声で云った。

「だって汚なかったから。ぎゃあぎゃあ騒いで、血がたくさん出て。刺したら、すぐに声は出なくなったけど」

頬が引きつるのを感じた。理奈が、静かに目を細める。

「——私、何度も、天野君を殺した」

そう口にした理奈の表情は、少しも満足そうではなかった。他人を傷つけながら、彼女自身も深いダメージを受けているように思えた。

冷たい秋風にさらされ、佇む理奈の細い肩を見つめる。

今の話を聞いていて、確信したことがある。今さらながら、それは、理奈と私のリプレイが同じ時間帯だということだ。

——もしかしたら私たちは、共に四時五分から五時五分の一時間を繰り返していたのではないか？

そう考え、一つの推測が頭に浮かぶ。千佳は、私と理奈が似ていると云った。

私はこのリプレイを、いわゆる超能力などではなく、特殊な体質であると認識している。もし千佳の云うように、私と理奈がよく似た種類の性質を持っていたとしたら……？

そして、状況は異なるが、偶然にも私たちは同時間帯に、おそらくは同じように動揺した心理状態にあった。

等しい振動数を持つ音叉《おんさ》を二つ並べて片方を打ち鳴らすと、離してあるもう一方の音叉も触れてもいないのに鳴り始める共鳴現象のように、私の身に起こったリプレイが何らかの影響を及ぼし、よく似た性質を持つ理奈をもリプレイに巻き込んでしまった、という可能性はないだろうか。思いついたそんな考えに、ぞくりとする。

もちろん、これは仮説だ。現実に証明することは不可能だ。しかしそう考えれば、彼女と私がターンを共有したことの説明がつくようにも思えた。

理奈は、不可解な時間の繰り返しに突然放り込まれたのだ。その心情を想像すると、苦しくなった。

自分が初めて、時間の繰り返しを経験した日のことを思い出す。あの恐ろしい、ひどい時間。私の人生観を大きく覆すことになった、忌まわしい出来事。

それでも幼い私が壊れなかったのは、ぎりぎりのところで何かを手放さずに留まっていられたのは、たぶん、祖母がいたからだった。あのとき、祖母は私を信じると云った。迷いなく私の手を取り、そして肯定してくれた。それが私をつなぎとめる、錨《いかり》となった。

手のひらが汗で湿っていた。拓未の変わり果てた姿が脳裏に浮かぶ。それから、さやかの無残な死体が。

それを意思の力でゆっくりと打ち消し、理奈に向き直った。

……拓未の身体が地面に叩きつけられたとき、あんな光景を見せた人間を、私は決して許せないと思った。もし彼が残酷に命を奪われる結末を迎えていたとしたら、私は我を忘れて彼女への憎しみに身を委《ゆだ》ねていたかもしれない。きっとそうだ。

——だけど、彼らは生きている。結末は変わった。変えられたのだ。

深く息を吐き出し、彼女に向かって、告げた。

「……悪い夢だったんだよ」

頭上に、濃い黄昏の空が広がっていた。十月の色が周囲を染める。

そう、私たちは悪夢に迷い込んだ。それだけだ。拓未もさやかも死なない。事件は何も起こらない、だから。

「現実に、帰ろう」

理奈を見つめて、静かに云った。

微かに目を瞠り、無言のままこちらを凝視する理奈に、私は大きく頷いた。

――そのとき。

理奈が、ふっと顔を上げた。そのまま空を仰ぐように、どこか遠い場所を見つめる。

その動きに違和感めいたものを感じ、つられて彼女の視線の先を追った。理奈が見ているのは、校舎の時計だった。

時計の針は、五時三分を差している。

彼女が再びゆっくりと私の顔に視線を戻した。その瞳に、どこかあやうい光が浮かぶ。

囁くように、理奈は云った。

「上原さんは、私のことを心配してくれるの」

誘いかけるような声の調子に、どきりとする。小さく微笑んで、理奈が首を傾けた。

「……一つだけ、私の云うことを聞いてくれる？」

何かを試すみたいに、私の顔を見つめながら尋ねる理奈に、戸惑った。

「……なに？」

理奈がそっと目を細め、睦言《むつごと》みたいに私に囁く。

「少しの間でいいから、目を閉じて」

反射的に身を硬くした。理奈の意図が理解できない。一体どういうつもりによって拓未とさやかが殺されたこの場所でそんなことを云うなんて、というつもりなのだろう。心臓が激しく鳴り出す。何かされるのではないか、という本能的な恐怖が湧き起こった。

理奈はその場から動かないまま、黙って私を見守っている。その目は、なぜか怖いくらいに切実な色を宿していた。

背中を冷たい汗が伝った。得体の知れない緊張感に固唾を呑む。

……ためらった後、私は心を決めた。理奈の顔を見返し、それから、思いきって目を閉じる。

冷たい風が髪をさらった。闇の中で、自分の鼓動がひどく大きく聞こえる。

目をつぶったままそうして立っていると、不穏な想像がめまぐるしく頭をよぎった。無防備な喉に今にも鋭い刃物が突き立てられるのではないか、強い力が私を突き落とすのではないか。そんな不安が否応なく込み上げてくる。じっとしている私の耳に、微かな衣擦《きぬず》れの音が聞こえた気がした。何をしているのだろう。

「氷室さん……？」とおずおずと呼びかけてみるが、返答がない。私はゆっくりと目を開けた。

次の瞬間、視界に映った光景に凍りつく。

「どうして!?」

思わず発した声は、悲鳴のように裏返った。愕然として目を見開く。

柵の向こう側、人が一人ようやく立っていられるくらいのわずかなスペースに、理奈がいた。

強い風が吹き抜け、彼女の衣服をはためかせる。

死と隣り合わせの不安定な場所に立ちながら、理奈は片手で軽く柵を掴んでいるだけだった。柵にかけられた細い指を見つめ、心臓が痛くなる。

次に彼女が何をしようとしているのか、それがはっきりと伝わってきた。私の足が震え出す。かすれた声で、理奈に訴えた。

「どうして、どうしてよ——お願い、やめて」

理奈が微かに笑みを浮かべた。柵を隔てた私に向かって、呟く。

「帰る場所なんて、どこにもないの」

私は言葉を失った。理奈の声は震えてもいなければ、興奮に上ずってもいなかった。立ち尽くす私の前で、「ねえ」と理奈が驚くほど静かに口を開く。

黄昏の中、その目が切なげに細められた。

「……これが私の夢なら、こういう結末もあるわよね」

彼女が私から視線を外した。顔をうつむけ、下に目を向ける。私は、ハッと息を呑んだ。

「やめてえ!」

考えるより先に、身体が動いていた。駆け出した私が柵を越えるのと、理奈の手がそれを離すのがほぼ同時だった。理奈の身体が、あっけなく屋上を離れる。

身を乗り出し、必死に手を伸ばした。飛びつくように、すんでのところでどうにか理奈の右手を摑まえる。

途端、信じられないほどの負荷がかかり、耐えきれずに悲鳴を上げる。

左手で屋上の柵を握り、右手で理奈の手を掴む私の身体を激痛が襲った。手首が、肩が痛い。腕の付け根が引きちぎられそうだ。激しい痛みにぽろぽろと涙がこぼれる。激しく指が震え、一瞬でも気を抜いたら手を放してしまいそうだ。痛い。痛い。

必死の思いで視線を動かし、下を見た。私の手にぶら下がる理奈の足の下に何もないのを目にし、総毛立つ。

――手を放したら、終わりだ。

校庭の生徒たちが屋上を見上げ、ただならぬ悲鳴を上げている。地面が恐ろしく遠くに見えた。

「ぐ……っ」

私は奥歯を噛み締めた。

痛みと恐怖に意識が薄れそうになった。ぶるぶると冗談みたいに震える指の感覚が無くなっていき、今にも理奈の手を放してしまいそうになる。不自然な体勢で二人分の重みを支える腕が、限界だった。このままでは二人とも落ちる。

ううっ、と苦しさに喘いだ。頭の中で絶望がちらつく。――もうだめ、無理。

そのとき、ぶら下がっていた理奈がわずかに顔を上げた。諦めのような、哀しみに似た色を浮かべた眼差しで私を見上げ、小さく囁く。

ごめんなさい。そう告げて、理奈は弱々しく唇を動かした。

「……放して」

その声を耳にした瞬間、息を詰めた。理奈の姿に、黒いワンピースを着た小さな女の子が重なる。伸ばした手の先にいるのは、祖母の葬儀があった日の私だった。幼い私が、理奈と同じ目をして私を見上げる。

――よみがえる。私の手を包んだ祖母の両手。焼かれて形を失い、崩れ落ちる骨の感触。遠い日の私が、泣きそうな顔で訴えた。

放して。

どくん、と大きく心臓が跳ねる。――違う。違う、違う。あのとき私が思ったのはそうじゃない。私が本当に、強く願ったことは。

放さないで。

ずっと、そう云いたかった。傷つかないよう巧みに背を向け、自分で周りを遠ざけた。差し出された手を失うことが、怖かった。

……だけど私がしなきゃいけなかったのは、温かな手のひらを失うことを恐れて距離を取ることなんかじゃなく、放さないよう、より強くその手を握る努力だったのかもしれない。

ぐしゃ、と顔が歪んだ。どうしようもなく熱い何かが込み上げ、喉を塞いだ。

理奈の言葉が、頭をよぎる。

(そういうものだから)

あの日ここで、彼女は私にそう云った。私は自分の痛みにばかり敏感な大バカだ。だけど、バカな私にもわかることがある。
——本当に〝そういうもの〟だと思っているのなら、そんなふうに傷ついたりしない。

歯を食いしばり、必死で腕に力を込める。この場所でいつか振り払った理奈の細い手を、強く握り締めた。泣きそうな思いで理奈を見下ろしながら、はっきりと悟る。

受け入れられないという諦めと絶望。誰にも寄りかからずに一人きりで生きる覚悟。そんなものは、くそくらえだ。

私は、一人でなんか、生きたくない。

苦しい息の下から、かろうじて声を絞り出す。

「……放さ、ない」

腕が抜けそうに痛かった。錆びた柵を握り続ける指が痺れ、手のひらの皮膚が剝けて血がにじんでいる。それでも、この手を放す訳にはいかなかった。

もう一度、唸るように呟いた。

「絶対、放さない」

こちらを見上げていた理奈が目を見開き、驚いたように私の顔を見つめた。しかし、やがて力尽きたように、ふっと顔を下に向ける。

あやうく理奈の手が滑り落ちそうになり、焦って強く握り直す。死なせない。死んでも、この手を放すものか。

痛みと苦しさで呼吸がままならない。ぎりぎりとすごい力で誰かに指を引きはがされるようだ。こんなに華奢な理奈の身体が、大きな鉄の塊《かたまり》みたいに重い。必死で力をこめ続ける両手の指の感覚は、もはやほとんどなかった。限界だ。

助けて、と心の中で叫ぶ。だめ、絶対に手を放しちゃだめ。だけどもう、支える力が残っていない。

まずい、と思った途端、屋上の柵を掴んでいた左手が離れた。

音を立てて血の気が引く。宙に投げ出され、一瞬、浮遊感を感じた。次の瞬間、重力に吸い込まれて身体が制御を失う。

落ちる。

遠くで一斉に悲鳴が上がった。ごおっと耳元で激しい風の音がする。脳が痺れるような感覚。どちらが上なのか下なのかもわからなかった。ものすごい速度で、ただ地面に向かって落下していく。

本能的な恐怖に襲われた。数秒後に迫る死を強烈に意識する。いや、死にたくない……！

まもなく来るであろう決定的な瞬間を覚悟し、強く目をつぶった。——直後。

巨大な空気の塊に全身を殴られたような、強い衝撃が走った。

「ぐふ……っ！」

身体の内側まで伝わる重い衝撃に、内臓を乱暴にかき乱されたような気がした。みぞおちが詰まる感覚に、すぐには言葉を発せない。

何が起きたのかとっさに理解できなかった。たまらず、げほげほと激しく咳き込む。

「う――」

ショックと苦痛で涙目になりながら、芋虫のように身を折る。口の中に鉄くさい血の味が広がった。唇の内側が派手に切れているようだ。乱れた髪が視界を遮る。

夢中でどこかに手をついて起き上がろうとした途端、頭がくらっとした。震える手でおぼつかなく自分の身体を探り、状態を確かめる。動く。……無事だ。信じられない。

どうやら私の身体は、何か柔らかい物の上に落ち、致命的なダメージを受けることは避けられたようだ。

げほっ、と私の側で誰かがむせる音がした。ハッとして目を向ける。

理奈だ。苦しそうに顔をしかめ、喉の辺りを押さえている。ひどく青ざめてはいるが、あちらも目立った外傷はなさそうだ。……ああ。

「無事、だった――」

呆然と呟き、泣きそうになって彼女を見る。高所から落ちたショックのせいか声がうまく出ず、「うい、あった――」というようなおぼつかない発音になった。

身体の震えはまだ止まらなかったが、それでも、深い安堵が胸に込み上げてきた。痺れるように痛む手のひらをぎこちなく動かし、息を吐き出す。

……よかった。私はあんな形で、彼女を死なせずに済んだのだ。けれどなぜ、あの高さから落ちて私たちは生きているのだろう？

と、「大丈夫か！」と血相を変えた人々が私たちの元に駆け寄ってきた。

にじんだ私の視界に、人工的なブルーの色彩が映る。そこで初めて、私は自分たちがどこに落下したのかをようやく理解した。——エアマットだ。

それは、特別棟で行われていた防災体験のアトラクションで使用されたものに違いなかった。

……そうだ。校庭に敷かれたそれを生徒たちが片付けているのを、本来の時間で見た記憶がある。屋上から落ちそうになっている私たちを見つけ、下にいた人々が機転を利かせてとっさにそれを移動させてくれたのだろう。そのお陰で、九死に一生を得たのだ。そうでなければ、リプレイのときの拓未のように、二人とも凄惨な状態になっていたに違いない。

喧騒の中、私は半ば放心して理奈を見た。理奈も表情をこわばらせ、私の顔を眺めている。

そのとき、何かを解き放つように学校のチャイムが鳴った。夕暮れの校庭に、澄んだ音色が響き渡る。黄昏がそこにある全てのものを鮮やかに染め上げていた。

空に、いくつもの旗やのぼりがひらめいている。私たちはどちらからともなく、校舎の時計を見上げた。それからゆっくりと、かすれた息を吐き出す。

——時計の針が、静かに五時六分を指した。

◇

「……本当に、お騒がせして、申し訳ありませんでした」

今日、これで何度目かになる台詞を口にして職員室のドアを閉める。

廊下に出て、私は長く息を吐いた。さすがに心身が疲れきっている。

校内は、さっきまでの喧騒が嘘みたいにしんと静まり返っていた。窓の外に目を向けると、日が落ちた校庭は薄闇に包まれている。

自宅まで送る、と心配する布川先生の申し出を丁重に断り、私と理奈は互いに無言でほの暗い廊下を歩き出した。重苦しい沈黙が落ちる。

屋上から落ちた後、血相を変えた教師に付き添われ、私たちはすぐさま近くの総合病院に連れていかれた。幸い、擦り傷や打ち身といった軽傷で済んだため、一通り治療を受けてから一旦学校に戻り、担任教師らに揃って事情を訊かれたところだった。

理奈が被服ショーの本番前に姿を消した理由も含めて、彼らを納得させるもっともらしい云い訳を考えるのには苦心した。

——本番前に気分が悪くなった理奈は周りに心配をかけてはいけないと思い、外の空気を吸おうと一人で屋上に出たが、そこで貧血を起こして動けなくなった。私は屋上で理奈を見つけ、保健室に行こうと声をかけたが、彼女は体調が回復したのでもう平気だとそれを断り、あそこに立ったらいい眺めに違いない、と好奇心から柵の向こう側に出た。文化祭でテンションが上がっていたため、私もつい一緒になって柵を乗り越えてしまい、はしゃいでいたら足を滑らせて落ちてしまった。

……あまり想像したくない光景だ。おまけに、理奈のキャラが著しく崩壊している。我ながらひどい説明だと思うものの、屋上の縁に立つ理奈の姿を複数の生徒が目撃していたため、そこはごまかしようがなかったのだ。

また後日、学校からはあらためて事情を訊かれることになるそうだ。

私はもう一度、ため息をついた。今日、両親が不在でよかったとしみじみ思う。そうでなければ今頃、二人とも卒倒していたかもしれない。

と、鞄の中で携帯電話が鳴った。メールの受信音だ。屋上から落下したときの衝撃のためか、いつのまにかストラップが取れてなくなってしまっていたが、運よく壊れてはいないようだ。

歩きながら表示画面を見ると、心配したクラスメイトたちから、メールや電話の着信履歴が数件あった。もちろん、先に帰宅させられた千佳と愛美からも。

何があったのかを大筋で知っている二人は、消耗している私を気遣い、今日はそっとしておこうと決めたらしかった。その代わり、後で根掘り葉掘り訊くからきちんと全部話しなさいよ、という念がメールの文面からひしひしと伝わってきた。事の顚末《てんまつ》を気にして悶々としているだろう彼女たち（というより、主に千佳）を思い浮かべ、苦笑する。明日は質問攻めに遭うに違いない。

話をしようと、そう思った。

屋上での出来事だけじゃなくて、私がこれから選ぼうとしている進路について。そうしたいと決めた理由について。——それから、できることなら進む道が分かれてしまっても、ずっと友人でいて欲しいと。

温かい感情が胸に湧いた。それを自覚し、苦い笑みを深くする。ああ、なんだ。……私はたぶん、自分で思っているよりも、最初からきちんと彼女たちのことが好きだったのだ。

携帯電話をポケットにしまい、隣を歩く理奈を窺った。綺麗な子だけに、怪我をしている姿がなおさら痛々しく見える。捻挫したという右手首に巻かれた包帯が、暗い中で白く浮かび上がって見えた。

理奈はさっきからずっと黙り込み、私と目を合わせようともしなかった。その表情から、胸の内は読みとれない。

うつむいたままほとんど喋らない理奈の様子を、周りは屋上から落ちたショックのせいと解釈したようだった。けれど、私はそんな彼女の態度が気がかりで仕方なかった。

——なぜなら私は、彼女が自ら身を投げたことを知っている。

理奈は、私のしたことを怒っているのだろうか。迷惑だと、余計なお節介だと恨めしく思っているのかもしれない。もしかしたら自殺を妨げた私を疎《うと》んじているのかもしれなかった。

彼女の葛藤は、本当は何一つ解決してなどいないのかもしれない。

その事実を思い、すうっと気持ちが冷えていく。理奈と同じく包帯を巻かれた私の左手が、ひりつくように痛んだ。……それでも、と思う。

これだけは云える。もし同じ局面に立たされても、私は自分の選択を変えない。きっとまた、彼女に向かって手を伸ばすだろう。

誰もいない正面玄関で靴を履き替え、理奈は無言のまま歩いていく。彼女を一人で帰してはいけない気がした。その痩せた背中に向かって、慌てて「氷室さん」と声をかける。

扉の前で、理奈が立ち止まった。とっさに呼び止めたものの、何をどう云えばいいのかわからず、口ごもる。

薄暗い中、理奈は振り返らずに立っていた。彼女は今どんな表情をしているのだろう、と不安になった。最後のターンで、この結末を望んだのは、私だけなのだろうか。

そのとき、理奈がぽつりと呟いた。

「……本当は、死んだって云ったら？」

「え？」

ふいをつかれ、「何……？」と怪訝な思いで訊き返す。

こちらに背を向けたまま、理奈は静かな声で続けた。

「エアマットは間に合わなかった。――私とあなたの身体は、地面に叩きつけられたの」

理奈の言葉の意味が、すぐには理解できなかった。ややあって、ようやくかすれた声が出る。

「どういう、意味？」

困惑する私の前で、理奈が息を吸い込む気配がした。再び彼女が口を開く。

「……私の繰り返しの回数は、たぶん、あなたよりも多かった」

淡々と語るその口調は、独白に近かった。どこまでも平坦な声で、理奈が云う。

「違う行動を選択することもできた。だけど、変えなかった。……あなたが私の手を放さなかった、私と一緒に屋上からダイブしてくれた記憶を、〝なかったこと〟にしたくなかったから」

私はまばたきを忘れて棒立ちになった。理奈は、何を云っているのだろう。

唐突に、屋上での光景がよみがえった。柵の外に出る直前、ふと目を上げて校舎の時計を見た理奈の横顔が浮かぶ。あのとき、その動きにどこか違和感めいたものを覚えたこと。

どくん、と大きく心臓が鳴った。……まさか。

理奈は、二人で屋上から落ちる結末を知っていたというのか？　あのとき時計を見上げたのは、エアマットの用意が落下に間に合うよう、時間を確認したからなのか。私と同じように、彼女もまた自らの意思でその結末を選択したのだと……？

いや、そんなはずはない。今の説明では、彼女が私のリプレイに巻き込まれたのではないかという仮説は成立しなくなってしまう。

――何より、その話が本当なら、彼女は屋上から転落し、一度は無残な死を遂げたことになる。

そんな死の恐怖を経験して、なおも、彼女は再び屋上から飛んだというのか。時間やタイミングを変えても、必ず同じように私が助けに飛び出し、彼女の手を摑むことを信じて。まさか、そんな、想像するだけでぞっとするような真似を、できる訳が。

混乱していると、理奈が肩越しに振り返った。固唾を呑んで見守る私の前で、包帯が巻かれた自分の右手を持ち上げ、まるで舞台の上の一シーンみたいに、そこにゆっくりと唇を寄せる。

理奈の端整な面立ちに、ふっと小さな微笑が浮かんだ。

「……なんてね」

はにかむようなその表情に、一瞬、目を奪われる。彼女はこんなにもあどけない笑い方をするのだと、初めて知った。

理奈の口にしたことが事実なのかどうか、本当のところはわからない。――それを知りうるのは、もはや、本人だけだ。

と、外で短いクラクションが鳴った。目を向けると、駐車場に停まった一台の車の助手席から、中年女性が慌てた様子で降りてきた。それを目にし、理奈が驚いた顔をする。

どうやら彼女の両親が学校に迎えにきたらしい。

暗くてよく見えないが、怪我した娘を見つめる彼らはひどく動揺しているように見えた。理奈の母親がこちらに向かってしきりに手招きをし、私にも一緒に車に乗るよう、合図している。

私は微笑んで会釈を返し、小さくかぶりを振ってみせた。

きっと理奈には家族で話し合う時間が必要で、そこに部外者はいない方がいい。

戸惑ったように突っ立っている理奈を、行きなよ、と私は促した。

理奈が、ぎこちなく夜の中に歩き出す。あのときのステージ上とは違って不安そうに、けれど一歩ずつ確かめるように、家族の元へと歩いていく。

途中、彼女が私の方を振り向いた。

「上原さん」

秋の空気の中で、どこかすがしい表情の理奈が口を開く。

「――また、明日」

私はゆっくりとまばたきをし、それから目を細めた。理奈に向かって、軽く手を振る。

「……うん。また明日」

また明日。なんていい言葉だろうと、口にしながらそう思った。私たちの時間の流れは、正常に戻ったのだ。

理奈を乗せた車が走り出し、やがて薄闇の中に消えていく。しばらくその場に佇み、私はそれを見送った。

……私にも理奈にも、先のことは誰にもわからない。結局のところ、私は自分にできることを、そうしたいと願うことを精一杯やるしかないのだ。それが一度きりでも、幾度繰り返されようとも。

そのとき、携帯電話の呼び出し音が再び鳴った。かけてきたのは、一真だ。通話状態にして耳にあてる。

「……菜月先輩?」

電話の向こうから、こちらの様子を窺うような一真の声が聞こえてきた。

私は微かに息を詰めた。一真が、気遣わしげな声を発する。

「クラスメイトと屋上から落ちたって聞いて――びっくりしました。怪我、大丈夫なんですか? 姉もすごく、心配してましたよ」

一瞬ためらい、曖昧に笑って応じた。

「……心配かけて、ごめんね。大丈夫」

「いえ、そんな。菜月先輩が無事でよかった」

穏やかな口調で一真が続ける。その声のトーンが、さりげなく変わった。

「――足を滑らせたって聞きましたけど、本当に、ただの事故だったんですか？」

一真の問いに私は口をつぐんだ。黙ってしまった私に、一真があくまでも柔らかな声音《こわね》で云う。

「ああ、大変な目に遭ったばかりなのに、不謹慎なことを訊いてすみません。菜月先輩と氷室理奈さんが一緒に屋上にいたのが、なんか不思議だなって思って。何かあったのかと心配になったので」

私はわずかに緊張しながら、一真の声を聞いていた。

リプレイの【三回目】で、冷たい笑みを浮かべて私の喉元に手を伸ばしてきた一真を思い出す。あのときの様子が嘘みたいに、一真は、いつも通りの彼だった。それはそうだ。あの出来事は、もはや〝なかったこと〟なのだから。

苦い記憶に蓋をするように、そっと目を閉じる。私たちはお互いを傷つけなかった。不躾に境界を踏み越えたり、しなかった。

そう。……あれは、私の胸の中だけにしまっておこうと思う。

「もし何かあるなら、僕、いつでも話を聞きますよ。……そうだ。昨日話した天野先輩の件のご相談も兼ねて、今度――」

「……一真君」

私は彼の言葉を遮るように、静かに声を発した。

拓未に無言電話をかけた、竹村の話を思い出す。竹村がそんなことをしたのは拓未と沙織が一緒にいる場面を目撃して疑心暗鬼になったからで、けれど二人が共に出かけた理由は、文化祭の翌日だという竹村の誕生日を祝うためだった。私はそれを、もう知っていた。

小さく含み笑いをする。彼に向かって、今日の自分が使える最後の魔法を披露する。

「——その件は、たぶん、明日になれば解決すると思うわ」

電話の向こうで、一真が不思議そうに黙り込む気配がした。私はそのまま通話を切った。深く息を吐き出す。

終わった。今度こそ、長い黄昏が本当に終わったのだ。

私は帰宅しようと歩き出した。暗い空に、にじんだような月が見えた。木々の枝葉が影絵みたいに夜風に揺れている。

周囲は静寂に沈んでいた。校舎の黒い影が落ちた地面が、そこだけ切り取られたように見える。まだ撤収されていない文化祭の飾り付けをぼんやりと眺めながら、薄闇が広がる学校の敷地内を歩く。

ぽ、と外灯に白っぽい明かりが灯った。コンクリートの上に散る落葉樹の黄色い葉を踏んで、私は歩いた。そのとき、少し離れた校門の所に佇む人影を見つけ、驚いて足を止める。

——拓未だった。

校門の所に自転車を停め、その傍らに拓未が立っている。私に気付いて微笑み、右手を上げた。おそらく心配して、私を待っていてくれたのに違いなかった。

胸の奥から強く何かが込み上げ、とっさに言葉が出てこなかった。

遠くで虫の鳴く声がする。風に乗って、懐かしいような金木犀の香りが届いた。

薄い闇に包まれて、その表情ははっきりと見えない。しかし、彼がまっすぐに私を見つめているのを感じた。陽の光の下で見るよりも輪郭が曖昧なのに、暗がりの方が相手の存在をより近く、濃密に感じるのはなぜだろう。

この気持ちを知らないと思った。

私は息を吸い込み、こちらを見ている拓未の方へと歩き出した。一歩ずつ、足を進める。彼に近付いていく。

はっきりと互いの視線が合った途端、ふいにいとおしさに似た感情が胸を占めた。

私は拓未を見つめ、晴れやかに笑った。いつもの作り笑いではなく、顔が自然と笑みを浮かべる。そうだ。私は彼に、とても会いたかった。

「上原……?」

拓未が困惑した様子で私を見返す。その照れたような表情を目にし、屋上で告白をしてくれたときの彼の姿が頭に浮かんだ。

あの屋上での素敵な告白は、〝なかったこと〟になってしまった。そう思うと、切ない気持ちになる。……でも、それでよかったのかもしれない。

今の私ができること、そうしたいと願うこと。胸の内で答えを探す。

私は拓未の正面に立つと、彼を見上げた。

今度こそ、自分の想いを伝えるために。彼に全てを告げるために。

「話したいことがあるの」

戸惑った表情で私を見つめる拓未に向かって、口を開く。私の足が微かに震えた。

この結末がどうなるのかわからなかった。それでも、後悔はしないと決めた。

私は彼を見つめ、そして、静かに微笑んだ。

「——聞いてくれる？」

秋の夜が、深く、深く澄んでいく。

解説――とことん良質の青春ミステリ

村上貴史

■彩坂美月

いいミステリを読みたい。
いい小説を読みたい。
そんなときは、彩坂美月を読むといい。

■青春と行動と推理と

上原菜月《うえはらなつき》は、過去に二度、奇妙な体験をしていた。最初は七歳の時、そして、二度目は中学二年生の時だった。契機《けいき》も原因も不明だが、現象だけは明瞭。菜月の時間が、きっかり一時間だけ繰り返されるのである。菜月の二度の体験では、いずれも特定の一時間が五回繰り返された。そして、最後の回で起きた出来事が、その後、確定事項として存続することになる……。

彩坂美月の『金木犀と彼女の時間』は、こんな菜月を主人公にした小説である。二〇一七年に東京創元社《ミステリ・フロンティア》の一冊として〝学園タイムリープ・ミステリ〟と銘打たれて刊行された。本書は、その文庫化である。

その後、高校三年生になった菜月は、最後の文化祭に向け、友人たちとともに準備を開始した。いくつかのトラブルを乗り越え、ようやく迎えた文化祭当日。菜月はクラスメイトの天野《あまの》拓未《たくみ》に屋上に呼び出された。爽やかな笑顔の持ち主で、クラスのムードメーカー。そんな拓未と夕方の屋上で二人きり。そして彼は菜月に好きだと告げる……。

過去に二度のタイムリープは経験してきたものの、菜月は、特に目立つところもない高校生である。そんな彼女が文化祭に向けて行動し、一方で友人関係で悩み、さらに想いを告げられる。そうした日々を描く本書序盤は、青春小説だ。著者は、菜月と周りの人物を、それぞれの距離に応じて丁寧に描く。例えば友人たちに紋切り型の人物設定を施すのではなく、きちんと一人ひとりを考えて、その人なりの自然体で描くのだ。教師も後輩も同様だ。そしてそういう人々との交流（ポジティブなものもネガティブなものも含めて）を通じて、菜月の心が繊細に描き出されているのだ。彼女の心の揺れは、極端に大きなものではないが、読者の心を揺さぶるには十分な強度を備えており、つまり、ページをめくらせる力が抜群である。それに導かれて読者はページをめくり続け、やがて青春小説としての一つのクライマックスに至る。拓未からの告白だ。その直後に──菜月は三度目の経験をすることになる。そう、〝繰り返される一時間〟が始まったのだ。

文化祭当日に発生した人生三度目のタイムリープは、しかしながら、従来とは異なる体験となった。初回の一時間とは、明らかに異なる出来事が起きるのだ。しかも、新たに死者までも出てしまう。一体なにが起こっているのか。混乱しつつも菜月は、なんとか救える命を救おうと奮闘する。五回のタイムリープが完了し、最終的な運命が確定する前に……。

さあ、サスペンスドラマの幕開けだ。繰り返される一時間のなかで、予想外の出来事に次々と遭遇する菜月。最悪の事態を回避しようと知恵を絞る菜月。彼女の行動と推理がスピーディーに読者に提示されていく。この疾走感たるやもう最高。事件そのものが予想外のかたちで変化するなかで事件の防止を目指すという難題に挑み続ける菜月の行動でも読ませるのだが、特に推理が素晴らしい。本書の特殊設定と表裏一体になったものであり、着眼点も衝撃も新鮮なのだ。読者は、〝そこを見落としていたか！〟と歯噛みする状況に追いやられてしまう（とっても嬉しいことである）。

さて、いささか余談だが、〝時間を繰り返す〟という特性を語る際に、著者は菜月を通じてケン・グリムウッドの『リプレイ』（一九八七年）という作品を引き合いに出している（六十一頁）。八八年に邦訳が刊行されたこの小説は、世界幻想文学大賞を受賞し、国内でも『このミステリーがすごい！』六位、さらに『本の雑誌が選ぶ30年間のベスト30』五位と人気を博した。『リプレイ』後、西澤保彦『七回死んだ男』（九五年）など、時間の繰り返しと謎解きを組み合わせたミステリは我が国において数多く発表されてきており、この形式の浸透に重要な役割を果たした必読書である。本書と併せて読んでいただきたい。

『金木犀と彼女の時間』に話を戻そう。

この物語において、当然ながら前述の〝青春小説〟のパートも、中盤以降のサスペンスドラマとスムーズに繋がっている。青春小説としての糸はもちろん継続しているし、当初は青春小説として読んでいた記述のなかに、新たにミステリとしての意味が見えてくるというかたちでも一体となっているのだ。しかもだ。その青春小説の青春小説らしさ、すなわち高校生たちの心理がサプライズとなめらかに融合している。故に、どこまでも瑞々《みずみず》しくあり、まさに〝青春ミステリ〟なのである――それも、極めて良質な。

こんな一冊を読めたことを幸せに思う。

■特殊な枠組みがあってもなくても

彩坂美月は二〇〇九年、第七回富士見ヤングミステリー大賞に準入選した『未成年儀式』（文庫化に際して『少女は夏に閉ざされる』と改題）でデビューした――のだが、解説者がこの作家の作品に出会ったのは、それを遡《さかのぼ》ること三年、二〇〇六年のことだった。『このミステリーがすごい！』大賞の予選において、一次選考を担当していた私の箱に、卯月未夢名義で応募された『偽りの夏童話』が入っていたのである。

ネット上のファンサイトで知り合った六人の男女が、正体不明のサイト管理人に振り回された三日間を描いた小説だったのだが、仕掛けも人物造形も文章も優れていたし、作品に横溢《おういつ》する瑞々しさも魅力で、選考する立場ではあったが、一読してファンになってしまった（当時の選評を読み返すと、その想いが露骨に滲《にじ》み出ていることに気付く）。『偽りの夏童話』は二次選考も通過。最終選考では惜しくも受賞を逃したが、ネットに公開された部分を読んだ読者の人気を集め、大賞受賞作や優秀賞二作品のうち一つを抑えて、準WEB読者賞を獲得した。ちなみに〝準〟ではないWEB読者賞は大賞優秀賞でもある増田俊也の『シャトゥーン　ヒグマの森』（文庫版刊行時タイトル、筆名）だった。増田俊也はその後ノンフィクション『木村政彦はなぜ力道山を殺さなかったのか』（一一年）で大宅壮一ノンフィクション賞と新潮ドキュメント賞をダブル受賞した実力派。彼の作品と競ったのが『偽りの夏童話』だったのである。

卯月未夢は翌年も応募を続けた。〇七年の応募作は、長編ではなく連作短編集に形式を変更した『蟬《せみ》コロン』だった。こちらも二次選考には残ったものの、最終話に弱点がありそれより先には進めなかった。しかしながら、全体の出来映えとしてはやはり絶対値が高く、著者の力量はあらためて強く印象に残った。再々挑戦に期待が募ったが、翌年以降、卯月未夢の名を目にすることはなくなってしまった。

そんな〝消失〟をいささか寂しく思っていたのだが、実は、それは単に卯月未夢というペンネームが見えていなかっただけのことだった。著者は、『蟬コロン』の翌年の〇八年には結城未里名義の『ひぐらしふる』で第一八回鮎川哲也賞最終候補になり、〇九年には彩坂美月名義の『未成年儀式』で富士見ヤングミステリー大賞に準入選し、著作デビューを果たすなど、しっかりと活躍していたのだ。

解説者がそれに気付いたのは、プロとしての第三作『夏の王国で目覚めない』（二一年）を読んだときのこと。この小説は、『偽りの夏童話』と共通の要素を備えており、ここでようやく、卯月未夢と彩坂美月が結びついたのだ。そして思った。かつての長所をそのままに、新鮮さを失わず、そして、更に洗練されて上手《うま》さが増している、と。『夏の王国で目覚めない』は、本格ミステリ大賞の候補ともなっており、高く評価したのは解説者だけではなかったということだ。

『夏の王国で目覚めない』で〝彩坂美月〟と出会った後、慌ててその時点での既刊二冊、つまり『未成年儀式』『ひぐらしふる』（一一年）を読んでみた。デビュー作『未成年儀式』は、夏休みの初日に高校の女子寮が地震で崩れ、そこに五人の生徒たちが封じ込められるという設定の小説。そこに学園の教師による殺人を目撃したという双子の女子生徒が逃げ込んできて……というサスペンスに満ちた一作だった。極限状態での推理という点で、今にして思えば、本書と共通する一作だ。『ひぐらしふる』は鮎川哲也賞候補となった連作短編集で、Y県に帰省した二十四歳の女性を主人公として、彼女の恋心や、作家を目指したいという気持ちを描き、さらに、いくつかの謎――親子連れの消失、指輪の消失、UFOによるクラスメイト誘拐、等々――を彼女の内面に重ねた一作だ。こちらは彩坂美月が自分の小説の特徴として語る「ノスタルジックとハッピーエンド」が色濃く表れていて好感が持てる作品だった。というわけで、『夏の王国で目覚めない』をきっかけに、これらのそれぞれに個性的な初期三冊を解説者はまとめ読みしたわけだが、推理や逆転の切れ味、サスペンスを強烈に醸《かも》し出しつつ落ち着いた筆致、登場人物たちの自然さなど、小説／ミステリの骨格を成す部分はいずれも一級品で、有望な新鋭であり、相当な実力者だと確信した。

彩坂美月はその後、文化祭の準備中に起きた事故を契機に、〝自分たちの学校や町から人々が消えてしまった世界〟に迷い込んだ五人の高校生を描いた『文化祭の夢に、おちる』（一二年）を発表し、タイムリミットサスペンスと終盤の驚愕《きょうがく》で読者を喜ばせる。さらに一五年には、東京を舞台にしたファミリードラマのなかに日常の謎と意外な展開と、それともう一つの仕掛けを仕込んだ『柘榴《ざくろ》パズル』を発表し、さらに、『僕らの世界が終わる頃』において、小説執筆の喜びに目覚めた十四歳の不登校男子が現実と作中世界が交わっていく不可解な出来事を体験し対抗する様を描いて、読者を大いにもてなしてくれた。また、『みどり町の怪人』（一九年）では、嫁と姑《しゅうとめ》や小学生などの日常を綴った七つの上質な短編ミステリを深夜ラジオの語りで繋いでいく構成で、舞台となった〝みどり町〟の過去を明らかにしていく。短編パートでも深夜ラジオパートでもミステリを堪能できるという優れた一品だ。

そして二〇年発表の『向日葵《ひまわり》を手折《たお》る』は、本稿執筆時点ではまだ結果が出ていないが、日本推理作家協会賞長編および連作短編集部門の候補作に選ばれた一作だ。高橋《たかはし》みのりは、父の死をきっかけに、東京から母の実家である山形の山あいの集落・桜沢に転校した。そこでできた友人たちとの四年間を描いた一冊で、とにかく描写が冴えている。凛《りん》とした山の空気、草花の息吹、雪折れの音、中心人物たちの小六から中三への変化、桜沢の大人たちの表情、ある憤り……。みのりが転校先で過ごす日々を丁寧に描きつつ、彼女が遭遇するいくつかの事件──

多数の向日葵が花を切り落とされる事件など――を配置し、成長物語とミステリを極めて高い次元で両立させた長編小説である。終盤では、読者の予想を次々に裏切っていくというミステリ的に鮮やかなシーケンスがあるのだが、そうしたページでもなお成長物語として中学生心理の描写で読者を牽引《けんいん》し続けており、天晴《あっぱ》れとしかいいようがない。本年、つまり二一年に発表された『サクラオト』は連作短編集。四季や五感をモチーフにした個性豊かな短編ミステリが並ぶ――という紹介をしておこう。『ひぐらしふる』『みどり町の怪人』など、連作短編集で冴えを見せてきた彩坂美月の作であると実感させられる出来映えで期待を裏切らない。

こうして彩坂美月の著作を振り返ってみると、前述の「ノスタルジックとハッピーエンド」が多くの著作において共通要素として(しかもワンパターンに陥ることなく)顔を出していることに気付く。また、人物にも風景にも目配りが行き届いていて、耳も良い。文章を抑制する力も文章で伝える力も顕著だ。さらに、本書では「どうせって云ったら、そこでおしまい」という言葉が語られているが、このフレーズが象徴するように、登場人物たちは前向きであり、彼等の姿を通じて、読者に肯定感をもたらしてくれる。作風でいえば、超常現象や連作短編集という〝枠組み〟を賢く活かしたミステリがある一方で、〝枠組み〟に依存せずとも十二分に魅力的なミステリも、彩坂美月は書いてきた。前者の代表例の一つが本書だし、後者は、連作短編集を構成する個々の短編(最近の作でいえば『サクラオト』の「第四話『悪いケーキ』冬」とか)や長編『向日葵を手折る』がそうだ。

そんな彩坂美月の小説群を読んで感じるのは――いささか大雑把な言い方になるが――〝小

説愛〟や〝ミステリ愛〟、あるいは〝本格魂〟である。それらがあり続けるからこそ、読者は彩坂美月を全面的に信頼できるのである。

■あらためて、彩坂美月

いいミステリを読みたい。
いい小説を読みたい。
そんなときは、彩坂美月を読むといい。

本書は二〇一七年、小社より刊行された作品の文庫化です。

検印
廃止

著者紹介　山形県生まれ。早稲田大学卒。『未成年儀式』で第7回富士見ヤングミステリー大賞に準入選しデビュー（文庫化にあたり『少女は夏に閉ざされる』と改題）。21年『向日葵を手折る』で第74回日本推理作家協会賞候補。他の著作に『柘榴パズル』『サクラオト』などがある。

金木犀と彼女の時間

2021年4月30日　初版

著者　彩《あや》　坂《さか》　美《み》　月《つき》

発行所　（株）東京創元社
代表者　渋谷健太郎

162-0814/東京都新宿区新小川町1-5
電　話　03・3268・8231-営業部
　　　　03・3268・8204-編集部
URL　http://www.tsogen.co.jp
モリモト印刷・本間製本

ISBN978-4-488-41321-7　C0193

名探偵音野順、第一の事件簿。

The Adventure of the Weakest Detective◆Takekuni Kitayama

踊るジョーカー

名探偵音野順の事件簿

北山猛邦

創元推理文庫

◆

類稀な推理力を持つ友人の音野順のため、
推理作家の白瀬白夜は仕事場に探偵事務所を開設する。
しかし、当の音野は放っておくと
暗いところへ暗いところへと逃げ込んでしまう、
世界一気弱な名探偵だった。
依頼人から持ち込まれた事件を解決するため、
音野は白瀬に無理矢理引っ張り出され、
おそるおそる事件現場に向かう。
新世代ミステリの旗手が贈るユーモア・ミステリ第一弾。

収録作品＝踊るジョーカー，時間泥棒，見えないダイイング・メッセージ，毒入りバレンタイン・チョコ，ゆきだるまが殺しにやってくる